最後の医者は桜を見上げて君を想う

二宮敦人

TO文庫

目次

登場人物紹介

Character introductions

福原 雅和
Masakazu Fukuhara

武蔵野七十字病院の副院長にして天才的な外科医。患者の命を救うことに執念を燃やす。

桐子 修司
Shuji Kiriko

武蔵野七十字病院の皮膚科に勤務。患者は死を選ぶ権利があるが信念。付いた仇名は「死神」。

最後の医者は桜を見上げて君を想う

地域基幹《きかん》病院、武蔵野《むさしの》七十字《しちじゅうじ》病院。三棟九階の白亜《はくあ》の城、その二階の外れで面談室の扉が半分ほど開いていた。

殺風景な部屋だった。机と椅子、それにホワイトボードが置かれているだけ。椅子《いす》には沈痛な表情で四人が座っている。一人は老人の患者。パジャマの上にガウンを羽織《はお》ってい る。残り三人は、その家族だ。老人の妻と、息子夫婦。

彼らは振り子時計のような、正確なリズムの足音が近づいてくるのを聞いていた。

足音が面談室の前で止まる。桐子修司《きりこしゅうじ》は扉をぐいと開き、室内に入って言った。

「お待たせしました」

座る時に白衣の袖がふわりと揺れる。小柄な体躯《たいく》に白い肌、色素の薄い虹彩。中性的で、時折どこか淡い印象を醸《かも》し出すその医者は、四人の顔をざっと見るなり「面談をご希望の橋田さんと、そのご家族ですね。桐子です」と言った。

「はい、先生、あの……」

「御用件は、病状と今後の経過について確認したいということでしたね」

世間話の一つもなかった。いきなりずばりと核心に踏み込まれ、四人は息を呑《の》む。桐子はそのまま、何の躊躇《ちゅうちょ》もなく告げた。

「カルテ拝見しました。現状より良くなる可能性はほぼないと言ってよいです。橋田さんはご高齢ということもありますので、余命は半年前後かと。あとはどこまで引き延ばすかですね」

あまりのことに絶句する家族をよそに、桐子は老人の目を覗《のぞ》き込んで聞いた。

「えっ……」

「橋田さんは、どう死にたいですか？　抗がん剤を使えば余命は数か月延ばせると思います。ただ、それは入院しながらの数か月ですが。完全に緩和ケアにシフトし、残りの時間を有意義に使うのも一つの方法ですね」

「ま、待ってください！」

隣で聞いていた息子が身を乗り出す。

「今、抗がん剤治療を行っていて……主治医の方には、少しずつ数値は良くなっていると聞いているんですが」

桐子は紙資料を覗き込む。

「そうですね。悪くはなっていません。ですがこの反応では、寛解《かんかい》など望むべくもありません。医学的には、もう手の打ちようはないんですよ。今行っているのは奇跡を祈りながらの時間稼ぎ、というのが本質でしょうか」

「そんな、そんな！　だって父は、ようやく夢だった船の免許を取って……自分の時間だってできるようになって。これからなんですよ。何とかならないんですか」

「なりません。何とかなるなら、その方法を言います」

「でも！　よく聞きますよ、キノコのエキスが効くとか、陽子線治療《ようしせんちりょう》とか、あとは、その、ハーブとか……何か、何かないんですか？　ちゃんと検討したんですか？」

「ありません。きちんと科学的根拠があり、かつ有効だと思われるのが現在投与中の抗がん剤です。そして、その抗がん剤では病気の進行は食い止められない。それだけの話です。もう、死ぬ死なないという議論の段階ではないんですよ、時間の無駄。死ぬのは決定事項。来年、お父さんはいないんです。死ぬまでに僅《わず》かに残された時間をどう使うか。それを検討しませんか。僕も専門家として、できる限りの協力をさせていただきます」

「あ、あなた！　言うに事欠いてっ……死ぬだなんて。うちのお父さんに何てこと言うんですか。どんな難病でも相談に乗ってくれるお医者さんがいるって聞いたから、わざわざ来たんですよ。藁《わら》にもすがる思いで。なのに、そんな言い方、あんまりですっ……」

今度は妻が目を真っ赤にして言った。桐子は怪訝《けげん》な顔で首を傾げてから続ける。

「大事な人なんですよね？」

「当たり前です！」

「大事な人だからこそ、真剣にその死に向き合うべきだと僕は思いますが」

その冷めた口調の一言が、家族の逆鱗《げきりん》に触れた。

それぞれが、青筋を立ててがなりたてる。面談室は喧騒《けんそう》に包まれた。桐子は眉《まゆ》一つ動かさず、眼前の光景をまるで芝居でも見るように眺めている。なぜこの人たちがここまで騒ぐのか、理解できないとばかりに。

そんな中、患者本人だけが。

蒼白《そうはく》な表情で俯《うつむ》き、黙り込んでいた。

外はいい天気だが、風が強い。揺れるプラタナスの木を眺めながら、福原雅和《ふくはらまさかず》は大股《また》で渡り廊下を歩いていた。健康的に日焼けし、逞《たくま》しく引き締まったその長身、端正な顔に意思の強さを感じさせる瞳。時折すれ違う職員や患者に会釈《えしゃく》しながら、真っすぐに進んでいく。

「人の気も知らないで！　もう、こんな病院には来ません！」

突然怒鳴り声が響き渡った。福原が目をやると、北棟の面談室から家族連れが飛び出してくるところだった。顔を赤くして怒っている。女性の一人は泣き腫《は》らして顔を覆《おお》い、男性に肩を貸されてやっと歩いていた。

「どうしました？」

福原は急いで駆け寄る。

女性は、近づいてきた大柄な男を見てぎょっとしたが、その胸の名札に「外科医　福原雅和」とあるのを見るや、すがりつくようにして言った。

「おたくのお医者さんが。うちのお父さんは死ぬって言うんです」

「何ですって」

「何度も何度も、死ぬって。そんな風に言われたら、治るものも治りませんよ……お医者さんに見放されたら、私たちはもうおしまいです。見捨てるつもりなんですか。苦しんでいる患者を」

「落ち着いてください。ええと、あなたは……血液内科に入院中の橋田さんですね。現在は確か、ＩＣ療法の一クール目ですか」

福原は女性を抱きかかえ、パジャマの患者を見て言った。

「ご存知なんですか」

橋田氏の息子は、初めて会った医者が病状を把握していたことに少なからず驚いたようだった。

「副院長という立場上、ざっくりとですが病棟の患者は頭に入れるようにしているんです」

「副院長……？」

福原はせいぜい三十台前半にしか見えない。大病院の副院長にしてはずいぶん若いと思ったのだろう、橋田氏の息子は目を白黒させた。

「そういえば、聞いたことがあります。七十字の外科には、奇跡の手と言われる医者がいるって。難病の患者を立て続けに救って、異例の出世で副院長になったとか」

「いえ、私はまだまだ修行中です。父がここの院長なもので、まあ早いうちから勉強させようということでしょう。それよりも、ご迷惑をおかけしました。すぐに改めて面談をさせていただきます。君、主治医を呼んでくれる？　血液内科の赤園《あかぞの》君だ」

通りすがった看護師に言い、福原は橋田氏に肩を貸して車椅子に座らせた。看護師は頷くと、早足でナースステーションへと入った。

福原は立ち上がる。見上げるほど大きく、頼もしい姿だった。

「面談には私も同席します。私は外科なので畑違いではありますが、何か手伝えることがあるかもしれません。一緒に病気と戦わせてください」

燃えるような目が、橋田に向けられる。

「橋田さん、諦めてはなりません。医者をやってると、奇跡を目の当たりにすることが実際にあるんです。奇跡は起こるんです。いや、起こしましょう」

背後で扉が開いた。

桐子修司が面談室から出てきたところだった。紙資料をまとめて小脇に抱え、車椅子の橋田氏、家族、そして福原を一瞥《いちべつ》する。

「お大事にどうぞ」

それだけ言うと桐子は踵《きびす》を返して歩き出した。振り子時計のような規則正しい足音が遠ざかっていく。

橋田氏の妻がその背を指さし、泣き声で言った。

「あの……あの人です。ひどいことを言った人は」

「重ね重ね、申し訳ありません」

「何なんですか、あの人は。あのお医者さんは」

福原が苦虫《にがむし》を噛《か》み潰したような顔で、言った。

「皮膚《ひふ》科の桐子修司。当院の問題人物です」

第一章　とある会社員の死

八月十二日

病気とは無縁な人生を送ってきた浜山雄吾《はまやまゆうご》にとって、大病院はまるで異世界だった。まるで百貨店のように広大な待合室に、たくさんの人間が座っている。

あまり待つのは嫌だな。早く済ませて仕事に戻りたい。

血液内科外来というところにどう歩けば辿りつくのかもわからず、何度も院内図を確認してエスカレーターに乗る。天井に引かれたレールの上を、四角い白い箱がゆっくりと動いていた。カルテでも運んでいるのだろうか。何もかもが物珍しくて、浜山はあたりを見回した。洗いたてのワイシャツの襟《えり》が首に当たる。糊《のり》の効いたパリッとした感触が心地よかった。

名前を呼ばれて診察室に入る。

「よろしくお願いします」

ベッドが一つ。患者用の椅子が一つ。かすかに漂ってくる消毒薬の香り。白衣の若い医者が浜山を見て座っていた。大きい顔に対しアンバランスなほど小さな目は、分厚い黒縁眼鏡による錯覚《さっかく》だろうか。もしくは、その上で存在感を示している太く黒い眉のためか。胸のプレートには「赤園」と名前があった。

あまり美男子とは言えないが、誠実そうではあるな。浜山は勝手にそんなことを思った。

「検査の結果ですが、白血病《はっけつびょう》です」

赤園は厚い唇をどこか不器用に動かし、小さな声でぼそりと言った。

「……え？」

しばらく沈黙が続いた。

外は眩《まぶ》しいほどの晴天で、街路樹の影が鮮やかなコントラストを描き出している。蟬《せみ》の声は屋内までも響き、聞いているだけで汗が出そうだ。浜山はただ茫然《ぼうぜん》と、医者の顔を見つめていた。

「浜山さんは、会社にお勤めなんですよね」

赤園は眼鏡をくいと上げる。

「あ、はい。今日もこれから客先で打ち合わせがあります」

「じゃ、すみませんがお休みしてもらえますか。すぐ入院しましょう。幸《さいわ》い病棟に空きがあるようですので、そこに」

「え、入院？　今すぐ？」

赤園は頷く。浜山が身を乗り出した時、椅子ががたんと鳴った。

「ですが今日のプレゼンは三か月前から準備してきたものですし、私が急に欠席というわけにはいきません。数日だけ、いえ今日だけ何とかなりませんか。薬とか、点滴とかで」

「ええと、放置すれば数日で死ぬこともある病気なんですよ」

「え……？」

「いいですか。よく聞いてください。無理にお仕事をされますと、今日のうちに死ぬかもしれません。これは誇張《こちょう》でも何でもありませんよ。本当に、危険な状態なんです」

「そんな……でも、そんなに具合が悪い感じはしませんけど」

「うーん……」

赤園は困ったように手元に目を落とした。そして一枚の紙を取り出して見せる。

「どうしてもとおっしゃるなら、自己責任でお仕事していただいても構いません。ただ、リスクはご承知との旨、この念書《ねんしょ》にサインをお願いすることになるんですが、よろしいですか」

「念書……？」

浜山は念書と赤園の顔を交互に見た。

今日死ぬだって？　俺が？　そんな病気があり得るのか？

まるで狐《きつね》に化かされているような気分だった。だが向けられている赤園の目があくまで真剣であると気づくと、膝《ひざ》が震えた。

どうなっちゃうんだよ、俺……。

そのまま椅子に座り込み、頼るように医者を見上げた。

「大丈夫です、ちゃんと治療法は確立されていますから。ええと、まずですね、このあたりに中心静脈カテーテル、という管を入れます」

「せ、先生。どうしたらいいんですか」

赤園は首と鎖骨《さこつ》の間あたりを指さして続ける。

「そこから抗がん剤というお薬を投与しまして、これで異常な細胞をやっつけるわけです。そうして、まずは寛解という状態へと持っていくのが当面の目標になります。そうですね、入院期間は二か月少々といったところでしょうか」

「二か月ですって？　そんなに？」

「はい。でも心配しないでください、白血病は今は治る病気ですからね。完治目指して頑張りましょう」

赤園はそう言って、元気づけるように歯を見せて笑った。あまり自然な笑いとは言えず、浜山にはむしろ不気味に感じられた。

「もう少し詳しく説明しますと、浜山さんの血液は……」

紙にペンで図を描く赤園の後ろでは看護師が歩き回っている。病床の確保、レントゲンの予約、などといった言葉が聞こえてくる。

今日まで順調に時を刻んでいた歯車が、突如として取り外されたのを感じた。

そして同時に、全く別の異質な何かが、浜山を乗せて動き出した。

極めて静かに重々しく。


「マジすか？　浜さん、白血病？　あれって癌《がん》なんですよね？」

電話の向こうで、部下の堂島《どうじま》が素っ頓狂《とんきょう》な声を上げた。

「ああ……血液の癌だって、医者は言ってた」

総合病院の一階待合ホールは広い。行きかう人の数も多く、騒がしい。浜山は受話器をもう少し耳に近づける。

「ですよね。ドラマで見ましたもん。でも、こんなに急になるもんなんですか？」

「俺の場合、急性骨髄《こつずい》性白血病と言って、進行が速いらしい。それも癌細胞が骨髄の中から溢れ出して、既に全身に回っている状態だそうだ……」

浜山は自分で言いながら、寒気を感じた。

俺の骨の中心部には、異常な細胞がたっぷり詰まっているのだ。奴らは増殖し、正常な細胞を圧迫して、どんどん減らしている。それに飽き足らず、骨髄から血流に乗って流れ出し、体中を蠢《うごめ》いている。俺の腹にも、足にも、指先にも。

想像すると不気味で仕方なかった。

「わかりました。例のプレゼンは任せといてください。こっちでうまくやりますから」

「え？」

「だって入院になりますよね？」

「あ、ああ。そう言われた。すまない……急な連絡で」

「何言ってんですか、浜さん。白血病ですよ。会社の心配してる場合じゃありません。大丈夫です。浜さんいなくたって平気ですよ、自分や西尾で回します。入院は、クリーンルームですか？」

「いや、しばらくは一般病棟だそうだ」

「ならお見舞いにも行けますね。落ち着いたら受注の報告をお土産に、チームのみんなで行きますから。闘病《とうびょう》頑張ってください。では」

「ああ。ありがとう」

電話は切れた。緑色の公衆電話に受話器を戻して、浜山はふうと息を吐いた。

俺がいなくても大丈夫か。堂島は元気づけようとして言ったのだろうが、逆に悲しい。

しかしあいつ、よく知ってたな。テレビドラマで見たんだろうか。白血病の罹患《りかん》率は年間で十万人あたり六・三人だと聞いた。確率は〇・〇〇六三パーセント。俺だって、ドラマの世界の病気だと思ってたよ。

横の公衆電話では老婆がにこにこしながら誰かと話していた。迎えを呼んでいるらしい。帰ったら寿司が食べたいなどと言っている。

少し落ち着いて考えたい気分だった。

気合いを入れて締めてきたネクタイを緩める。

浜山はプレゼン資料の入った鞄《かばん》を持ち、ゆっくりとソファまで歩くと、深く腰かけた。ソファは四人掛けのものが無数に並んでいる。会計や案内を待つ患者が座り、週刊誌を読んだり、壁にかけられた大きなテレビを茫然《ぼうぜん》と眺めていた。

腕を骨折している人がいる。マスクをして咳《せき》をしている人もいる。子供を連れた母親がいる、眼帯を付けた若者がいる。彼らは束の間病院に訪れ、診察を受けてはすぐに外へと帰っていく。

俺だってそのつもりだった。

少し肩の付け根が痛くて、体がだるく、たまに息切れがあった。ちょっとした体調不良。休日出勤と残業が続いているから、仕方がないことだと思っていた。症状は治ったり、ぶり返したりしながら、ついに昨日は熱が出た。妻にお尻を叩かれ、病院で薬だけ貰おうと思ってやってきた……。

なのに、なぜ。

なぜ俺が。

もらった処方箋《しょほうせん》を片手に、腕時計を見ながら外に出て行くOL風の女性がいる。自動ドアが開き、女性を送り出してまた閉じた。

俺は仕事に行かない。行かなくていいんだ。こんな真昼間から、テレビを見ている。明日も明後日も、一か月も二か月も。

途方に暮れそうだった。小学校の時、休校日に間違って来てしまったような、そんな心細さを思い出す。世の中が自分を無視して動いているようだ。

鞄の中の名刺入れが、弁当が、手帳が、悲しかった。

浜山は鞄を開き、資料を取り出した。プレゼンに備えて昨日何度も読み込んだそれは、赤で無数の書き込みが加えられ、折れ目が付いてぼろぼろになっている。意味もなく資料に目を落とす。無意味だと知っていながら、ページをめくる。

とにかく時間が欲しかった。静かに考えたい気分だった。

仕事の関係者には連絡を入れた。問題は妻だ。

妊娠六か月の妻にどう伝えればいいのか。

もう少し考えなければ、とても思いつきそうになかった。


「白血病の治療方針は『トータル・セル・キル』というものです」

主治医の赤園は黒縁眼鏡の奥で目をしばたたかせながら、のそりと立ち上がる。そしてホワイトボードに細胞《セル》の絵をいくつか描き、その上に大きく×印を付けた。

「つまり血中の細胞を全滅させるということです。正常細胞も、異常細胞も」

「ぜ、全滅ですって……」

「浜山さんの癌細胞は今、自由に血の中を泳ぎまわっています。細かい癌細胞を一つ一つ選別してやっつけることはできません。そして癌細胞は一つでも撃ち漏らせば再び増殖してしまいます。ですから犠牲は覚悟の上で、強力な抗がん剤を投与します。正常細胞もろとも根こそぎ死滅させるのです。癌細胞がいなくなるまで」

赤園は淡々と、説明を行う。その声がぼそぼそと無機質な面談室に響き渡る。浜山は震えながら聞いた。

「そんなことをしたら、俺の血はなくなってしまうんじゃありませんか」

「なくなりはしませんが、血球の数は激減します。なのでその分を輸血などで補わなくてはなりません。また、一時的にばい菌への抵抗力が失われてしまいます」

「どうなるんですか」

「普通ならちょっとした風邪ですむような病気も、命にかかわる症状になってしまうんです。ですから衛生には十分気をつけましょう。食事前、トイレ後のうがい、手洗いは欠かさずに。何かに触れたら必ず手を消毒。血球数が一定量を切ったら、無菌室という特別に隔離《かくり》したお部屋に移っていただくこともあります」

「クリーンルームってやつですか」

「あ、ご存知でしたか。まさにそれです。ただ、無菌室では面会はご家族のみ、一日一時間までとさせていただいてますので、ご了承ください」

「……はい……」

「さて、処方するお薬ですが。抗がん剤はアンソラサイクリン系という、まあ実績のあるお薬ですね……それから場合によっては利尿剤と強心剤、輸血は血小板を……」

赤園は薬について説明し、一通り話し終わるとこちらを見た。

「何かご質問はありますか？」

浜山は口ごもる。口の中がカラカラだった。

「あの……」

言ったところで咳が出た。それを見て察したように、赤園が口を開く。

「ああ、副作用について説明をしていませんでしたね。抗がん剤は強いお薬ですので、やはり副作用があります。聞いたことがあるかもしれませんが……まずは脱毛。それから口内炎、吐き気、下痢などです。しんどいかもしれませんが……浜山さんが苦しんだ分だけ、癌もやっつけているわけなので、頑張っていきましょう。私も吐き気止めなど処方して、サポートしますので」

「いえ、あの」

「はい？」

浜山はもう一度咳をし、そしておそるおそる聞いた。

「あの……治るんですよね」

赤園は虚を突かれたような表情をする。

「治るんですよね。その、トータル・セル・キルですか……それをやれば、治るんですよね。俺、死なないですよね」

赤園は笑った。

「あ、ええと、基本的に治ります。言ったじゃないですか。白血病は、今は治る病気なんです。完治した人だっていっぱいいますよ」

浜山も釣られて笑う。それを見てか、赤園は口を滑らせた。

「ほとんどの人が、このやり方で寛解まで持ち込めていますからね」

「ほとんどの人……？」

浜山の口端が引きつった。

「ほとんどって、どれくらいですか」

赤園が口を閉じ、一瞬だけ無表情になった。その眼鏡の奥の目が、浜山をぼんやりと見る。それから再び笑みを浮かべ、言った。

「ええと、約八十パーセントです」

五人に四人。

浜山は、冷たく静かに背中に汗が流れるのを感じた。

五人に四人。五回に四度。それは、果たしてくぐり抜けられる確率だろうか。血液内科の大部屋、ベッドに寝転んで浜山は天井を見つめていた。扉が開き、点滴棒を引きながら痩《や》せた老人が室内に入ってくる。

先ほど軽く雑談した仲なので、浜山は会釈した。彼もまた、急性骨髄性白血病《AML》だと言っていた。

老人は大きな息を吐き、いかにも億劫《おっくう》そうに自分のベッドに身を横たえた。

この大部屋には六人の患者がいる。つまり、この部屋で一人は治らないのだ。治らなかったらどうなるんだ？　治らないって、どういうことだ？　それってつまり、死……。恐ろしくて、赤園に確認することはできなかった。

　ふと、入口に不安そうな顔が見えた。細面の女性が首を伸ばして覗き込み、病室の中を窺《うかが》っている。

「おう」

　浜山は手を振った。

　取るものも取りあえず駆けつけてきたのだろう、髪がぼさぼさの女性は浜山を見てほっと息をつくと、垂れた目を細めて弱々しく笑った。浜山も、同じように笑った。

　女性は大きく膨《ふく》らんだ腹を抱えるようにしてベッドサイドの椅子に腰かける。浜山はカーテンを引き、口元を緩めて妻の腹に触れた。

「京子。悪いけどスーツ、持って帰ってくれるか」

　浜山はつとめて明るい声で言い、脇のハンガーにかけたスーツと、朝に着て昼脱いだばかりのワイシャツを示す。京子は大人しく頷いた。

「しばらく着ないからな。クリーニング、しといてくれ。退院する頃には秋だ。いや、その腹じゃ持って帰るのは大変か。じゃあ郵送するから受け取りを頼む」

「ねえ、雄吾。そんなことより、あなた……」

「ん？　そうだ、次の健診はいつだっけか」

「健診は来週」

「そっかそっか。次こそ一緒に行こうと思ってたんだけど、悪いな。行けなくなっちまった。エコーだっけ？　あれで見るの、楽しみにしてたんだけどなあ」

「……」

京子は眉じりを下げて浜山を見つめていた。その悲痛な表情を見て、浜山は反射的に笑顔を作る。

「どうした？　そんな顔すんな、大丈夫だよ。それより治療費だよな、保険にでも入っておけば良かったな、まさかこんな病気想像もしてなかったし」

「雄吾……」

「なんだよ、電話で言ったろ？　今は治る病気なんだって、センセイが言ってくれたんだ。心配すんなよ」

京子は浜山の言葉には答えなかった。ただ、まばたきもせずに浜山を見上げ、その人差し指をすっと差し出して頬に触れた。

「あ……」

冷たかった。いや、温かかった。その不思議な感触で、ようやく気づいた。

「俺……泣いて……」

慌てて俯き、病院服で目を拭う。音もなく流れていた涙が、裾《すそ》を染める。手が震えていた。唇がかじかんでいた。歯の奥が、かちかちと鳴っていた。

背後から温もりが覆いかぶさってくる。京子だった。京子が、俺を抱いてくれている。

「一番怖がってるの、あんたの癖に。強がらなくていいの」

「……うるさいな」

くそ。こいつには敵《かな》わない。

「わかるよ。驚いちゃったんだよね。今日までずっと、普通に過ごしてきたのに……急にこんなことになって、入院なんて、びっくりしちゃったんだよね。雄吾って、そういう人だもん」

ぽん、ぽん。ゆっくりと一定のリズムで、京子が背中を優しく叩いてくれる。それは不思議と心を落ち着かせた。叩かれるたびに、そのたびに、悪いものが体から消え去っていくような気がした。

「……だってよ。プレゼン……俺……」

声がまともに出ない。

浜山はまるで子供のように嗚咽《おえつ》していた。

「わかってる。頑張ってたもんね。ずっと前から、毎日遅くまで準備してたの、知ってる。私は、知ってる」

京子はゆっくり浜山に合わせて言う。浜山はしゃくりあげながら、歪《ゆが》む視界を睨《にら》み付けながら、必死で言葉を紡《つむ》ぐ。ぽたぽたと熱い涙がベッドに落ちた。

「……それに、俺……」

「ん？」

「俺ッ……お前に子供……のに、こんな……してる場合じゃ……」

「大丈夫。全部、大丈夫」

京子は四つも年下の癖に、こういう時は不思議に頼もしい。これが母性なのだろうか。寄り掛かればそのままどこまでも受け止めてくれそうな、温かさと優しさ。それに比べて俺は何て頼りないんだ。子供が、来年生まれてくるというのに。

男の子だって、つい二日前にわかった。

昨日から、名前を考え始めた。

そして今日、俺は……。

「焦らないよ。大丈夫だよ。雄吾、一人じゃない。私がいるよ」

「だけど、俺……」

顔がくしゃくしゃになっているのが自分でわかった。自分でも正視に耐《た》えないだろう顔を、京子が掴んで持ち上げる。そして正面から見つめ合う。

「一緒に頑張ろう。ね、今までだってそうやってきたじゃない。あなたが事故を起こした時も、私が鬱《うつ》になった時も。ね、何とかなって来たじゃない」

京子の大きな黒い瞳の中で、自分がまばたきしている。

「一緒に治そう。二人なら、大丈夫。ね。一人で抱えないで、何でも相談してね」

京子がにっこりと笑う。その唇が、震えるほど愛しく思えた。

感染症には気をつけろと言われていた。肉体的接触はできるだけ避けるようにと言われていた。だから浜山は指を伸ばした。

京子の唇に指で触れる。京子は逃げようともせず、それを受け入れた。触れ、撫で続けている間、唇はずっとそこにいた。なぜか出会ったばかりの頃を思い出す。

体の震えが、少しだけ治まった。

八月十三日

「福あら、福原先生、お、おりあ……お願い、あり、あるんだ」

回診中、小学二年生の澤田《さわだ》ハジメが、何度も言い直しながら福原に声をかけた。福原は聴診器を首に戻してから優しく笑う。

「ん？　何だい、言ってごらん」

「あ、あのさ。つ、ふる、いや、さるが」

澤田は脳腫瘍《のうしゅよう》を患《わずら》っている。夏休みだというのにどこへも遊びに行けず、ベッドの上で毎日を過ごしていた。シーツの上に散らばったロボットの玩具《おもちゃ》や、擦《す》り切れた漫画本がいじらしい。

「ふる……？」

「あ、いや。つ、鶴《つる》」

澤田の言葉はたどたどしい。脳腫瘍による言語障害だ。福原はできるだけ澤田を緊張させないよう、あえてテンポを落として会話した。

「ああ、千羽鶴か。学校の友達にもらったのかい」

澤田が掲《かか》げた鶴の束を見て福原は笑った。色とりどりの折り紙で作られた鶴。澤田も歯を見せて微笑《ほほえ》む。いくつかの歯が抜け、永久歯になりかわりつつあった。

「で、でも俺。味噌《みそ》する。濡らして……ほら」

「ああ。味噌汁をこぼしちゃったのか」

鶴の束が一つ、ふやけてぼろぼろになっていた。いくつかは破れている。澤田は申し訳なさそうに折り紙の束を取り出した。その紙は折りたたまれ、ひし形を成している。

「これは？　作り途中の折り紙かい」

「うん。俺、こら、こわした分、作りたうて……。で、折った。だけど、ここが折れないくて、福原先生に、そこだけ、わるいけど」

「ああ……」

福原は一枚の折り紙を手に取った。確かにこれは鶴だ。途中までの鶴だ。手にも麻痺《まひ》が出ている澤田は、さぞ苦労してここまで折ったのだろう。何本も重なり、歪んだ折り目がそれを示していた。

羽を広げることができず、縮こまったままの鶴はどこか澤田と似ていて、福原は胸が締め付けられる思いがした。

「ごめん、先生。忙しいおね……。俺、これ、シジュッ前に、作りたい、だ」

おずおずと言う澤田。その手から折り紙を取り、福原は明るく声をかけた。

「この折り紙、貰っていいかな」

「え？」

「お医者さんと看護師さんで、足りない分を作ろう。自分で作るより、俺たちの想いを込めた方が、ずっと効くはずだ、そうだろ？」

澤田が目を丸くした。

「福あら、福原先生。いいの？」

「もちろん。手術は明後日だよな。それまでに間に合わせるよ」

「……先生。シュジツ。痛い、だよね。俺……」

澤田が顔を青くして俯く。福原はその大きな掌《てのひら》を広げ、体格の割に細く長い指で澤田の頭を撫でた。

「大丈夫だ」

「先生」

「手術は、俺がやる。俺は絶対失敗しない」

「……ほんとう？」

「嘘なんかつかないよ」

「俺……まら、ドッジできる？」

「できる。ドッジボールだって、サッカーだってできる」

「だって……もう、おりあ、折り紙も、掴めないのに……」

「掴めるようにしてあげる。だけど先生一人じゃだめなんだ。ハジメ、一緒にやろう。ハジメが手術とリハビリを諦めずに頑張ってくれたら、先生は絶対君を治してあげる。この手に誓って、約束するよ」

福原は澤田の肩を抱き、目線を同じ高さにしてまっすぐに見た。澤田はその澄んだ瞳を覗き込む。テレビに映るヒーローのような、燃えるような瞳だった。

澤田は顔を歪ませた。唇が震える。怖いのだろう、無理もない。

発症してからどんどん麻痺《まひ》していく体。止まらない嘔吐《おうと》、頭痛。親や友達からも離れて一人入院し、明後日には頭にメスを入れて腫瘍《しゅよう》を切り取るのだ。八歳の彼には大き過ぎる試練だ。

それでも、澤田は恐怖を飲みこんだ。

涙も弱音も全部こらえて、福原に言った。

「約束、ふるよ。シジュツと、リハビリ……頑張るよ。だから……だから先生……」

後は言葉にならない。福原は頷く。そして、澤田の痩《や》せた背をぱんと叩いた。

「男と男の約束だ」

澤田も潤《うる》んだ目で頷いた。福原は折り紙を持って立ち上がる。

「これ、貰ってくぞ。手術前には、千羽揃った姿で返すから」

澤田は健気《けなげ》に微笑んでみせた。福原はそれを見届けると、澤田の病室を出た。次の病室へと歩く。その胸の奥は火が宿ったように熱かった。

——約束するまでもない。必ず助けてやる。俺は、絶対に諦めない。

病室に入る前に、福原は看護師に千羽鶴と折り紙を預けた。

「これ、みんなで折るように伝えておいてくれないか」

「わかりました」

「明日までだ。それから俺も一枚折るから、一つ残しておいてくれ」

「はい、先生」

看護師は頷くと、千羽鶴を持って医局の方へと向かった。

暑い。

内科医、音山晴夫《おとやまはるお》は太り気味の腹を揺らしながら、汗を拭き拭き歩いていた。ただでさえ丸顔なのに、軽く汗を含んだ髪が輪郭《りんかく》に沿ってしな垂れており、その頭は満月のように綺麗な円形に見えた。肌の血色は良く、頬などは赤く染まっている。

二階の端っこまでやってきたところでふうと息を吐き、もう一度額の汗を拭いた。それから院内図を見る。

おかしいな。このあたりのはずなんだが。

皮膚科のさらに奥。健診センターすら通り過ぎた。一向にそれらしきものは見えてこない。もうこの先には職員用の手洗いしか……。

「まさかあれか」

先日まで予備倉庫だったはずの扉に、「第二医局」と張り紙がある。音山は眉をひそめた。張り紙はごく普通のコピー紙、文字はマジックで手書き。

ずいぶんな扱いじゃないか。

音山は丸い目で念のためにあたりを見回してから、扉をノックした。

第二医局。

人員が増えたため、医局が一室では手狭《てぜま》になったので急きょ用意された部屋。と言えば聞こえはいいが、実質はある一人の問題医師を隔離《かくり》するために作られた場所に過ぎない。

「おーい、いるかい。入るよ」

音山は扉を開く。半ばまでは開いたがすぐにつっかえた。目を白黒させていると、中から声がした。

「そこまでしか開かないよ。何とか滑り込んでくれ」

桐子修司だった。音山は呆《あき》れながらも、脂肪で分厚い体をゆすって、なんとか扉の隙間《すきま》から室内に入り込んだ。

「凄い部屋だな」

部屋には窓がなく、明かりは小さな電球一つ。ひどく息苦しく感じる。部屋そのものが小さいためでもあったが、最大の原因は所狭しと積み上げられた医療品の段ボールだ。生理食塩水にガーゼ、包帯……。段ボールは部屋の半分を占め、扉を全開することすら妨げている。

「何もこんなところに置かなくても」

「音山、仕方ないんだよ。ついこないだまで倉庫だったんだから」

桐子は白衣を身にまとい、段ボールの一つを机に、別の一つを椅子にして弁当を食っていた。不機嫌そうな顔だったが、それが彼の普段の表情であることを長い付き合いで音山は知っていた。

「こないだまでどころか、今だって倉庫だよ。君は第二医局に異動になったわけじゃない。倉庫で仕事させられているだけだ」

「的確な表現ですね」

くすくす、と笑い声がした。音山が振り返ると、クリップボードを持った長身の看護師が立っていた。神宮寺千香《じんぐうじちか》だ。切れ長の目にぷっくりした唇。ストレートの黒髪を後ろでまとめているが、数本が横向きに飛び出している。それはだらしなさと色気との狭間《はざま》で、独特の魅力を放っていた。

「別に倉庫だって構わないよ。どこで仕事をしようが変わりはない。むしろ個室の方が僕は過ごしやすくていい」

桐子は平気な顔でそう言い、走り書きのメモを神宮寺に渡す。神宮寺はそれを笑顔で受け取るとクリップボードに挟《はさ》んだ。能天気な二人に我慢がならず、音山は言う。

「わかってるのかい。これは明らかに嫌がらせだよ。副院長が画策しているんだ」

「副院長？　福原が？」

「そうさ。福原は自分の権力を使ってやりたい放題だ。そもそも君が皮膚科に追いやられたことからして変だったじゃないか。君はずっと内科系を希望していたのに、無理やりだ。あんな人事、普通だったらあり得ない」

「人が足りないと言うんだから仕方ないじゃないか。それに皮膚科だってやりがいはあるし、素敵なところだよ」

「素敵だって？　例えばどこが」

「そうだね、急患《きゅうかん》が少ないとか……」

音山は顔を手で覆った。

「桐子、君は呑気《のんき》だなあ。いいかい、福原は君に最後のチャンスを与えたつもりでいるんだよ。これで反省することなく、引き続き問題を起こすなら、君……病院を追い出されてしまうよ」

「そうなの？」

「そうだよ。同期のよしみで忠告に来ているんだから、よく覚えておいてくれよ」

「そうだったのか、ふーん……飲むかい？」

桐子が魔法瓶《びん》を手に音山を見る。

「コーヒーか」

「いや。お湯だけど」

「……いらないよ」

「そう。僕は飲むよ」

魔法瓶から白湯《さゆ》を注ぐ。柔らかな蒸気が立ち上った。桐子はそれをうまそうにすする。

副院長室にはデロンギのコーヒーメーカーが置かれているのに比べると、何という落差だろう。

「ちょっと……桐子。それ、何だい」

「え？」

「それだよ、それ。箸《はし》代わりにしてるもの」

「ああ。ボールペンだけど」

桐子はそれが何か、と言いたげな顔で、黙々と弁当の中身を二本のボールペンで口に運んでいた。

「相変わらずだな、君は……」

「洗えば問題ないだろう。要は必要な機能を満たすかどうかなわけで」

桐子は電子カルテを眺め、またメモを取る。音山は苦笑する。大学の頃からこういう奴だった。鞄代わりにビニール袋に教科書を入れていたこともあったっけ。

「まあいいや、俺もちょっと飯を食わせてもらうよ」

「どうぞ」

　音山は売店で買ってきたサンドイッチの包装を取り、口をあんぐりと開いて深めに差し込んだ。もすもすと中に押し込みながら、手にしていたクリアファイルから一枚の折り紙を取り出して広げる。桐子が訝《いぶか》しんだ。

「……何してるの？」

「え？　折り紙だよ。鶴を折ってるんだ。そうだ桐子、お前も一枚折れよ」

「何のために」

「福原が脳腫瘍の患者さんと約束したんだってさ。千羽鶴を完成させて、手術を成功させるって」

　桐子は音山から一枚の折り紙を渡されると、不思議そうにそれを眺めた。

「え？」

「どうして人は、こういうものに頼るのかな」

「千羽鶴で腫瘍が消えるなら誰も苦労しない。これまで何羽の鶴が病院に届けられ、そして虚しく燃えるゴミになっていったんだろうか」

「桐子。みんな、千羽鶴が病気を治すと考えてるわけじゃない。だけど人はそれで元気づけられるんだ。病気と戦う人のために、人は何かをしたいんだよ」

「何かをしたいというなら、医療費の足しにと現金を渡すのが一番いいと思うけどね。鶴を折るのは自由だけど……鶴を折るだけで、何かをしたつもりになってしまうのは良くないよ」

音山は桐子の顔を覗き込む。彼は無表情だった。

「僕たちだって、鶴を折るよりは一人でも多くの患者さんを診た方がいいはずさ。そうだ、これからは不要な鶴を捨てなければいいんじゃないか？　死んだ患者の鶴は取っておいて、また別の患者に使えばいい。紙の無駄も減る」

桐子は平然と言ってのけた。冗談という雰囲気ではない。完全に本気だった。神宮寺がふふっと笑った。

「桐子先生、それを他の人の前で言ったら空気が凍りますよ」

「そうかい？」

音山がため息をついた。

「桐子、君は本当、相変わらずだなあ……」

他人の感情に鈍感というか。

「音山先生も、よく桐子先生と友達やっていられますね」

「もう慣れたよ」

桐子はしばしば人をぎょっとさせるようなことを言うが、悪意があって発言しているわけではないのだ。彼なりに真剣に考えているのだが、結果としてピントの外れた答えを出す。

「僕は正論を言っているつもりなんだけど」

「正論だけでは通用しないのが病院だよ。だから君は、こんなところに押し込められるんだ」

「そうなんだ」

桐子はきょとんとしている。

彼は自分の言葉に棘《とげ》が含まれていても気づかない。張り切って美容院に行ってきた女性に「その髪型は前より不細工に見えるね」と言い放ち、一発で恋を終わらせたのは同期の間では有名な話だった。

ただ、他人の嫌がらせにも無頓着《むとんちゃく》だ。「個室の方が過ごしやすくていい」との言葉は、本心からなのだろう。喜んでいる節さえある。

ふと、桐子が開いているノートパソコンの画面が音山の目に入った。

「ちょっと待て。桐子、何を見ているんだ、それ」

そこには電子カルテが表示されている。

「それ、どこの患者だ。君の受け持ちじゃないだろう」

「血液内科だよ」

音山は身を乗り出した。

「……またか。死神じみた嗅覚だな」

「まあね。カルテを読みこむのは好きなんだ」

皮肉のつもりだったんだが。音山は心の中でこぼす。

背後から覗き見るだけでわかる。先ほどから桐子がカルテを眺め、メモ帳にピックアップしている患者たち。それはみな死病の患者ばかりだ。もはや手の施《ほどこ》しようがない病気。死が目の前にまで迫っている、あるいはそれに近い状態。医学を学んだ者なら流し読みするだけで見当がつく。あるのだ。死臭が漂い、死相が現れ、禿鷹《はげたか》があたりを飛んでいるカルテというものが。

思わず目を背けたくなるような、死の気配の濃いカルテを桐子は黙々と読みこんでいる。

「……桐子。するのか。その患者の面談」

「患者さんから依頼されればね」

「そうやってよその患者に首を突っ込むから、問題が起きてるんだぞ。わかってるよな。これ以上、福原を怒らせたら……」

「どうして福原の顔色を窺わなくちゃならないんだい。僕ら医者が向き合っているのは、患者だけだよ」

音山は歯噛みした。

桐子、君は陰で何と呼ばれているのか知っているのか。それがどれだけ医者として恥ずべき仇名《あだな》なのか気づいているのか。

人を死に追いやる医者。

——死神。

八月十九日

京子は箪笥《たんす》を開ける。そしてワイシャツを数えようとしている自分に気づき、ため息をついた。

結婚してからずっと続けてきた習慣は、そう簡単に抜けはしない。あの人は家にいないのに、会社になど行かないのに、ワイシャツも、ネクタイも、靴下も、準備してしまう。

人が一人家からいなくなるというのは、思っていた以上に大きな変化だった。

作り過ぎた料理をタッパーに仕舞う虚しさ。お風呂を出る時、保温機能をオフにする寂しさ。一人分、布団を敷かない味気なさ。

何気なく行っていた作業の全てに、雄吾との繋《つな》がりという背景があったと気づかされる。ついこの間まで、一緒にいたのに。

食後、私のお腹に触れながら、家族が増えたらもっと広い家に引っ越そうか、なんて話していたのに。この喪失感の前では、何もかもまるで夢のようだ。

時々恐ろしくなる。

このまま雄吾が帰って来なかったら、そんな思いが頭をかすめる。

雄吾がいない毎日に慣れることで、本当に雄吾がいなくなってしまうような気もした。だったら慣れたくなんかない。辛い思いを抱えていたい。

お腹がぽこんと動いた。中の人間が、京子を内側から叩いている。

京子はソファに座り、自ら腹を撫でた。

そうだよね。頑張らなきゃ。お母さん、頑張らなきゃね。

雄吾だって、頑張ってるんだ……。

抗がん剤の投与を目の前で見た時を思い出す。

透明な袋に入れられた鮮やかなオレンジ色の液体が、点滴棒で中空に吊り上げられている。それがぽたぽたと落ち、かすかにチューブを震わせながら雄吾の体の中に染みこんでいく。

まるで清涼飲料水のような液は、血管の隅々にまで行きわたり、血中の細胞を破壊し尽くすのだ。雄吾の顔で、手で、胸で、腹で、足で、その皮膚の一枚下で彼の細胞が死んでいく。

あの時、雄吾は何も言わなかった。

ただ目をかっと開いて、オレンジの液体が自分を目がけて突き進むのを、見つめていた。

六時。病院では今頃、食事の時間だろう。何を食べているだろうか。一人で寂しくないだろうか。遠くにいる雄吾を思い、京子は夕焼け空を見上げた。

浜山は小さなカツを箸で掴み、齧《かじ》った。

肉か魚だと思ったら、それは野菜だった。中にチーズが入っている。これ面白いね、と言おうと思って顔を上げる。

正面には誰もいない。ただテレビのバラエティ番組が無音で流れているだけ。いつもそこに座っていて、から揚げを半分こしたり、醤油やソースを渡し合いながら一緒に食事をした妻の姿は、どこにもない。

ため息をつく。涙がこぼれそうにすらなった。誰とも知らぬ配ぜん係が運んでくる病院食は、色々と工夫されているのはわかったが、ひどく味気なかった。

たった一人の食事。たった一人の就寝。

一人暮らしをしていた頃には平気だったあれこれが、今はひどく胸を締め付ける。

ふと、味噌汁の上にはらりと何かが落ちた。浜山はじっとそれを見る。髪の毛だった。

おそるおそる頭に手をやり、軽く引っ掻《か》いてみる。ぱさぱさと音を立てて、まるで埃《ほこり》でも払ったかのように頭髪が落ちた。髪を掴んで引っ張ると、ごっそりと手の中に抜けた。

浜山は慌てて立ち上がり、洗面所に入ると鏡に映った自分を見た。

つむじの右下あたりが綺麗に禿げ上がっていた。

掴んだ髪をゴミ箱に放り込み、もう一度頭に手をやる。その脂気の感じられない髪をつまむ。引っ張る。ほとんど抵抗もなく、毛は抜けた。

抗がん剤の副作用だ。

髪を手ぐしですいてみる。何本も何本も、指に絡まって毛が抜ける。面白いくらいだった。足元に、床屋に行った時のように髪の束が落ちる。

覚悟はしていたものの、実際に目《ま》の当たりにすると衝撃だった。

俺が禿げる時が来るなんてな。

情けないやら、呆れるやらで浜山は俯いて目をしばたたかせた。ぱらり、と洗面台に短い毛が落ちた。拾ってみると、睫毛《まつげ》であった。

八月二十二日

「午後、見舞いに来る？　そうか」

浜山は休憩室の端っこ、通話スペースで携帯電話に向かって話す。

「じゃあさ、帽子買って来てくれよ。うん。あとさ……なんていうんだ、お前が使ってるやつ。いや、ほら。化粧の……眉を描くやつ。うん。あれ、貸して欲しいんだ。いや、ちょっとはマシになるかと思ってな」

電話を切り、浜山はふうと息を吐いた。

一度抜け始めると早かった。

あれほどふさふさだった髪は根元からちょん切られたように抜け落ちた。僅《わず》かに残っていた部分も、むしろみっともないので自分で引っこ抜いた。それだけではない。睫毛や、眉毛まで薄くなり始めた。どちらかと言えばいかつい顔で通っていた浜山も、こうなってはまるで宇宙人のようだ。

鏡を見るのが怖くなり、洗面台に立つ頻度は減った。

代わりに、トイレの回数が増えた。

吐き気が止まらないのだ。吐いても吐いても、まだ吐き足りない。胃がむかむかし、腹筋が痛いほどである。すでに腹の中は空っぽで、トイレに行っても胃液しか出てこない。にもかかわらず、ベッドに戻ってほんの数分でまた吐き気が湧き上がる。

主治医に訴えると制吐剤《せいとざい》を処方してくれるのだが、どうも浜山の場合効き目が悪いようだ。

一日中吐き続け、便器と見つめ合う日々。

満足に食事もとれないため、頬のあたりが目に見えて痩せてきた。こんな状況だが、水はたくさん飲むようにと言われている。尿をたくさん出さないと、良くないらしい。必死にコップを口に運ぶのだが、そのプラスチックの歯触りや、水の感触ですら吐き気を呼び起こす。飲んでは吐き、飲んでは吐く。

嘔吐するたびに涙が流れ、喉が痛んだ。

追い打ちするかのように、口中の粘膜《ねんまく》にも副作用が現れ始めた。口内炎が五個も十個もでき、潰れてはまたその上にできる。喉はひりひりして、常に荒れている。口を動かすのも億劫になる。

しかし、感染症を防ぐため、まめにうがいをしなくてはならないのだ。

大の男が口内炎くらいで悲鳴をあげるなと言われるかもしれない。しかし、瞬間ならまだしも一日中、痛みに耐えるのは辛いものがあった。

ちくちく、じわじわ。

痛みと、吐き気。そして下痢に、脱毛。

食事は楽しめず、常に体がだるい。自分の体が壊れていくのを感じるのは、想像以上に精神を疲弊させる。

浜山はため息をついて、ソファに腰かけた。

俺は何のために生きているのだろう。

そんなことを思う。

死にたいわけじゃない。ただ、疲れた。この疲れを取るために、少しだけこの肉体を離れて自由になりたい、そう感じる。病気を治すためには、こんなに疲れなくてはならないのか……。

浜山は自分の頬を手のひらで叩いた。

弱気になるな。

医者は言っていた。少しの辛抱だ。抗がん剤治療が終われば、髪は再び生えてくるし、口内炎だって治る。心配する必要はない。癌をやっつける過程の、一時的な症状に過ぎないんだ。

もう一度頬を叩く。骨ばった頬を、弱々しく叩く。

そして立ち上がり、点滴棒を支えにしながら、ゆっくりと自室へと向かった。

八月二十三日

掌にシャワーの水流が降り注ぐ。当たっては砕け、細かい水の粒子として落ち、排水溝へと流れ去っていく。福原雅和はその逞しい体を壁にもたせかけ、天を仰いで湯を浴びていた。

血と脂と消毒薬と、そして石鹸の匂いがする。手には微かに緊張が残っていて、それを温水が優しく取り除いていく。

難しい手術だった。目を閉じる。冠状《かんじょう》動脈の左前下行枝にバイパスを繋いだ瞬間の映像が鮮やかに蘇る。心臓は動いたままであり、血管は虫のように脈動している。そこにバイパス……患者の手首から持ってきた血管……を繋ぎ、新たな血液の道を作るのだ。繊細かつ迅速な手さばきが必要となる。

一歩間違えれば大出血。

死はすぐそこで舌なめずりをしている。

福原は患者の心臓の動きを読む。それを体内に取り入れる。自分と患者とが一体となる感覚。

ドッ、ドッ、ドッ、ドッ……。

患者と福原。二人の心臓が、ハーモニーを奏で始める。

相手のリズムに逆らってはならない。伴奏に主旋律《メロディ》を乗せるように、あくまで自然に滑らかに。鋏《はさみ》に似た金属製の道具……持針器を、本能で駆る。ほんの僅かの異常も見逃さぬよう、まばたきもせずに患部を見つめながら。脳は冷たく心は熱く。脇に立つ助手の息遣いが消え、福原に聞こえるのは互いの拍動《はくどう》だけ。流れるように針を繰った。無影灯の光を浴びて、持針器の持ち手が黄金色に煌《きら》めいた。

心臓が止まって見えたな。

福原は髪を洗いながら、つい数分前の手術の出来に満足して笑った。

救った。俺は、救ったんだ。俺がいなければ死んでいた患者を、生き残らせた。

シャワーを止める。片手でタオルを取り、かすかにカールがかかった真っ黒な髪に押し付けて豪快に拭く。

命を死神から取り返した手ごたえを確かめるように、福原は拳を握りしめた。

音山晴夫は男子更衣室の前で待っていた。と、カーテンが開き、白衣をまとった福原雅和が出てきた。風呂上りらしく血色がいい。日に焼けた肌に、かすかに汗が光っている。

音山は手を上げて声をかけた。

「やあ福原、お疲れ様」

「おう音山」

福原は同期生の姿を認めると白い歯を見せて笑った。手術前の獣じみた闘志が消え去り、福原は人懐っこい笑顔の美男子に戻っていた。

「小切開冠動脈バイパス《ミッドキャブ》手術だったんだろ。大成功だそうじゃないか」

「まあな。俺にかかりゃ、ちょちょいのちょいよ」

「あんな人間の中でボトルシップ作るような真似、よくやるよ……脳腫瘍の少年も成功だってな。脳外科も心臓外科もこなすなんて、信じられないよ。いっそ内科もやってくれないか、たまには長期休暇でも取りたいんだ」

「おいおいちゃんと働かないと、副院長権限で減給すっぞ」

福原は冗談っぽく音山の首に腕を絡めた。「それは勘弁《かんべん》」。音山もにやつく。医局ではこんなやり取りはできないが、二人になればいつでも友人同士に戻れる。音山はできるだけ自然にと意識して切り出した。

「ところで福原、昼飯まだだろ？　腹減ったんじゃないか」

「ああ、そういやそうだな……」

福原は腹に手を当てる。空っぽの胃が音を立てた。

「一緒に食堂行かないか？」

「いいね。俺、肉食いたい。今日はビーフステーキ二人前で決まりだ」

「手術後によく肉なんて食えるなあ……」

音山は呆れて笑う。福原は髪を掻き上げて言った。

「手術後だろうが前だろうが、肉食って力つけないとな」

一階のレストランは中央を衝立《ついたて》で仕切られており、一般患者が使えるスペースと病院関係者用のスペースとがはっきりと分かれている。

「ひょっとして手術が終わるまで待っててくれたのか？」

「まあ、そんなところ」

会話しながら福原と音山は中に入る。昼時を少し過ぎたため、レストラン内に人はまばらだった。並んだ白いテーブルの一つに座っている人影を見てとると、福原は顔をしかめた。

「おい音山。まさか……」

不機嫌そうに振り返った福原が、頭一つ分低い音山を見下ろしてきた。

「ほ、ほら。たまには同期三人で飯ってのもいいかと思ってさ。なかなか前みたいに集まることもできないし。顔を合わせて話すのって、大事じゃないか」

自分でも苦しい言い訳だと思いながらも、音山は半ば強引に福原の袖を引っ張る。その先にはテーブルに肘をつき、無表情でこちらを見ている桐子修司がいた。

「お前、謀《はか》ったたな。最初から俺と桐子を会わせるのが目的だったろ」

じろりと、福原の視線が音山に向けられる。

「いいじゃないか、食事くらい。ほらビーフステーキだろ、食券買えよ」

「……」

福原はしばらく苦虫を噛み潰したような顔をしていたが、やがて観念したように食券機に五千円札を放り込み、ステーキ定食のボタンを連打した。

「こうして飯を食うのも久しぶりだなあ。そうだろ、桐子、福原」

音山はハンバーグを突き崩しながら笑う。横の福原、対面の桐子の顔を交互に見ながら話しかけ、時には不自然にむせたりしながら、必死に場を繋ぐ。音山の努力もむなしく、二人はただ目の前の食物を口に運び続けている。会話は一向に盛り上がらない。がつがつと肉の塊、サラダ、スープと掻き込んでいく福原。健康そうな顎《あご》が上下する。たちまちのうちに一皿が空く。ぽつんと残ったクレソンもつまんで、口に放り込んだ。

一方で桐子はといえば、相変わらず妙な食べ方だ。天ぷらうどんに葱《ねぎ》をたっぷり載せてすすっているのは別にいい。問題は衣と尻尾だけを食べられた海老《えび》の天ぷらである。残りの部分が美味しいはずなのだが。あげくの果て、半分ほどうどんを食べたところで満腹になったらしい。箸を置き、魔法瓶から白湯をコップに注いで飲み始めた。ふう、とため息などついている。

「桐子のその食い方、学生時代を思い出すよ」

音山が言うと、福原がふんと鼻で笑う。

「あの頃はかけうどんだったけどな。天ぷらはなかった」

「だよね。それにしても福原ときたらあっという間に外科部長で、副院長だもんなあ。おかげで絡みにくくなって困るよ」

「俺の実力じゃないよ。親の七光りってやつさ」

「いや、実力がなかったらさすがにそこまで行けないだろう。桐子も戸惑ってるんじゃないかい？」

音山は桐子に水を向ける。だが桐子はたった一言呟いただけだった。

「いや、別に」

「そ、そうか……ふ、福原は？　ほら、桐子とあんまり話さなくなって、色々と……その、誤解があったりはしないかい」

「本当に強引な話の持っていき方をするよな、音山は」

福原は紙ナプキンで口の周りを拭く。それからもう一枚ナプキンを取ると、テーブルの上を簡単に拭いた。

「お前の魂胆《こんたん》はわかってんだよ。俺と桐子を仲裁しようってんだろ」

「それは……まあ……」

「言っておく。そんな気遣いは必要ない。いや、余計なお世話だ」

「だけど。君たち二人が仲たがいしているなんて、勿体《もったい》ないと思うんだよ。前みたいに力を合わせれば、もっと……」

「無理な話だ」

福原は立ち上がる。椅子が床にこすれて大きな音が響いた。

「こいつとは、根本的な部分で相容《あいい》れないからな」

そう言って桐子を指さした。桐子は白湯の入ったコップを持ったまま、物静かに向けられた指先を見つめている。

「お前の医者としての振る舞いの全てが気に入らない。いや、許せない。いいか、俺はお前を許さないぞ。そうだな、せっかくだからここではっきり言っておくか」

「おい、福原……」

音山の声など耳に入らないかのように、福原は桐子だけを見据えて続けた。

「お前は病院にいてはいけない。俺は、病院のために、いや患者のために、お前を必ず追い出してやる」

福原の背後で太陽が雲から顔を出した。影が逆光の中で浮かび上がり、桐子へと降り注ぐ。桐子が白湯を一口含み、答える。

「福原。君に、医者として何が正しいかを決める権利などないよ」

桐子は眩しそうに、目を細めて続けた。

「それを決めていいのは患者だけじゃないか？」

「……患者を殺す医者が、正しかったためしはないんだよ！」

福原は吐き捨てると、皿が載ったお盆を持ち上げた。

「じゃあな、音山。今後余計なことはするなよ」

そう言って音山の肩をぽんと叩くと白衣を翻《ひるがえ》し、大股で食器返却所へと歩き去っていく。

その後ろ姿を見つめながら、音山はため息をついた。

桐子は何も言わない。ただ口を真一文字に結び、白湯の中で揺れる自分の影を眺めている。

ふと、PHS《ピッチ》が鳴った。音山は一瞬自分のものかと思って胸を探る。その前で桐子がポケットからPHSを取り出して耳に当てた。

「はい桐子」

「先生。どこでサボってるんですか。患者さんと面談の時間です」

漏れ聞こえる声は、看護師の神宮寺千香のものだろう。

「予定に入っていたかな」

「入っていません。患者さんからのご要望で、勝手に入れました」

「そう。今行く」

桐子は短く言ってPHSを切る。それから魔法瓶の蓋《ふた》を締めつつ、音山に言った。

「悪い。用事ができた」

「ああ、いや……うん。気にしないでくれ」

音山は曖昧《あいまい》に頷く。

「じゃあ、また」

桐子はそう言って軽く頭を下げると、お盆を持って立ち上がった。裸に剥《む》かれた海老が、所在無げに丼の端で揺れていた。

八月二十五日

「例の案件、受注できましたよ」

「……そうか。良かった」

嬉しそうな堂島の声に、浜山は弱々しく答える。

「あれ、やっぱり悔しいですか？　そりゃそうですよね、この喜びを分かち合えないのはそうですよね。でも浜さんのおかげだってみんな言ってますよ、元気出してくださいよ。浜さんらしくないなあ」

堂島に悪気はないのだろうが、点滴に繋がれたままでは、何を聞いても嫌味に聞こえてしまう。浜山は心の中の暗い思いをできるだけ隠そうと、端的に言った。

「ああ。わざわざ連絡をありがとう」

「いえ。それより浜さん、なかなかお見舞いに行けずにすみません。案件決まって、急に忙しくなりまして。俺も飛び回ってんですよ。落ち着いたら、必ず」

「そんなのいいよ。無理すんなって」

「いえ。行きますから」

「来なくていいよ。大丈夫だ。仕事に集中してくれ」

人に会える顔ではないのだ。顔色は悪く、毛は抜け落ちている。何よりも気力が湧《わ》かない。この電話だけでも疲れてしまうくらいなのだ。気を張っていないと、すぐに吐きそうになる。

「じゃあ、また」

まだ何か言いたそうな堂島をよそに、ほとんど強引に電話を切る。

それから携帯の画面をぼんやりと見つめた。

気になるのは、案件のことではなかった。浜山が長期の休暇を取るにあたり、会社がどう判断するかが気がかりだ。有給があるうちはまだいいが、それが切れたら？　休職扱いにしてくれるだろうか。うちは小さな会社だ。社長は悪い人ではないが同時にシビアでもあり、最悪首を切られるかもしれない。病気なのだから、そこまではされないと信じたいが……。

浜山は憂鬱《ゆううつ》な気分で病室へと戻った。

昼ご飯をほとんど口にも運べぬまま残し、ベッドでぼんやりと天井を見つめていると、扉が開く音がした。

痩せた老人が入ってくるのが見える。浜山と同じく急性骨髄性白血病の老人だ。

その姿を目で追う。点滴棒を持っていない。手ぶらであった。

のそのそと隣のベッドに入った老人に、浜山は声をかけた。

「抗がん剤治療、終わったんですか？　おめでとうございます」

老人は口をへの字にしたまま、じろりと浜山を見た。そして首を横に振った。

「終わったわけじゃない。やめたんだよ」

「やめた……？」

「死神に相談して良かった。わしはもう降りると決めた」

老人は吐き捨てるように言うと、どっかとベッドに腰を下ろした。そして深いため息をつき、脇の机に置いた写真立てを見た。そこにはふっくらとした男性が、海岸で女性と一緒に笑みを浮かべる写真が入っている。

降りる、とはどういうことだ？　浜山は老人の背を見る。体は痩せこけ、骨が浮き出ている。頭の毛はほとんど抜け落ち、産毛のような白い毛が数本、飛び出ているばかり。その姿は写真とは別人のようだったが、浜山とは似ていた。

「この病院は地獄だ。どこにも出口のない地獄。あんたもそうは思わないか」

「どういうことですか」

「まだそこまで追い詰められてはいないか。まあ、いい。一つアドバイスだ。どうしようもなくなったら、皮膚科の桐子という医者に面談を申し込んでみろ。神宮寺という看護師に言えば取り次いでくれる」

「ちょっと待ってください、皮膚科ですって？　皮膚科の医者が、何をしてくれるんですか」

「何でも相談できる。どんな病気についても、だ。患者の中では有名な医者だよ。わしも噂に聞いて、面談を申し込んだんだ。七十字の死神、などと物騒な仇名が付いてはいるが……」

老人はふと遠くを見るような目をした。

「わしは、名医だと思うね」

浜山が何か聞こうとする前に、老人はしゃっとカーテンを引いてしまった。視界が遮《さえぎ》られ、世界が隔たれた。

老人はその日のうちに、病室を去っていった。

あとには空っぽのベッドだけが残された。

八月二十七日

浜山はトイレの個室を占拠し、吐き続けていた。吐いてはうがいをし、また吐く。口の中はからからで、あちこち傷だらけ。

時刻は夜の十時だ。吐き気と口の痛みでほとんど眠れない。

気が遠くなりそうだ。

ポケットから携帯電話を取り出し、メールボックスを開いた。もう何度同じメールを見ているだろうか。「検診、問題なかったよ」という文字。添付された画像。そこにはエコーによって白黒に撮影された、息子の姿がある。

京子のお腹の中で体を折りたたんで、すやすやと眠っている。

いまだに信じられなかった。俺に子供ができるのだ。俺の血を引いた、新たな人間が誕生するのだ。そうだ。この子のためなら、俺はまだまだ頑張れる。

しばらく画像を眺めてから、画面の端っこに表示されている日付を見た。

八月二十七日。思わず笑みがこぼれる。

あと五日で抗がん剤の投与は終わる。

永遠に続くようにも感じられたこの拷問も、ついに終わるのだ。

あとは検査で、癌細胞が消えていることを祈るのみ。これだけ頑張ったんだ、神様、頼む。治っていてくれ。五分の四の幸運を、俺に与えたまえ。

目を閉じて祈った時、喉が震えた。

悪心《おしん》が湧き上がり、浜山は再び便器に向かって吐いた。

二十分ほどトイレにこもってから、外に出た。足元がふらつく。点滴棒を頼りに、すでに消灯された廊下を歩く。何かの機械の音だろうか、規則的にピッピッと音がしている。

うおおお、うおおおお、と低いうなり声が聞こえた。奥の病室で誰かが苦しんでいるようだ。慌てた様子で看護師が駆け込むのが見えた。

ここは嫌だ。

浜山はそう思った。

よろよろと壁にもたれかかり、少し休む。

病院は本当に嫌なところだ。もちろん医師や、看護師が嫌いというわけではない。ただ気が滅入るのだ。ここには死に瀕《ひん》する者が、苦しみが、悲しみが、いっしょくたに集められている。毎日どこかでナースコールが鳴り響き、どこかで人が死ぬ。新しい患者が担ぎ込まれ、新しい絶望と悲しみが生まれる。それが日常茶飯。

この世界に、こんな場所があるだなんて知らなかった。

いや、もっと言おう。人が死ぬだなんて知らなかった。

もちろん知識としては知っている。祖父母を看取《みと》ったこともある。だが、普段目の当たりにしないから忘れてしまっていた。会社でも、通勤の電車でも、京子と一緒に住む団地でだって、唸《うな》り声を上げて苦しんでいる人間なんて見たことがない。トイレで吐き続けている痩せた男も見たことがないし、夜中に悲鳴が響き、そしてゆっくりと弱まっていくのなんて聞いたことがない。

だが、それは存在しないわけではなかったのだ。

ここに集められているから、隔離されているから、普段意識しないだけだったのだ。

人は死ぬ。苦しんで、一人ぼっちで死ぬ。そして死からは誰も逃れられない。

そんな当たり前のことを、浜山は病院でようやく実感していた。

「桐子先生……お呼び立てしたのは、聞きたいことがあったからです」

すぐ近くから声が聞こえて、浜山は思わず飛び上がった。点滴棒がかすかに揺れる。

「何？　赤園先生」

「あの……橋田さんのことです」

僅かに隙間が開いた扉から、暗い廊下に光が漏れ出している。すぐ目の前の面談室で、主治医の赤園と誰かが話しているようだ。

一体何について話しているのか。聞いてはならないと思いつつも、浜山は廊下に立ち尽くす。

「AMLで血液内科に入っていた橋田さんです。桐子先生、また彼と面談をしたんじゃありませんか？」

AML。急性骨髄性白血病である。そして、桐子という名前。

どうやら、浜山の隣に寝ていた老人のことらしい。

「うん、つい先日面談したよ」

「ど、どういうことですか。面談したよ、じゃありませんよ……桐子先生、一度橋田さんのご家族を怒らせて、問題になりましたよね。福原先生からも、もう橋田さんとは会わないようにと言われていたはずです。主治医の私に完全に任せるということで、まとまったでしょう？　なのに、どうして……」

「僕からは会わないようにしていたよ。でも彼が、会いたいと言ったんだ」

「そんな、まさか……嘘です」

「嘘を言っても仕方ないだろう」

「桐子先生。彼がどうなったか知ってます？　突然、態度が強硬《きょうこう》になりましたよ。もう治療はしない、とね。何度も引き留めましたが、先日ついに退院して行きました。せっかくここまで化学療法《ケモテラ》がうまくいっていたのに、何もかも台無しです。地固め療法をこんな形で中断するなんて……骨がまだくっ付いていないのにギプスを外すようなものです、治るものも治らない。いや、合併症で、今日明日に死んでも全くおかしくないんです」

「彼が望んだことだよ」

「桐子先生が何か妙なことを吹き込んだんでしょう？　僕だって噂で聞いてますよ。桐子先生、色んな患者と面談しては、治療を諦めさせたり、まるで積極的に死を受け入れさせるような提案をしてるって」

「別に死なせようとしているわけじゃない。だけど治る見込みのない患者に、治療を続ける必要はないと伝えることはある。助かりもしないのに闘病したって、無駄だろ？」

「……無駄だなんて。よくそんな台詞が言えますね。必死に戦っている患者さんや、精一杯頑張っているスタッフたちの前で、同じことが言えますか」

「？　言えるよ。無駄は無駄だ。無駄は省《はぶ》いて、生産的な活動に資源を振り分けた方がいい。患者も、医者も」

赤園が歯を食いしばる音が聞こえた。

「……桐子先生のおっしゃることは理解できません。これっぽっちも。いや、理解したくもないです。死神の言葉ですよ、それは……」

「理解してくれ、とは一言も言っていないんだけどな。僕たちが歩み寄るべきは患者であって、医者同士が理解し合う必要なんてないだろう」

話が噛み合っていない。桐子の言葉は冷たいが、しかし嫌味を言っているわけでもなさそうだ。

なぜあの老人は、この桐子という妙な医者に会ったのだろう。そして面談し、彼を名医だと評し、危険を冒して退院したのだろう。赤園と同じく、浜山にもまるで理解ができなかった。

沈黙が続き、やがて桐子の声がした。

「もう、いいかな。仕事が残ってるんだ」

浜山はベッドの中で、目を開いていた。

眠れなかった。

立ち聞きした二人の医者の話が耳に残って、忘れられない。あの老人と同じ病気に苦しんでいる自分としては、あれこれ考えてしまって落ち着かない。

面談室の前で点滴棒にすがりついていた時のことを思い出す。

話が終わり、面談室の電気が消えて白衣の男が二人、廊下に出てきた。

偶然出くわした風を装い、浜山は頭を下げる。

こちらに気づいた赤園が近づいてきて、声をかけた。

「浜山さん、夜中にどうされました？　眠れませんか」

その声からも、その眼鏡の奥の目からも、浜山への思いやりが伝わってくる。

「いえ、その、ちょっと吐き気が……」

「そうでしたか、吐き気止めを処方しましょう。少しお待ちくださいね」

赤園の声に頷きながらも、浜山は廊下の先を見ていた。ちらりとこちらに視線を投げてから、白衣を翻し、エレベータの方へ立ち去っていく男。桐子という名の医者。

顔色は悪く、痩せていて、肌が抜けるように白い。その淡い色の瞳は闇の中で輝くようだった。造作は整っていると言えなくもないが、それはいわゆる美男ではなく、人形のような不気味な風貌《ふうぼう》に感じられた。

あれが、噂の死神……？

その印象は強烈に残っている。瞼《まぶた》を閉じると顔が浮かぶ。

眠れない。

暗い病室の中、隣のベッドを見る。かつて老人がいた場所には、新しく慢性リンパ性白血病の男性が眠っていた。

あの老人の大きな鼾《いびき》も、匂いも、気配すら、微塵《みじん》も残っていなかった。

彼は浜山の世界から、消え失せた。

八月三十一日

三階会議室。朝のカンファレンスが終わり、医師がみな席を立つ。赤園もパソコンを閉じて立ち上がると、背後から声をかけられた。

「赤園君、ちょっといいかな」

血液内科の高砂《たかさご》部長が神経質そうな顔でこちらを見ていた。

「はい」

「患者の件で、福原副院長が君を呼んでる」

「……え？」

赤園の足が止まる。床から、ゆっくりと寒気が立ち上ってくる。

何か失敗でもしただろうか？

福原副院長は特別な存在だ。若くして外科のエースであり、また七十字系病院を束ねるドン、福原欣一朗《ふくはらきんいちろう》の一人息子でもある。権力を背景にした発言力は強く、部長ですら彼の機嫌を窺っている。赤園たち若手医師からすれば、憧れの存在であると同時に、畏怖《いふ》の対象でもあった。

しかし、なぜ直接呼び出されるのだろう？　福原副院長は外科の人間で、赤園の直属の上司ではない。高砂部長すら飛び越えて話したいことなんて、あるのだろうか。

理由のわからない不気味さに、赤園の緊張は高まっていく。

高砂部長にとってもそれは同じらしかった。彼は細い顎をいじりながら赤園に釘を刺す。

「何の話かわからんが、くれぐれもうちの科が睨まれないようにしてくれよ」

「はい……」

私の管理責任になるんだからな、と高砂部長の小さな目が告げていた。


「失礼します。血液内科の赤園です」

「いらっしゃい。悪いね、わざわざ呼び出して」

壁の一面が全て窓になっており、副院長室からの展望は圧巻だった。福原は大きな腕を広げて、想像していたよりもずっとフレンドリーに赤園を迎えた。少しほっとして、ずれた眼鏡の位置を直す。

「まあ、座って」

「はい」

福原はにこやかにソファにかけると、赤園にも椅子を勧めた。男らしい太い声。整った顔つきに、人を圧倒するようなオーラ。改めて間近に感じるそのカリスマ性にどきどきしながらも赤園は頭を下げ、ガラステーブルを挟んでソファに腰を下ろした。

「橋田富士夫さんの件だけど」

間髪《かんぱつ》入れず、福原は口にした。その名を聞いて赤園は息を呑む。

「今朝、自宅で死亡が確認されたそうだよ」

おずおずと福原の顔を覗き込む。笑みが消えていた。

「……そう、ですか……」

赤園はそう言うのが精いっぱいだった。橋田さん。地固め療法を強引に切り上げて退院してしまった橋田さん。ぎょろりとした目と、骨ばった顎を思い出す。一週間もたなかったのだ。やはりあの時、無理やりにでも引き留めれば良かった……。

医師としての後悔が赤園を襲い、思わず拳を握って歯噛みした。それから福原の顔色を窺う。

「ご家族から連絡があってね。治療方針に問題があったんじゃないかと……ご立腹《りっぷく》だ。無理もないだろう。一度面談で怒らせてしまっているところに、退院してすぐに亡くなったとあってはね。この件は僕が対応する。訴訟までされるかどうかはわからないが、おそらく負けることはないだろう。一応退院に当たっての同意書もあることだし。だが、病院の悪評が広がる可能性はある」

「……すみません」

赤園が頭を下げると、福原は首を横に振った。

「君が全力で治療に当たったのはわかってる。問題は桐子だ。面談で家族を怒らせたのも、勝手に彼に退院を勧めたのも、全てはあいつがやったことだ。この問題の責を負うべきは君ではなく、桐子だよ」

赤園はおそるおそる顔を上げた。福原は続ける。

「だけど赤園君、君の仕事は完璧だったとは言えない。桐子が横やりを入れてこようが関係ないくらい、患者と信頼関係が築けていれば良かったはずだ」

「……はい」

「橋田さんが退院した理由も、闘病に疲れたからだそうだね。だけどそんな時にこそ、医者は患者を励まさなくてはならない。力づけ、勇気づけ、元気づけなくてはならない。でも君は、そこまで橋田さんを鼓舞《こぶ》することができなかった」

「……」

福原のまっすぐな目に見つめられ、赤園は責められているとは感じなかった。むしろ、己を恥じる思いだった。

「患者の心が折れかけたとしても、医者は決して折れてはならない。そうでなければ奇跡など起こらないんだ。そうだろう？」

大きな掌が赤園の前で広げられる。メスを握り、幾多の命を救ってきたその手。度重なる消毒で皮膚はひび割れたように荒れている。しかしそれでもなお瑞々《みずみず》しさを失わない手。紛れもなく、強い手であった。

「はい。本当に申し訳ありません」

赤園はもう一度謝った。

「いや、いいんだ。それよりも今後のことを君と相談したくてね」

「今後、ですか？」

「血液内科に、橋田さんと似た症状の患者がいるだろう。浜山さんと言ったか」

「ああ、はい。確かに橋田さんと同じく、急性骨髄性白血病《AML》のM６ですね」

福原は頷くと、身を乗り出した。

「同じ失敗は繰り返してはならないよ」

低い声であった。

「……わかりました」

「うん。何か困ったら、いつでも相談してくれ。いいかい、忘れないでくれよ。僕らは病気と戦わなくちゃならない。誰よりも先陣に立って、誰よりも勇気を抱いて、戦うんだ。戦って戦って戦って、戦い抜くんだ……」

赤園は福原を見て、思わずはっと息を呑んだ。手術に臨む時と同じ、野蛮で猛々しい闘志が福原の全身から湧き出しているようだった。

九月六日

今日はひときわ蝉がうるさい。窓は閉めているのに、室内までよく響く。

浜山は妻と一緒に診察室で待たされていた。ふと、妻に聞く。

「体調はどう？」

もうすぐ妊娠七か月を迎える京子のお腹は、はっきりと大きくなっている。京子は驚いたように目を丸くしてから、少し笑った。

「平気よ」

「何で笑うの」

「だって。雄吾は私の心配してる暇あったら、自分の心配してよ」

京子は呆れたように、しかし優しく微笑む。そこに母性を感じ、浜山は思わず見とれた。前からこうだったろうか。それとも胎内に宿る命が、妻をそうさせているのだろうか。

その背後、窓ガラスに自分の姿が映っている。毛がすっかり抜け落ちてしまった頭にかぶったニット帽。かさかさの唇。頬はこけ、顔色は悪い。惨《みじ》めで、情けない姿だ。

しかし京子の笑顔は、以前と変わらず自分に向けられている。

深い安堵を感じ、浜山は息をつく。その時、面談室の扉が開いた。

「お待たせしました」

資料を手に入ってきた赤園は、緑の術着を着ていた。慌ただしく椅子にかけ、浜山の方を見て唇を歪め、笑いかけてくる。

「骨髄穿刺《マルク》の結果が出ました。まずはおめでとうございます、無事に寛解していることが確認できました。浜山さん、本当にお疲れ様でした」

思わず笑みが溢れる。浜山は京子を見た。京子もほっと胸をなで下ろす。

あの辛い抗がん剤治療を頑張った甲斐《かい》があったのだ。白血病細胞をやっつけることができたのだ。俺は戻れる。元の生活に戻ることができる。

髪も、皮膚も、全部元に戻り、京子と一緒に暮らすあの家に、帰れるんだ。

「じゃあ先生、もう退院できるんですね。俺は」

赤園は笑みを崩さなかったが、しかし頷きもしなかった。

「あ……それはまだです」

それから紙を広げ、そこにペンで図を描き込み、説明を始める。

「今ですね、浜山さんの体内の白血病細胞は、ほぼ全て死滅した状態です。骨髄液を顕微鏡で見て、確認できないレベルです」

「……つまり白血病は、治ったんですよね？」

「ええと、採取した骨髄液の中に、異常細胞は見つかりませんでした。しかし、これはあくまで顕微鏡で発見できないというだけであり、体のどこかにまだ残っているかもしれないのです。たった一つでも生き残っていれば、再び増殖して再発する可能性があります」

「え……」

ずしんと、体が重くなる。椅子に自分が沈み込んでいくようだ。

これで戦いは終わりではなかったのか？

「寛解という状態は、完治とは違うんですね。重大な危機は脱した、とお考えください。さて、今後の方針ですが」

赤園は当り前のように、手にした資料をめくりながら続ける。

「おおまかに分けて二つの方法があります。一つは地固め療法をしてから退院していただき、様子を見る方法。もう一つは造血幹細胞移植です」

「え、ええと……どう違うんですか」

「ここで重要になってくるのが、再発の問題なんです。浜山さんの血液を検査したところ、白血病の型がFAB分類でM6。これは一般的に予後不良と言われています。つまるところ再発の可能性が高い」

淡々とした言葉が、浜山の心に突き刺さる。

「他にも、染色体など、いくつかの検査結果から導かれる予後因子《よごいんし》を見ると、やはり良いとは言えません。しかし、浜山さんはまだ三十代。お若いので、そういう意味では再発の可能性は下がります」

「先生。あの。どっちなんですか。俺は再発するのか、しないのか、どっちなんですか」

浜山は必死の思いで聞く。しかし返ってきた言葉は、冷たかった。

「その、何とも言えません」

「何とも言えないって……」

「個人差があるので、はっきりとは言えないのです。ものの数週間で再発してしまう人もいれば、その後何事もない方もいますから。とはいえ私見で言いますと、浜山さんの再発率は七十パーセントというところかと思います」

七十パーセントだって。

また確率か。

目の前に二つの道が現れた。またこれだ。

「再発のリスクをどれだけ重く考えるかが、鍵になります。再発しないと考えるのであれば、方針としては地固め療法からの退院になります。これは念のためにもう少しだけ抗がん剤治療を続け、その後に退院し、様子を見ていただくというやり方です」

「もしそれをやって、再発したらどうなるんですか？」

「今回と基本的には同じです。再度入院していただき、化学療法を行います」

浜山はため息をついた。

考えるだけで憂鬱だった。退院したとしても、再発の恐怖に怯《おび》えて毎日を過ごさなくてはならないのだ。再発したら、再び入院生活に逆戻り。

「あの、先生……再発しても、そのたびに化学療法を繰り返せば、ずっと生きていられるということですか」

この質問にも赤園は渋い顔をする。

「リスクは高まることが多いです。前回効いた抗がん剤が効かなくなったりするんですよ。再発した時に、寛解まで持って行けるかどうかは、運次第になります」

「具体的にはどれくらい生きていられるんですか」

「……一つの指標に過ぎませんが、五年後生存率は四十パーセントというデータがあります」

たった、四十パーセント？　冗談じゃない。

浜山は愕然《がくぜん》とし、弱々しく俯いた。

「ですから私としては、地固め療法ではなく、もう一つの方法……造血幹細胞移植を、お奨めしたいと考えております」

京子が聞く。

「それは、どういったものなんですか」

「成功すれば、再発の可能性を大幅に減らすことができます。完治を目指すならこちらですね」

成功すれば？

赤園の表現に不安を覚える。

「成功しなかったら……どうなるんですか」

「造血幹細胞移植には、リスクがあります。詳しくはこれから説明させていただきますが、危険が少ない治療法とは言えません。ですが、いやだからこそ、効果も絶大なのです」

質問の答えになっていない。浜山は赤園の顔を見上げた。

「もちろん行うかどうか、最終的な判断を下すのは浜山さんです。しかし失敗した時ばかり考えていては、道は開けません。どうでしょう、勇気を出して一歩踏み出しませんか。浜山さんが病気と戦うと決意されるのであれば、私は全力でサポートします。一緒にどこまでも、戦い続けますよ」

赤園の気配は僅かではあるが、普段と違うように思えた。

もう少し引いた立場から話す医者だった気がする。しかし今は、目に熱意が宿っている。それは頼もしい一方で、触れれば焼けるほど熱い危険物にも感じられた。その闘志はどこから来たのか。

まるで何かに感染させられたかのように、赤園は熱い目で話し続けた。


病院一階のカフェ。

浜山は、湯気の立つホットココアを前に、手で顔を覆っていた。隣には京子が座り、背をさすってくれている。

「雄吾。ゆっくり考えようよ」

京子の声色は優しかった。

「すぐに結論が出せることじゃないよ。二人で考えよう」

「だけど、時間に余裕はないぞ。移植をするなら、早めに決断して動き出さないと。先生は、やるなら体力が残っている今だと言ってるし。ドナーと交渉する時間だって必要だ」

浜山は手を顔から離し、目を開く。光が世界に満ち、まばたきをした。大きなガラスに囲まれたカフェには、ふんだんに外の光が差し込む。あたりには観葉植物が並んでいて、爽やかな空気であった。浜山の心中とは対照的に。

「雄吾は、移植には前向きなの？」

京子がこちらを覗き込んでいた。その心配そうな顔を見て、浜山は俯く。

「わからない……」

造血幹細胞移植。

造血幹細胞とは、血の元となる細胞である。浜山は今、健康な血を自分では作れない状態だ。作っても癌細胞になってしまうのである。

そこで他者から血の元を譲り受けるのだ。ドナーから骨髄を――そこにはまるで苺ジャムのように、新鮮な造血幹細胞が詰まっている――提供してもらい、浜山に植え付ける。いわゆる骨髄移植。そうすることで、浜山は健康な血を作れるようになる。もう白血病細胞が生まれることはなくなるのだ。

いいことづくめにも思える移植だが、ことはそう単純ではない。

まず、移植するまでが大変だ。

新しい骨髄を移植するのだから、古い骨髄が生き残っていてはまずい。

そこで、骨髄破壊的前処置というものを行う。文字通り、今浜山が持っている骨髄を破壊して、中を空っぽにするのである。致死量に限りなく近い大量の抗がん剤を投与し、強烈な放射線を浴びせ、二度と血を作れなくなるまで徹底的に骨髄を殺し尽くす。その副作用は、これまでの抗がん剤治療の比ではない。

そうして骨髄を死滅させて、ようやく移植手術ができるわけだ。

ここまで説明を聞いた時点で、浜山としては恐ろしくてたまらなかった。だが、それでは終わらない。

無事に手術が成功したとしても、全てが解決するとは限らないのだ。

まず、生着不全。せっかく移植した造血幹細胞が、きちんと根付かないことがある。発生率はおよそ七パーセント。生着不全が起きてしまったら、浜山は血を作れない体のままだ。輸血などで補うとしても限界があり、生命を維持するのはかなり厳しくなる。

その確率をクリアしても、ＧＶＨＤの問題が待ち構えている。

移植した骨髄から生まれた白血球は、いわば他人の白血球である。これが浜山を新しい宿主と認識してくれればいいのだが、場合によっては浜山を異物と捉え、攻撃してしまう。こうなると、浜山は自分で作りだした白血球で自分を攻撃し続けることになる。それは死ぬまで、ずっと続く。これがＧＶＨＤ……移植片対《へんたい》宿主病《しゅくしゅびょう》である。

症状には重いものもあれば軽いものもあるが、最悪の場合は死に至る。

発生するかどうかは、ある程度の予測はできるものの、最終的には移植してみるまでわからない。

およそ二十パーセントの人間が移植後、ＧＶＨＤも含めた合併症に苦しむそうだ。また確率だ。二十パーセントに入ってしまうか、それとも入らないか。

そして。

ここまでやっても、白血病再発の可能性はゼロにはならない。十パーセントほど、やはり再発してしまうケースはあるという。

リスクはまだある。

移植やGVHDに関する処置で、免疫が大きなダメージを受ける。それが回復するまでに三年ほどかかる。注意して過ごすのはもちろんだが、万一肺炎などにかかったら命取りになる。長期無病生存率、五年で七十パーセント。

確率、確率、確率。確率ばかりだ。

いくつもの確率をくぐり抜けなくてはならない。ただ生きるだけなのに。これまで、簡単にできていたことなのに。

無数の分かれ道が目の前にあり、どこかで未来の自分が力尽きている。屍《しかばね》だらけの未来に進む道。正解の道を引き当てられるか。

浜山は弱々しい声で言う。

「決められない……こんなの、決められない」

再発するか、しないか。再発しないと信じ、退院して、実際に何事もなければ万々歳《ばんばんざい》だ。だが裏目を引いたら？　裏目を引くくらいなら、骨髄移植をした方が良いことになる。だが、骨髄移植もまた博打《ばくち》だ。これにもまた裏目がある。サイコロを振って、何が出るかはわからない。

競馬なら賭けた金を失うだけで済む。だがこのギャンブルで賭けるのは命なのだ。主治医は全力でサポートすると言った。だがそれが何の支えになる？　実際に命をベットするのは浜山であり、赤園ではない。

未来が知りたい。

確実な情報が欲しい。

占いや祈祷《きとう》に頼る人の気持ちを、浜山はようやく理解した。

「……大丈夫じゃないかな。ね。雄吾。そんなに怖いなら、骨髄移植なんてしなくたって。きっと大丈夫だよ」

浜山は京子をおそるおそる見る。

「じゃあ、京子は再発しないって思うのか？　七十パーセントだぞ？」

「私は、大丈夫だと思う」

「本当に？」

「うん」

「絶対か？」

「え……？」

「絶対？　絶対、再発しないか？　移植しなくても、大丈夫なのかよ？　もし再発したら、じゃあどうしてくれるんだ！　お前が俺に、何をしてくれるって言うんだよ！」

浜山は立ち上がる。がたんと椅子が揺れた。あたりの目が一斉にこちらを向き、静寂が広がった。京子が目を見開いている。

自分が大きな声を出していたことに気づき、浜山は慌てて謝った。

「ご、ごめん……」

「ううん。いいよ……ごめんね。私こそ、頼りなくて」

「悪かった。違うんだ。こんなつもりじゃ……ああ……」

顔を覆う。京子に当たったって仕方ないのに。

「こんなに苦しむんなら、いっそ一思いに、何も考えないまま、死んだ方がましだよ……」

「雄吾。気持ちはわかるけど。でも、そんなこと言わないで」

「……」

再発するかどうかなんて、誰にもわからない。医者にだって明言はできないんだ。誰も、命の保証なんてしてくれない。考えてみれば当たり前のことだ。

だけど、それじゃダメなんだ。膝の震えが止まらないんだ……。

その膝に温かいものが触れる。京子の掌であった。その温もりに、少しずつ浜山の震えは収まっていく。

「……ずっと、生きていられるような気がしていたんだ」

ふと、浜山の口から言葉がこぼれた。

「うん」

京子の声が、どこか遠くから聞こえる気がする。

「ずっと、君と生きていられるって、そう思ってたんだ。根拠も何もなく、そう信じてた。何もかも、もっと先のことだって思ってた」

「うん……」

「子供が巣立って、定年になって、爺さんになって、同級生なんかが亡くなるようになって、もう十分生きたかな、なんて気持ちになって、それから……考えることだって思ってた」

「雄吾……」

「ば、ば、バカみたいだよな。小学校の時さ、性教育の授業があってさ。これこれこうすると、赤ちゃんができるって習ったんだ。その時、衝撃を受けたのを覚えてる。そのやり方に驚いたわけじゃない。今まで、どうしたら赤ちゃんが生まれてくるのか、考えてもみなかった自分に驚いたんだ」

浜山は頭を抱えて探る。髪をいじりたかったが、そこには水気の失われた、老人のような皮膚があるばかり。

「ぼーっとした性格なんだろうな。赤ちゃんはどこからか、いつの間にか、何となく生まれてきてるんだと思ってた。そうして人間は増えて、暮らしているんだと思ってた。お、俺、あの時から何も変わってない……変わってない」

京子がこちらを見ている。浜山は続けた。

「増えた人間は減る。そう、人は死ぬんだ。だから大地から人間が溢れ出さない。考えたこともなかった。知ってたか？　人は死ぬんだ。俺も、君も、俺と君の子供も、そこにいる誰かも、みんな死ぬんだよ！」

嘔吐して。脱毛して。苦しんで。

恐怖して。絶望して。ひとりで。

それがいつかやってくる。

「俺は、怖いんだ。今更、こんなことを今更知って、怖がってるんだ。小学生の、子供みたいによ……」

京子は浜山の手を握りながら、おそるおそる言った。

「そうだけど、死ぬのはみんな同じだよ。早いか、遅いかしかない」

それを聞き、浜山の胸の奥で、熱い炎が揺らめく。

わかってる。

わかってるけれど。

それを、健康なお前に言われたって困るんだよ。

何の慰《なぐさ》めにもならないんだよ、そんな言葉は。俺が聞きたいのは、そんな話じゃない。

浜山は歯を食いしばり、怒鳴り散したくなる思いをこらえた。

お前が精一杯やってくれているのもわかってる。俺の気持ちを全部理解しろなんて、無茶な願いであることもわかってる。俺のこの不安を取り去るには不死の命を手に入れるしかなくて、それが馬鹿みたいな我儘《わがまま》だってことも、全部わかってる、だけど……。

いや。京子にやつ当たりなんてしたくない。これ以上悲しませるわけにはいかない。浜山は精一杯の笑顔を作り、京子に向けた。唇の端が引きつる。

「そうだよな。ちょっと、気持ちが不安定なんだ。悪い」

「雄吾、大丈夫？」

「ああ……」

「一時帰宅は、するの？　先生は、いいって言ってたけど」

浜山は首を振った。

「今日は病院にいようと思う」

「……うちのことなら、心配しなくていいよ？」

「いや」

京子の髪を撫でて、言った。

「少し一人で考えてみたいんだ。ありがとう」

自分でも不格好だと思いながらも、もう一度笑ってみせた。京子はしばらくこちらを見つめていたが、やがて何も言わずに頷いた。

九月八日

考える時間が足りない。決断は急かされる。時間を止めて欲しいと思った。この心のざわめきを、何とかして欲しかった。苦しかった。神様でもなんでもいいから、この苦しみから逃れさせてくれ。食事は喉を通らない。

悪夢を見た。

目覚めてみると十分も寝ていない。まばたきをして姿勢を変える。また悪夢を見る。僅かしか時間は過ぎていない。それが何度も何度も繰り返される。朝は来ない。ループから脱することができない。毒の沼に沈んでいくようだ。

現実と悪夢とが混ざり合い、浜山の世界を蝕《むしば》んでいく。

ふと、隣を見た。カーテンが引かれた中から、中年男性の寝息が聞こえてくる。以前そこに寝ていた老人はもういない。消えてしまった。あとかたもなく。

俺も、死ぬのだろうか？

あの老人のように、俺がいた場所には別の患者が寝るのだろうか。そう考えるとたまらなく虚しく、辛く、そして絶望的な気分になる。

ふと、老人の言葉を思い出した。

――どうしようもなくなったら、皮膚科の桐子という医者に面談を申し込んでみろ。

桐子。

死神と呼ばれる医者。

助けを求めるつもりになんてならない。いや、もしそいつが本当に死神だとしたら、文句を言ってやりたい。なぜ、俺をこんな目に遭わせるのかと……。

神宮寺という看護師に言えば、取り次いでくれると言っていた。

浜山は脇に置かれている、コードで壁に繋がった押しボタンを見た。ナースコール。朦《もう》朧《ろう》とした意識の中で、それはゆっくりと揺れているような気がした。

どれだけの時間が過ぎただろう。

「こんばんは……」

目を開ける。ベッドのそばに、電気もつけずに女が立っていた。看護師であることはわかったが、何か様子がおかしかった。採血をするわけでもない。何か機器を操作するわけでもない。何もすることなく、ただそこに立っている。見覚えのない顔だ。胸のプレートには「神宮寺」とあった。

前髪が長い。目にかかりそうだ。にもかかわらず、その切れ長の目はらんらんと輝いて感じられる。体の線は細く、存在感が薄い。

まだ、夢を見続けているのだろうか。

彼女は言った。

「桐子先生に会いたいそうですね」

浜山の脳裏に、あの白い顔をした医者の姿が浮かんだ。

「死神という医者は、こんな時間でも会ってくれるのかい」

看護師は相変わらず無表情のままに言った。

「そうですね。患者さんが望むのであれば、大抵はいつでも」

語尾は、吐気とともに掻き消えていく。看護師はぼんやりと浜山を見つめている。

「いらっしゃるのであれば、どうぞ。いらっしゃらないのであれば、もう一度目を閉じて、お眠りください」

そう告げると、看護師はゆっくりと振り返り、背を向けて歩き出した。まるで雲が流れるようであった。その静けさも、滑らかさも。

浜山は脇の時計を見る。針は午前二時十三分。秒針がないためか時が止まったように感じられる。

一歩に三呼吸ほどもかけながら遠ざかる白い雲を追うべきか、否か。これは本当に現実なのか、夢なのか。浜山はしばし迷った。だが、すぐに決断する。

行ってやる。今更怖いものなんてない。

浜山は起き上がる。毛布がシーツと擦れる音を聞いて、看護師が振り向いた。そして慣れた手つきで補助し、点滴棒を持って支えた。

「見咎《とが》められると、色々と厄介《やっかい》ですので」

看護師はそう言い、ナースステーションの近くを避けて歩くと、重い金属の扉を開き、階段のある空間に入った。鐘でも打ったような低い音が、非常階段に拡散する。そして別の扉を開けてエレベーターに乗った。二階で降りる。

人気のない外来待合には、非常灯の光だけが灯っている。無数に並んだソファ。真っ黒な画面のテレビ。空っぽの受付、停止したエスカレーター。

二人の足音は妙に甲高《かんだか》く、誰かが調子はずれのピアノを弾いているように聞こえた。

赤い光が壁を走る。凄まじい勢いで、壁を横断している。

救急車のパトランプだろうか。病棟の外で回転点滅しているようだ。サイレンの音は聞こえない。救急救命センターと書かれた看板を、光が照らし出しては通り過ぎる。やけに不安を煽《あお》られる情景であった。

看護師が浜山の手を握った。

その温かさだけが、現実世界を感じさせる。

面談室。

端的にそう題された部屋の扉を開ける。中から蛍光灯の光が飛び出し、浜山は目を細めた。

「こんばんは」

あの医者がいた。桐子と呼ばれていた、白い顔の医者。白衣で椅子に腰かけ、こちらを見上げている。

「夜中に呼び出されて驚きましたが、考えようによっては都合が良かったと思います。こうして、面談室が使えますから」

看護師は微笑むと、浜山を見て軽く微笑んだ。

「タイミング良かったですよ、浜山さん。実は私たち、頑固な副院長の目の仇《かたき》にされてまして、いよいよ日中の面談室使用を禁止されたのですよ」

そして看護師はすうと桐子の背後へと回った。

「どうぞ、おかけください」

桐子に促されて浜山は腰を下ろす。パイプ椅子がぎいと鳴った。狭く、殺風景な部屋であった。机が一つ、椅子がいくつかあるだけ。正面に座る桐子との距離はほんの数十センチであった。

「……あんたが死神ってわけですか」

考えるより先に、浜山は口を開いていた。

「言わせてもらうけどな、あんたは卑怯《ひきょう》だぞ」

歩いているうちに頭は覚醒していた。目の前に座る男は本当の死神などではない、それはわかっている。死神など存在しないことも。だが、言わずにはいられなかった。今まで心の奥で押さえつけていたものが溢れ出す。

「どうして死なんてものを作った。どうして俺をこんなに苦しめる。そもそも、やり方が陰湿《いんしつ》なんだよ！」

桐子も神宮寺も、黙って浜山の怒声を聞いている。

「殺したいなら、静かに殺せばいいだろう！　俺が気づかないうちに、不安に思う前に、一思いに命を刈《か》り取ればいいんだ。それをなんだ。いくつも選択肢を残し、治療法に確率なんてものを用意しやがった。死がまるで、俺の選択による結果であるかのように装飾していやがる。わかるか？　おかげで俺は眠れない……どんだけ考えたって、答えが出ないから！」

浜山は叫んだ。心に溜めていたものを、ぶちまけた。そして、今度は机に突っ伏した。拳を握る。

「……後生《ごしょう》だ……こんな選択、させないでくれ……死があってもいい。逃れられなくてもいい。希望を、目の前にぶら下げるのだけはやめてくれ。俺は、ダメなんだよ。完全な絶望に突き落とされる方がまだマシだ。希望をちらつかされるのは辛いんだ。努力や運次第で手に届くところに置かれたものを、取り上げられる方が辛いんだ……」

気がつくと、浜山は歯を食いしばり、すすり泣いていた。

「希望なら、百パーセントの希望をくれよ。百パーセント、治してくれよ……」

桐子と神宮寺は、相変わらず何も言わない。ただ黙って浜山を見ている。

「治してくれよ。お願いだよ。見逃してくれよ。俺、結婚してまだ一年なんだよ。京子、しっかりしてるけど、ああ見えて無理する奴なんだよ。俺がいてやらないとならないんだよ。子供が産まれるんだよ。男の子なんだよ。一緒にやりたいことが、たくさんあるんだよ……」

何を言っているんだ、俺は？　支離滅裂《しりめつれつ》だ。それでも止まらない。

「なあ、頼むよ、殺さないでくれよ……」

浜山は顔を上げた。温かいものが顔を伝っている。

目の前で静かにこちらを見る死神に、言った。

「お願いだ、病気、治してくれよ！」

浜山の声は、虚しく室内に響き渡った。

二人の顔は相も変わらず無表情であった。まるでテレビでも見るような目つき。患者の命乞《ご》いなど、慣れているのだろうか。

ふと、浜山は目を見開いた。

桐子の目から、つうと一本の滴《しずく》が落ちる。表情は変わらない。冷たい視線も同じままだ。だが、それは確かに流れた。何か言おうとすると、それより先に桐子が口を開いた。

「僕は死神ではありません。医者です。医者として言わせていただきます。カルテを拝見しました。主治医が提示した以外の治療方法はありません」

「……どうにか、ならないのですか」

浜山の奥歯が、噛み合わされて鳴った。

「なりません」

「……」

その冷たい言葉に、浜山の怒りが再び燃え上がる。

「偉そうに言うよ……あんたは死神じゃなくて医者だって？　じゃあ、医者だとして、だ。赤園って奴が俺に言ったことがわかるか？　骨髄移植をお奨めします、最後まで一緒に戦いましょう、だぞ。まだ戦えって言うのか？　これ以上俺に戦えって言うのか？　勝利は確実ではないっていうのに！　他人の癖に、偉そうに上から言わないでくれよ。一緒に戦おうなんて言葉は、同じ病気になってから言ってくれよ！」

「赤園君の見解はそうなんでしょう。ですが、移植するもしないも、浜山さんの自由です」

「自由？　自由だって？　そういう態度も嫌なんだよ。俺がちょっと文句を言うと、すぐ機械的に処理しようとしやがる。あんたらは毎日患者の相手をしているから、慣れてるんだ。慣れ過ぎてるんだよ。まるで工業製品の相手をするみたいに、俺たちを治療する。何パーセントは治り、何パーセントは死ぬ、そうやって統計で考えて処理する。だがな、その一パーセント一パーセントは、俺たち一人一人の命なんだよ！」

「そうですね」

「わかってない！　わかっていたら、そんな態度は取れないはずだ」

「態度なんてどうでもいいですよね」

「何？」

桐子の雰囲気が変わった。その瞳に、吸い込まれそうな気がする。

「態度をお望みなわけではないでしょう。あなたが望んでいるのは、病気の完治だけだ。しかしそれは叶わないから、そうして難癖をつけているのではありませんか」

「……それはッ……」

「別にいいですよ。丁寧な態度をお望みなら、そうしても。ですが結局苦しみは続くわけです」

浜山は唇を噛んだ。その通りだった。悔しさと、情けなさが湧き上がる。

桐子の言葉は、ひどく上からの目線に感じられた。それも当然。結局医者と患者では、立場が異なるのだ。知識の量だとか、どちらがお客だとか、そんな問題じゃない。医者は健康で、患者は病気。そういうことだ。

桐子は続ける。

「僕は医者として、その根本的な苦しみこそ、取り払わねばならないと思っています。それはすなわち、病気に勝つこと。克服し、打ち勝つことです、そうですよね」

「もちろん、そうだけれど。だけど、他に治療法がないんだったら……」

「いえ。まだ方法はあるはずです」

「……どういうことだよ」

「浜山さん。病気に勝つには、死ぬのも一つの方法であるとは思いませんか？」

何を言ってるんだ、この医者は。

「先ほど工業製品と言いましたが、そういった面はあるでしょう」

桐子は続ける。

「診断さえついてしまえば、やることは決まっています。白血病であれば、まず骨髄穿刺《マルク》をして、型に応じた化学療法で寛解を目指す。同時進行で予後不良因子を確認し、造血幹細胞移植をするか、しないかを判断。この流れは患者が誰であろうと、基本的には変わりません。ベルトコンベアに乗せられた製品のように、決まったラインを流されていくのです。だから、人によっては忘れてしまうんですよ。自分が人間であることをね」

「えっ……？」

「浜山さんを工業製品のように扱っているのは、我々医者ではありません。あなた自身なんです。あなたが、人間であることを思い出さなければ、病院という場所では工業製品に成り下がってしまうんですよ」

何だと。こっちが悪いと言うのか。頭に血が上っていく。その一方で、胸の奥がどきりとした。何かを言い当てられたような嫌な感覚が、腹に広がる。

「浜山さんは、ベルトコンベアに乗って流され、そして分岐点に行き当たりました。造血幹細胞移植をするか、しないか。それはギャンブルです。情報は過去の確率だけ。どちらに賭けたらいいか、わからない」

「そ、そうです」

「そこで医学が、医者が、無責任だとも感じたわけですね」

「はい……」

「違いますよ。一番命に関して無責任なのは、あなたです」

桐子は淡々と述べる。

「浜山さん、そもそもあなたはどうなりたいですか？　何を望んで、病院に来ましたか」

「そりゃ、病気を治して、元気に退院したいですよ」

「もちろんそれができるなら理想ですね。では、治らなかったら？」

「え？」

「質問の形を変えましょう。どこまでなら、許せますか？」

困惑する浜山の目の前に、ずいと桐子が身を乗り出した。

「例えば、の話ですが。視覚を失うかわりに死を免れるとしたら、許せますか。加えて聴覚と、触覚も失ったら？　足がなくなるとしたら？　知能指数が半分になるとしたら？　今までの貯金を全て失うとしたら？　誰かの命と引き換えだとしたら？　寿命が半分になるとしたら？　記憶が改竄《かいざん》されるとしたら？」

矢継ぎ早に仮定が繰り出される。浜山は目を白黒させる。

「どこまで受け入れられますか。具体的にどこまでだったら、自分の命の対価に差し出せますか」

息を呑む。

「どこまで差し出せるかとは、どこまで命に価値を見出せるかと同義の質問でもあります。あなたにとって命とは、どんなものですか。きちんと考えたこと、ありますか」

桐子はしごく真剣な瞳で、浜山に問いかける。

それが命に関して責任を持つ姿勢だと言うのか。そこまで考えていれば、確率の付与された治療法の狭間で迷うこともなかったはずだと。

「そんなこと、考えたことも……」

「命について真剣に考えたこともないのに、死にたくないと病院に来て、医者にその命を委ねるのですか」

嫌らしい追及に抗って、浜山は言う。

「みんながそんなことを考えて病院に来るとでも言うんですか？」

桐子は首を横に振った。

「いいえ。ほとんどの人が、何も考えずに来ます。ただ漠然《ばくぜん》と、再び元気で退院することだけを求めて来ます」

「そうでしょう」

「だから、我々は彼らをベルトコンベアに乗せざるを得ないのです。ただ余命を少しでも伸ばすことだけを目的にしたラインに乗せ、工場のように動かすのみです。それが彼らの願いなのですから」

浜山はうっと唸る。

「しかし、その先にあるのは死です。いつか必ず、限界は訪れます。ベルトコンベアを動かしようがなくなり、もう手の施しようがない時が来る。その時、皆さん気づくようですね。再び健康に戻るという願いなど、幻想に過ぎなかったことに」

「それから、どうなるんですか……」

体が震え始めていた。桐子の言葉は重々しい。彼が医者として見てきた全ての死が、その背後に佇《たたず》んでいるかのようであった。

「諦めるのです」

部屋の隅で神宮寺が、目を伏せた。

「死の恐怖の前に、疲れ果て、絶望し、諦めて死ぬのです。敗北です」

「そんな、そんな……」

浜山は俯く。自分の股の間を、パイプ椅子の脚を、白い床を見つめ、唸る。

「そんなの、あんまりだ……」

「そうです。あんまりな現実なのですよ」

桐子が拳を机に置いた。

「ですが浜山さん。僕はいつも面談で言うようにしています。死を敗北にするもしないも、自分次第なんです」

浜山ははっと顔を上げる。

「最後を敗北で終わらせたくないなら、方法はいくらでもあります」

「……どうすればいいんですか」

「例えば、ベルトコンベアから降りればいいのではないでしょうか。死に向かって漫然《まんぜん》と運ばれるだけの生を、やめるのです。そして、自分の足で歩きましょう」

「何ですって」

「自分の足で、死に向かって歩くんですよ」

浜山は目を見開く。桐子の顔は青白く、虚無を内包しているかのように色艶《いろつや》がなかった。

「自ら死を受け入れることができた時、人は死に勝利したと言えませんか」

浜山は感じた。

死神の気配を。

九月九日

野鳥がさかんに鳴いている。じきに夜明けだ。

浜山は一睡もできないまま、朝を迎えていた。

桐子との話について、何度も考えを巡らせていた。


自分の足で死に向かって歩く。

それは何も、自殺するという意味ではない。

桐子は、ベルトコンベアから降りた患者の例を教えてくれた。その人物は浜山と同じ白血病だったが、高齢で、治療の効果が出にくかったという。とはいえ寿命を伸ばす余地はまだ残されていた。化学療法で、半年ほどは生きながらえたはずだった。

だが、その患者は治療を拒否して退院した。

桐子は名前を言わなかったが、浜山は、それが隣のベッドに寝ていたあの老人だと感じた。

彼は桐子と相談するうちに、自ら決めたのだという。木造のぼろ屋の中で、庭の植木鉢に水をやり、朝は粥《かゆ》を炊き、夜は魚を焼き、本を読む。それこそが自分の人生だと。病気で倒れたとしても、それが人生だと。

抗がん剤を投与され、病院の中で過ごす時間など、生きているとは言えない。それで余命が多少伸びたとしても、治療で失った時間を考えれば損失だけが残る。ただでさえ限られている最後の時間を、こんなところで無駄遣いしたくない。

「彼は、死を選択しました」

桐子はそう言った。

病院で命を引き延ばされた末の死ではなく、短くても鮮烈な、自分の家での死を選ぶ。死から逃げ続けて最後に追いつかれるよりも、死に向かって一歩踏み出す……。

「よく考えてみてください。僕たち医者は患者を救おうとするあまり、時として病気との戦いを強いるのです。最後まで、ありとあらゆる方法を使って死から遠ざけようとする。患者の家族も、それを望む。だけどそれは、はたして患者が本当に望んでいた生でしょうか？　医者や家族の自己満足ではないか？　患者が他人の自己満足に巻き込まれ、死に敗北するようなことがあってはなりません」

桐子はまるで禅問答のような言葉を浜山に残した。

「死に振り回されると、往々にして生き方を失います。生き方を失った生は、死に等しいのではないでしょうか。逆に、生き方を維持して死ぬことは、生に等しいとは言えないでしょうか」

もう、医学ではない。医者のすることではない。宗教か、哲学だった。

だが、浜山の心には残った。

思えばずっと、嫌だったのだ。

白血病だと宣告されてからの一か月、浜山の意思とは無関係に人生が動いていた。病気が勝手に時間を進め、確率を振りかざしては、次々に選択を迫ってくる。浜山はそれに追いまくられ、必死に走り続けるだけ。

この感じが、どうにも不快だった。自分の人生をこの手に取り戻したかった。

……取り戻す、だって？

俺は今、人生を、失っているのか。

……いつから……？

ふと天井を見上げた。白の中に小さな黒い斑《はん》点が混ぜ込まれた柄。京子が好きな、クッキー&クリームフレーバーのアイスクリームを思い出させる。

俺が人生をこの手にしていたのはいつのことだったろう。

昔は確かに、そんな感覚があったはずだ。自分の意思で前に進み、道を切り開いていた時があった。だけど今はどうだ。ぎゅう詰めの電車に揺られ、会社の机に張り付いて、戻って来ては眠る。毎日同じことの繰り返し。平和で悪くはないが、出世だとか未来だとかは、もっと大きな何かによって決められていて、決して俺の思い通りにはならない。

いつの間にか、人生が俺をその手の中に閉じ込めている。

自分自身もすっかりそれに慣れてしまっているのだ。

浜山は両手で顔を覆っていた。かさついた肌が掌に触れ、爬虫類《はちゅうるい》の鱗《うろこ》でも撫でているような錯覚に陥る。下半身は布団に突っ込んだまま。やや緩めに冷房がかかっている院内では、太ももの内側が汗で湿る。ふき取るほどの量でもないが、しかし確かに感じる僅かな粘性が不快だった。

このままで終わるなんて、嫌だ。

ベルトコンベア？　ふざけるな。会社？　医者？　死神……？

誰にもやらない、これは俺の命だ。俺の命を、返せ。

浜山はゆっくりと息を吐きながら、掌を取り除いた。

……決めた。

まばゆい朝の日差しがカーテンの隙間から降り注いでいた。

九月十日

「本当にいいの？　雄吾」

京子は不安げな眼差しを横に向けた。そこには頬がこけ、痩せ細った夫が両手を組んで座っている。

「ああ。言ったろ。決めたんだ」

「雄吾が考えて、決めたんなら……私は反対はしないけれど……」

そう。反対はしない、そう決めていた。当事者である雄吾の決意に、口を挟めるわけもない。しかし胸のもやもやは消えない。

「ねえ。リスクがいっぱいあるのは、わかってるよね」

「ああ。昨日何度も話しただろ」

「そうだけど……」

「まだ心配か？」

「……ううん。大丈夫」

京子はそう言って口を閉じた。嘘だった。

だが最も不安を抱えているのは雄吾のはずなのだ。自分の不安を彼に押し付けるのは避けたかった。

面談室の扉が開いた。

「お待たせしました」

声とともに、白衣の赤園が入ってくる。腰を浮かせて座り直そうとした京子は、はっと息を呑んだ。

「どうも、初めまして。浜山さんですね」

赤園に続き、背の高い男がひょいと頭を下げて入ってきた。白衣を着ているので、どうやら医者だとはわかる。だが初めて見るその顔に、京子は緊張を覚えた。

「当院の副院長、および外科部長の福原と申します。まあ副院長とはいえ、実際は皆さんの御用聞きみたいなものです。今日はですね、難病と戦ってらっしゃる浜山さんのご様子を是非知りたくて、赤園君に無理言って同席しちゃいました。突然お邪魔してすみませんね」

福原と名乗った男は白い歯を見せて爽やかに笑った。肩書きよりもずっと柔らかいその態度に、京子はほっと息をつく。赤園がさらに付け加える。

「福原副院長は、浜山さんのような難病の患者さんを救うことに情熱を注いでおります。当院としてできる限りのバックアップをしたいと考えておりまして、今回の面談にも参加する次第です」

「おいおい、そんな固い言い方したら浜山さんも緊張しちゃうだろ」

福原が赤園を肘《ひじ》でつついた。それから表情を緩め、浜山と京子を見る。

「ま、難しく考えないでください。赤園君だけでなく、我々一同浜山さんが元気に退院できるよう、全力で取り組みます、ということです」

「……ありがとうございます。副院長先生にわざわざ診ていただけるなんて、とても心強いです」

やや圧倒されながらも京子が頭を下げると、福原はにこにこと頷く。

ふと、赤園が何かを探るような目でこちらを見ているのに気がついた。

自分が見られているのかと思ったが、違った。

赤園が見つめているのは隣の雄吾であった。京子もまた、その視線を追って雄吾を観察する。

彼は落ち着いていた。突然現れた副院長にも動ずることなく、ただ穏やかに前を向いている。まるで魂が抜け出てしまったようにも見えて、京子は胸騒ぎを覚えた。

「……浜山さん？」

赤園が聞く。

「はい。何でしょう」

「あ、いえ。すみません。さて、今日は今後の治療方針について……ご決断されたそうですが」

「はい」

雄吾は頷いた。京子は喉の奥がひりつくのを感じる。これを言ってしまったら、もう戻れない……。

何らかの期待に満ちた福原と赤園の視線の前で、浜山は告げた。

「造血幹細胞の移植を、お願いします」

福原は胸の奥が震えるのを感じた。燃料に着火された。ふつふつと血が沸騰《ふっとう》し、肉が燃え上がっていく。

「……いいんですね。浜山さん」

やや拍子《ひょうし》抜けしたような顔で、赤園が意思を確認する。浜山は頷いた。

「はい。造血幹細胞の移植を、お願いします」

「リスクは、おわかりですよね」

「はい。承知の上です」

福原は思わず立ち上がった。

「よく、御決断くださいました！」

真正面から浜山の顔をまじまじと見る。まだ寛解導入療法のダメージが残る浅黒い、骨ばった顔。だがその瞳には光がある。病気と戦う意志の光だ。

これだ。これを見るたびに俺の中から、何度でも闘志が湧いてくるんだ。

福原は赤園を振り返る。

「赤園君、その方向で進めるように。万全の準備を」

「わかってます」

赤園も笑顔で頷く。

「よし」

福原は小さくガッツポーズを取った。

浜山さんは迷い、治療に疲れているという話を赤園からは聞いていた。橋田さんの二の舞になってはたまらない。万が一に備えて面談に同席し、場合によっては赤園と二人で説得するつもりだったのだ。だが杞憂《きゆう》であった。浜山さんは自ら決断した。思ったよりも赤園は浜山さんと信頼関係を築けていたのかもしれない。やるじゃないか、赤園。

「浜山さん、御兄弟はいらっしゃいますか」

「弟が一人います」

赤園がさっそく浜山と細かい調整を始める。

「では、ドナー候補としてはまずは弟さんになりますね。さっそく血液の型《HLA》を調べたいので、来院をお願いします。それから骨髄バンクですが、事前に照合をかけたところフルマッチが三件でした」

「それは多いんでしょうか？」

「いえ。少ないです。浜山さんの型は、少々珍しいんですよね。移植は遅くとも年末には行いたい。これからドナー交渉をするとなると、厳しいかもしれません。交渉には一年以上かかることもざらですから」

「つまり、移植したくても、移植する骨髄がないわけですか？」

「……そうならないよう、手を打ちます。まず、弟さんと型が合致する可能性は二十五パーセント。これでマッチすれば一番いいですね。骨髄バンクではフルマッチの三人の方と、交渉を進めます。あとは多少リスクの上昇するやり方ですが……ハプロ移植、つまりご両親から骨髄をもらうという方法があります。型が合致する可能性は低いですが、調べるだけ調べておいた方がいいと思います」

浜山が一瞬ひるむ。だが彼は唾を飲み込み、頷いた。

「わかりました。まずは弟に連絡を取ればいいんですよね」

「はい。移植は年内を目途に進めましょう。前処置も含めて、さっそく動き出します」

面談室に心地よい緊張が広がっていくのを、福原は肌で感じていた。

赤園と浜山。医者と患者が共に手を取り合い、病気へと挑む。これこそ正常な有様だ。どうだ桐子。生きることを諦めては、何も生まれやしないんだ。

「浜山さん。これから頑張りましょうね」

福原は満足げに微笑み、浜山に声をかける。

「はい」

浜山は頷いた。

九月十一日

相変わらず狭苦しい第二医局で、看護師の神宮寺が言った。

「桐子先生。浜山さん、骨髄移植の決心をされたようですよ。あくまで病気と戦い続けると決めたわけですね」

桐子は答えず、電子カルテに目を落としたまま白湯を飲んでいる。

「正直、意外でした。浜山さんは桐子先生のお話に納得されたご様子でしたから。永遠に病気と戦うことは避け、どこかで死を受け入れると思っていました、橋田さんのように。桐子先生はどうお思いですか？」

「どうって?」

「自説を否定されたとは感じませんか。浜山さんは相変わらず、赤園先生、いえその背後にいる福原先生……彼が動かすベルトコンベアに乗せられているのですよ」

しばらく考えてから桐子は答えた。

「僕は別にベルトコンベアを否定するわけじゃない。自分の意思でベルトコンベアに乗るのなら、それは前向きな決断だよ」

「……自分の意思かどうかなんて、誰にわかるのですか?」

神宮寺が嫌らしく聞く。

桐子は宙を見る。

「確証はどこにもないけれど……」

「僕は、浜山さんを信じる」

コップから立ち上る湯気が、かすかに揺れていた。

九月十二日

「雄吾、ねえ……良かったのかな。これで」

荷物を整理しながら、京子は聞いた。

「まだそんなことを言ってるのか?　もう決めた話じゃないか」

雄吾は顔をテレビに向けたまま返す。主婦向けのドラマの音声が聞こえる。

「だけど、怖いんだよ」

「怖いって言われても。それは、俺だってそうだよ」

「そうだよね。わかってる……」

わかってる。よくわかってる。

棚から服を取り出して鞄に詰める。歯ブラシは捨てる。新しいものを買うからだ。タオルをたたんでリュックに放り込み、代わりに新品を取り出しては並べる。

「わかってるけど……でも……」

「あのなあ」

不愉快《ふゆかい》そうな声。振り返ると、雄吾がテレビを消して京子を見ていた。

「そんなこと言われたって、困るよ。それとも何か？　病気は俺のせいだって言いたいのか？」

「違うよ。だけど不安が次から次から湧いてきて、止まらないの」

京子は目を伏せた。覚悟したはずだったのに。今になって心がざわつく。こらえきれず、言葉が口から漏れ出ていく。

「だけど、先生は全力を尽くすと言ってくれているじゃないか」

「そうだけど。ねえ、雄吾はどうしてそんなに平気でいられるの？　移植を決めた時も思ったけど、雄吾、何だか急に強くなった気がする」

「平気なわけじゃないさ。ただ、気持ちが固まったというか、それだけだよ」

「だって怖いじゃない。怖くなかったら、嘘だよ。聞いたでしょ？　骨髄移植の前処置のこと。致死量ぎりぎりの放射線と抗がん剤で……」

「わかってるよ」

「本当にわかってるの？　もう、子供が作れなくなるんだよ？」

口の端が引きつるのがわかる。

「……知ってるよ」

「言ったじゃない。三人は子供欲しいねって言ったじゃない。あれはもういいの？」

雄吾が顔を歪めた。京子の言葉で、思い出したらしい。

あれは新婚旅行の時だ。できるだけお金を節約したかったから、二人は海外を諦め国内の温泉地に行った。小さくて古い旅館。だけど部屋から見える海の景色だけは例えようもなく美しかった。そこで日の入りを見ながら、雄吾は確かにそう言った。握った手のぬくもりも、頬に触れる雄吾の髪も、京子は覚えている。

「俺だって辛いんだよ。今日はもう、勘弁してくれ」

「それでいいの？　雄吾、それでいいの？　ねえ、雄吾。もっとちゃんと私と話、してよ」

言い始めたら止まらない。京子はいつの間にか、ヒステリックな声で雄吾に詰め寄っていた。

「話ならしてるじゃないか。それにいつだってできる」

「違うよ。だって雄吾、これから無菌室に入っちゃうじゃない！　わかってるの？　雄吾、もしかしたら……」

京子はほとんど涙ぐんでいた。その先は言えない。

もしかしたら、無菌室から出てこられないまま、死んじゃうかもしれない。

そんなことを言えるわけがない。

「なんだよ、さっきから。実際に治療するのは俺なんだ、ただでさえしんどいんだからこれ以上ややこしいことを言わないでくれよ！」

雄吾の語尾も荒っぽくなっている。京子は焦った。この気持ちをどう伝えていいのかわからない。不器用な自分が悔しい。だけど雄吾が無菌室に連れ去られるまで、もう時間はないのだ。何か言わなくては。

「雄吾、私あなたの子供……」

「だから子供は仕方ないだろ？　放射線と抗がん剤で、生殖機能が失われるのはもう避けられないんだよ。精子の凍結保存だってやるんだ。少しは俺の気持ちも考えろよ」

「違う！　そうじゃないよ」

言いたいのはそんな話じゃない。

「じゃあ何なんだよ。まだ文句あるのか？」

一瞬ひるんだ京子に、雄吾が顔を赤くして言葉を浴びせかける。

「子供ならもう、一人作ってやっただろ！　それでいいだろうが！」

自分の顔が青ざめるのがわかった。

大きなお腹を押さえ、硬直する。

瞳からぽろり、と涙が落ちる。腹の奥が、子宮の内側が震える。

京子は慌てて口を押さえ、病室を飛び出した。


浜山がしまった、と思った時にはもう遅かった。

京子がトイレに飛びこむ音。そこで、かすかにえずく音。

「京子……」

言い過ぎた。

だけどどうすれば良かったんだ？　何と答えれば良かったんだ？　移植が危険であることは事実だ。京子を安心させる都合のいい言葉など思いつかない。自分だってまだ恐ろしいのに、京子の不安を取り除くことなどできるわけがない。

吐瀉物《としゃぶつ》らしき音が聞こえる。あてつけをされているような居心地の悪さ。

……今は、俺も、京子も、ぎりぎりなんだ……。

「浜山さん」

一人の看護師が病室に入ってきた。

「無菌室のベッド、準備できました。移動しましょうか」

「あ、はい……」

看護師がベッドサイドに置かれた鞄に目を留める。

「準備はもう万全ですね」

先ほど京子が整理してくれた入院道具。準備してくれた物品。それを看護師が抱え上げ、脇に持った。

「じゃあ、移動しましょうか」

浜山が黙って頷くと、看護師はベッドのキャスターロックを外した。それからゆっくり、浜山を乗せて動かし始める。病室を出て、病棟のさらに奥へと運ばれていく。無菌室。二重のガラス戸で区切られ、一般人はもちろん院内関係者ですら出入りを極度に制限された空間。消毒用の器具が並べられ、上からは監視カメラが浜山を見下ろしている。これから骨髄を破壊される浜山は、あの中でしか生きられない。鉢の中の金魚のように。

京子には、あとでメールで謝っておこう。

それが、今俺にできる限界だ。

浜山は横目で、京子が入っているだろう女子トイレの表示をかろうじて見た。

九月二十六日

「つまり、退院はずっと先になるわけだね」

「はい。うまくいったとして、来年の一月くらいかと……」

浜山は通話が許可されている区域で携帯電話を耳に当てている。

「半年以上もかかるのか」

「はい」

人事部の部長は、渋い声を出していた。

「浜山君。会社としてはね、君の病気はとても不幸な出来事だと思っている。それに、これまでの君の働きも評価している」

「……はい」

「だがね、申し訳ないんだが、うちのような零細《れいさい》は今、やりくりがかなり厳しいんだ。君がいないのであれば、その分即戦力を確保したいんだ」

「休職中の給料は出せない、ということですよね」

「……いや。言いにくいんだが、半年後に君の居場所を用意できないかもしれないんだ」

「クビということですか？」

「いや。君が戻ってきてくれるなら、それが一番だ」

「ですが、半年は戻れません。下手したら、もっとかかります。移植をするなと言うんですか？」

「違う。治療して、元気になって欲しい。だが、そのためにずっと席を空けておくことが、難しいんだ」

浜山はため息をついた。それはつまり、クビと同じではないか。

「もう、決定事項なんですね」

「社長はそう決断されている」

有無を言わせぬ雰囲気を感じた。これ以上何を言っても無駄だろう。

「わかりました。せいぜい、見舞金くらいは送ってくださいよ」

「すまない、浜山君。私も粘ったんだが、無理だった。もちろん折を見て見舞いには、行かせてもらう」

よく言うよ。棚から牡丹餅《ぼたもち》で中堅社員のリストラに成功したとでも、思っている癖に。

「見舞いは結構ですよ。無菌室なんで、面会は親族のみですから」

浜山は電話を切った。そして産毛が生えているだけの頭をかきむしると、ソファに腰かけた。

会社の冷たさを感じる。人の集合体が余分な物体を切り捨てる、特有の気配。

いや、元々温もりなどあそこにはなかったのだ。余裕のない経営。ぎらぎらした若手社員、保身しか考えない古参《こさん》社員。結局堂島も、一度も見舞いになんて来やしない。噂で聞いたところによると、やつは営業第二班の班長になったという。俺が抜けた後にすっぽり収まったわけだ、手柄を横からかすめ取って。

病気が一日遅かったら。あのプレゼンをやれていたら。

少しは違っただろうか？

……今更遅い。何もかも。

京子からのメールが来ていた。「こないだはごめんね。また、改めて話させて。応援してるから」とある。浜山は携帯を操作し「ありがとう。俺も悪かったよ」とだけ返した。改めて話をするどころか、どんどん京子に本音を言えなくなっていく。

だけど仕方ないじゃないか。

会社を今月付でクビになるなんて、言えやしない……。

「浜山さん。お部屋の準備が出来ました。電話はもうよろしいですか」

若い女性の看護師が声をかけてきた。

「あ、はい。すみません」

浜山は慌てて携帯電話の電源を切ると、ポケットにしまった。

「こちらです」

看護師は無表情だった。まるで動物を小屋に導くように、浜山を「処置室」とだけ書かれた部屋に案内する。

「このスピッツに取ってください。終わったら、窓口に声をかけてください。では」

浜山は頷く。袋に入った試験管に似た容器を受け取ると、部屋に入って鍵をかけた。

黄ばんだ、白い壁で覆われた小部屋。

強い消臭剤の香りは、逆に特有の匂いがこもっていたことを示している。

そこには小さなテレビが一つ、ＤＶＤプレイヤーと繋がれていた。並んでいるのはアダルトビデオのパッケージがいくつかと、成人向けの写真集。

浜山はスピッツを脇に置き、テレビの前の椅子に座った。

ズボンを下ろし、下半身を露出させる。

急に情けなくなって、涙が出そうになった。瞼を押さえる。

それから息を吐き、透明なスピッツを見つめる。

いつか、ここで取った精子で子供が産まれる時が来るのだろうか。そんな不思議なことがあるのだろうか。

何だか乱暴な話だ。凍結保存した精子を、子宮に突っ込むなんて。生命の神秘とは程遠い、工事現場のように粗っぽい空気を、吸った気がした。

だけど、そんなことばかりだ。

考えてみれば、抗がん剤だってずいぶん原始的な仕組みだ。良い細胞もろとも悪い細胞を殺すだけ。骨髄移植だってそう。取ってきて、入れるだけ。そうだ。そうなんだ。人間は魔法使いじゃない。医学は万能ではない。

これが現実なんだ。夢見てる場合じゃない。

受け入れろ。

浜山はアダルトビデオを一つ選び、プレイヤーに入れた。

十月五日

無菌室の自動ドアが開く。京子はゆっくりとそのドアをくぐり、俯いて外へ踏み出す。一つ振り返る。二重になった扉の奥で、監視カメラがこちらを見ていた。

胸の面会証を外して面会受付に戻し、通り過ぎる看護師に会釈をしながらエレベーターへと向かう。お腹の中で子供がぐるん、と回転するのがわかった。よしよし、とマタニティウェアの上から撫でてやる。

病院を出て、時計を見る。

在宅のWEBデザイナーとして働いている京子は、さほど多くはないが案件を抱えていた。納期まではまだ余裕がある。京子は一人頷くと、花屋の前を通り抜け、一軒の漫画喫茶に足を運んだ。

真昼の店内は静かだった。個室に入り、扉を閉めて椅子に座る。

漫画は借りない。パソコンのディスプレイも切る。暗くなったブースで、京子は顔を覆った。

「ああ……」

呻《うめ》くような声が出る。

「わかんないよ。どうしていいか、全然わかんない。雄吾が何を考えてるのか、全然わかんない」

以前言い争ってから、ぎくしゃくした関係が続いている。互いに謝ったし、しこりは残らないはずだった。しかし、何かが噛み合わないままなのだ。今日の見舞いでもそうだった。無菌室のガラスの向こう、ベッドに寝そべる雄吾とインターホン越しに交わした会話は、実に当たり障りのないものであった。

何を聞いても雄吾は「大丈夫」「俺に任せてくれ」としか言わない。

お互いに心の底に不安を抱えていて、互いに気遣って、隠している。隠すしかないのだ。不安をぶつけあったら、また言い争いになってしまう。

我慢するしかない。

ただでさえ雄吾は大変な思いをしているのだから、京子が我慢するしかない。それは嫌というほどわかってる。

胃の奥が蠢いた。吐き気まではいかない、むかつきを感じる。妊娠してからは体質が変わったのか、激しく動揺すると吐いてしまうようになった。ゆっくりと息をして、心を落ち着かせる。

「だけど、私だけが悪いの？　私だって、辛いんだよ……」

誰にも言えない言葉を、京子は言う。

「こんなに辛いなんて、知らなかった」

大切な人が病気で家にいない心細さ。大切な人を失うかもしれない恐怖。見舞いに行けば、笑顔でいなければならない。一番弱みを見せたい相手に、見せられない、この行き場のなさ。

愛しているからこそ、苦しい。苦しいから、愛する人とぎくしゃくする。

病人を抱える家族もまた、別の苦しみを背負うのだと京子は知った。

目を閉じる。両手を組み、祈る。

力を下さい。私に、雄吾の病気と戦う力を下さい。

ここで祈らなくてはならなかった。家ではだめだった。雄吾の香りがする家では、心が乱れて余計に苦しくなる。

漫画喫茶のショートタイム、三十分の間、京子はずっとそうしていた。

……よし。

伝票を持って立ち上がる。

支払いを終え、会員カードを受け取った。

「いつもありがとうございます」

顔見知りになった店員が京子の顔を見て笑った。

「毎日のようにいらっしゃいますね」

京子は曖昧な笑みを返し、会員カードを財布にしまった。

十月八日

「残念ながら、弟さんのHLAは合致しませんでした」

赤園が眼鏡を光らせて言った。浜山は肩を落とす。二十五パーセントの確率には入れなかった。

「……骨髄バンクの方は、どうですか」

「今はドナーに移植の打診を行っている状況です。ただ、相手が承諾してくれるかどうかはケースバイケース。三人のうち、すでに二人は提供できないとのことです。残り一人は最終返答待ち」

「最終返答……大丈夫ですよね」

赤園は眉間《みけん》に皺《しわ》を寄せる。

「絶対とは、言えません。ぎりぎりになってドナーが提供を拒否することはありえます。ドナーという仕組みはあくまで相手の好意によって成り立っているものなので、こちらは信じて待つことしかできません。今回は……ちょっと相手のリアクションが遅いのが気になっています。拒否される可能性も、考慮すべきでしょう」

「だけど先生。前処置を行っておいて、できないじゃすまないですよ」

これから全身放射線照射、および大量抗がん剤投与を行うのだ。浜山の骨髄は死んでしまう。浜山は、血を作れない体になるのだ。

血を作れない体。なんて不気味な言葉だろう。

脳のない人間と同じだ。医療の力なしには生きられないもの。自然界では予《あらかじ》め淘汰《とうた》され、存在しないはずのもの。妖怪か幽鬼《ゆうき》にも似た、不自然なもの。

ドナーの骨髄を入れることで血を作る機能は復活する。だが、ドナーが見つからなかったら？　あるいは、ぎりぎりでドナーが提供を拒否したら？

浜山は妖怪のまま、人間に戻れず、死ぬのだ。

「何かないんですか。その……保険は」

「大丈夫です。臍帯血《さいたいけつ》移植があります」

赤園は浜山を見る。

「何ですか、それは」

「臍帯というのはですね、赤ちゃんとお母さんを繋ぐ臍《へそ》の緒《お》。この中には造血幹細胞がたくさん詰まっているんです。こいつを移植することで、骨髄移植と同じ効果が期待できます」

「そんなものがあるんですか。じゃあそれで何とかなりますね」

浜山はほっと胸をなで下ろす。

「はい。フルマッチ骨髄がもちろん一番ではありますので、骨髄バンクのコーディネートが成功することを祈りましょう。そちらがダメだったら、臍帯血を使います。ただ、臍帯血にもストックがあります。限りがあるということです」

「ストックはどれくらいあるんですか？」

「一座不一致《いちざふいっち》が、一本です」

　赤園は真剣な目で言った。

「一本……たった？」

「はい。使えるのは一度きり」

「先生。それで、ちゃんとその……細胞が、くっつかなかったらどうなるんですか」

「生着不全が起きた場合は、もう臍帯血はありません」

　ぴりぴりと浜山の顔がこわばった。

「他の方法で何とかするしかないということです」

　確率。確率。確率。

　綱渡り。

　神様はどれだけ、俺に勝負を強いるんだ。

「浜山さん。大丈夫です、勝算は十分にありますから。もし生着不全が起きても、別の手を考えますから」

　浜山はごくりと唾《つば》を呑みこんだ。それから、赤園を正面から見返し、落ち着いた声で言った。

「わかりました。それで結構です。進めてください」

「はい。頑張りましょう。浜山さん」

浜山と会話を終えて、赤園は無菌室を出た。マスクを外し、帽子を取る。それから廊下を歩き、奥の扉を開ける。風が吹き込んできた。

四階の非常階段に出て、景色を見下ろしながらふうと息を吐いた。

額の汗が、外気に当たって冷える。気温は一日一日、下がっていく。蝉もすっかり死に絶え、色づいたイチョウがはらはらと葉を散らしていた。

何もかもが熱を失い、ゆっくりと凍り付いていく。

ちゃんとできているだろうか。

赤園は先ほどの自分の発言を振り返る。鈍いドナーの反応。一本しかない臍帯血。希望の光は確かにそこにあるが、状況は決して順調とは言えない。

そんな中で、しかし浜山を勇気づけなくてはいけない。不安を気取られてはいけない……。

まだ四時少し前だと言うのに、日は傾きつつある。冷たく赫《あか》い秋の夕焼けが、赤園の心をわけもなくかき乱した。

「大丈夫だよ。自信持て」

ぱん、と肩を叩かれた。驚いて振り返ると、福原がそこに立っていた。

「赤園。浜山さんと会ってたんだろう」

「福原……先生」

自分を追ってきたのだろう。福原の髪は僅かに乱れていた。

「浜山さんはやる気なんだ。君がひるんでいてはだめだ」

「そうですね」

赤園は頷く。

確かに浜山の態度は変わった。もっと迷い、怯えていたはずの彼は、今は腹が据わっているように見える。

見習わないとな。

「信じるんだ。必ずうまくいくと」

福原が拳を握り、赤園を見つめる。

「……はい」

その瞳に勇気を貰い、赤園は答えた。

十月十九日

静かな自室のリビングで、京子はお腹を撫でていた。

雄吾との仲は相変わらずだ。

噛み合わない理由はわかっている。心配してばかりの自分と、どこか悟ったように現状を受け入れている雄吾。いつのまにか不安定な側と、支える側とが逆転してしまった。

あの日からだ。移植を決断した日から。

こんな選択はできないと叫んでいた雄吾が、翌朝には移植を決意していた。理由は聞いたが、「自分の人生を取り戻したい。だから自分で決めたい」とだけ言っていた。

京子にはその意味がいまだによくわからない。

自分の人生を取り戻すことが、なぜ移植に繋がるのか。あの夜、何があったのか。深くは聞けないまま、時だけが過ぎていく。

先日の主治医からの話によると、前途は多難だ。結局ドナーは提供を拒否したという。骨髄バンクのコーディネートは失敗。移植は臍帯血を使うことになった。

だが、雄吾に動揺は見られなかった。淡々と、「そうですか」と言っただけ。京子は少なからずショックだったのに、雄吾は本当にどうしてしまったのだろう？

自暴自棄になっているのかもしれない。

闘病に疲れ果て、もはやどうにでもなれという心境だとしたら、納得はいく。

「雄吾……何か無理してなきゃ、いいけど……」

京子は自らの腹を撫でた。膨らんでいるお臍の奥に、子供の体がある。

まるで京子の呼びかけに答えるように、膨らみがぐりんと回った。力強い胎動。

「……そうだよね」

京子は呟く。

「パパ、きっと頑張ってるよね。そうだよね。信じなきゃね」

京子は下唇を噛み、外を見上げる。どこから湧き出してきたのか、黒い雲が空を厚く覆っていた。一雨きそうだ。

移植前処置は始まっている。そして今日は、予定通りなら全身放射線照射が行われているはずだ。それがどれだけ恐ろしいものなのか、想像もつかない。

雄吾。

京子は不安に耐えるように、自らの体を押し抱いた。


ここが、放射線治療室か。殺風景なものだな。

だだっ広い白い部屋の中、浜山は冷たい台の上に寝かされていた。無機質な天井が見える。

「それでは、始めます」

技師の声が聞こえる。浜山は無言で頷いた。

まるで自分は、まな板の上の鯉だ。ジーという音と共に、台が動く。頭の先には宇宙船の内部を思わせる、巨大な白い装置……放射線照射機器がある。ハメ殺しの小さな窓に似た部分から、闇がこちらを睨み付けている。

あそこから、放射線が出るのだ。

かすかな機械音ののち、ビーッと音が響き始めた。

今、俺の体に当たっているのか……。

光はない。体に何かが当たっている感覚もない。眼球の奥が眩しいような気もするが、きっと気のせいだろう。

三回に分けて、十二グレイの放射線を当てるそうだ。もし一度に浴びたなら、その致死率は百パーセントだという。合計千二百万シーベルト……原発作業員の緊急時被ばく限度の、ゆうに五十倍。内臓が焼け爛《ただ》れるほどの放射線だ。

死が見える。

浜山は思った。

目の前に、死が感じられる。死が降り注いでいる。俺は今、望んで死を全身に浴びているんだ。

生きるために。

恐怖で奥歯が震え、目の表面が乾いた。それでも、浜山は目を開いた。放射線照射機器の照射口を、その黒く無機質なパーツを、まるで獣と対峙するかのように見つめ続けた。

十月二十四日

最悪だ。

放射線と大量の抗がん剤が浜山に与えた副作用は、やはり凄まじかった。

体中がだるい。高熱が出る。口の中が喉の奥まで爛れたようになり、粘性の高い、血の混じった唾が出続ける。鉄の味がずっとして、痛みが取れない。止まらない下痢。血尿はカテーテルで抜かれっぱなし。前よりもずっと強い吐き気。

それでも水を飲まなくてはならない。薬も飲まなくてはならない。吐かないように耐えて、だ。逆流してきた胃液を、口を抑えて呑み下す。そのたびに鉄の味。針を突っ込まれたような口内の痛み。

地獄だ。

この複合的な苦しさ。全身の痛み。

これまで味わったどんな苦痛よりも、強い。そして終わりがない。

朦朧《もうろう》としながら寝ていると、時折誰かがやってくる。ガラス越しに、こちらを見ている。インターホンで何か話しかけてくる。動物園の檻の中のような気分だ。

いや、きっとそうなのだ。

俺の骨髄は死んだ。俺は血を作れなくなった。妖怪になったのだ。だからここは動物園の檻。妖怪を見に、客がやってくる……。

「浜山さん」

聞き覚えのある声であった。

「……はい」

億劫に思いながらも横を見る。大きな黒目。白い肌。マスクと帽子をかぶった男。

「桐子先生……」

「様子を見に来ました」

浜山は口内炎でうまく動かない口を、ぼそぼそと動かした。

「たった一度夜中に雑談しただけで、わざわざ来てくれたんですか」

ガラスの向こうで、桐子が頷く。

「赤園君が不審がっていましたよ。急に浜山さんの意思が強固になったと……大丈夫ですか。無理していませんか。何か悩みがあれば、またいつでも相談に乗りますよ」

浜山はにやりと笑った。

「死神先生。悪いけど、あんたの思い通りにはなりませんよ。俺は生きるんだ」

「……そうですか」

桐子は相変わらずの無表情で、その感情は読み取れない。

「でも、先生との雑談は、ちょっとは参考になりましたよ」

「それは何よりです」

「先生は、今日は暇なんですか」

「ええ。皮膚科の外来は比較的早く終わりますんでね」

浜山は切り出した。

「じゃあ先生……一つ頼まれてくれませんか」

桐子は無言で、浜山の顔を見つめた。

「ちょっと、預けたいものがあるんです」

十月三十日

ついに移植当日。

浜山は落ち着かない気持ちでその時を待っていた。

今日、妖怪である俺に、臍帯血が移植される。

やってきた京子は、不安げな表情だった。浜山はにっこり笑って手を振る。

睫毛、ひげ、髪の毛は再び全てなくなった。俺は宇宙人のような顔になっているだろう。

京子は泣き笑いの顔を返してくれる。

やがて赤園と看護師がやってきた。液体の詰まった袋が運ばれてくる。

いよいよか。

十二時を時計の針が指し示すと同時に、移植が開始される。

臍帯血移植といっても、あっさりしたものだ。

パックを点滴で流し込まれるだけ。はたから見れば、ただの輸血と同じである。だが、
浜山は目の前の光景に見とれた。

それは真っ赤な、真っ赤な血だった。信じられないくらい、こんなに純度の高い、美しい赤があるのかと目を疑うほど、それは赤かった。

臍帯血。

どこかのお母さんが、赤ちゃんと、繋がっていた場所。生命力に満ち溢れた、神秘の臍の緒。それが今、俺に与えられる。聖なるものを感じる。愛と、力も。自分の体の中に生命が流れ込んでくる。人間ではなくなった俺に、女神から新しい命が与えられるのだ。

なんて美しいんだろう。

これは光だ。希望の光だ。

赤い臍帯血は、宝石のようにきらきらと輝きながら一滴一滴、体内へと吸い込まれていった。

京子を見た。

泣いていた。

俺も、泣いていた。

臍帯血の移植は、ものの数十分ほどで終わった。

看護師は、何か様子が変だったらナースコールを押してくださいと言って部屋を出て行った。数時間後には、免疫抑制剤の点滴を行うので、また来るとのこと。その背を見送り、浜山は息を吐く。

不思議な感覚だった。

感動が込み上げてくるわけでもない。すぐに体調に変化があるわけでもない。病院側の対応は淡々としたものだ。だが、久方ぶりの食事を終えた後のような、深い満足感があった。

京子がガラスの壁の向こうにいる。インターホン越しに声がする。

「これで大丈夫だよね、雄吾」

「……ああ」

ふと気がついた。京子が上着を羽織り、マフラーを巻いている。外は寒いんだな。そうか、もう十月も終わりか。この中にいると、そんなことすらわからなくなる。

……いや、違う。

京子はさっきもそこにいた。同じ格好でそこにいた。見えていなかったのは、見ていなかったからだ。

一山超えたんだ。ほっと胸をなで下ろした。

京子がこちらを見ている。浜山はゆっくりと、口を開く。

「あのさ。京子」

「……ん」

ちょっと話すだけでも喉が、口が、痛い。がらがら声で言う。

「俺さ。会社クビになったんだ」

「知ってるよ」

「……え？」

「わからないとでも思ってたの？　通知とか、家に来るんだよ」

ガラス窓の向こうで、京子が苦笑いしている。

「……」

絶句する浜山に、京子が言った。

「もう。無理して話さなくていいよ。喉、痛いんでしょ。今はゆっくり休んで、細胞がしっかり生着するように」

「あ、ああ」

「……退院したら、ちゃんと話そうね。じゃ、お休み」

京子は言った。そして、名残惜《なごり》しそうなそぶりさえ見せず、笑って立ち上がった。その何気ない所作に、どれだけの愛情と思いやりが込められていることだろう。

浜山は涙をこらえながら、頷いた。

廊下を立ち去っていく京子の後ろ姿をベッドに横たわったまま見送る。浜山は自らの唇に触れる。点滴のカテーテルが揺れた。

背中が痒《かゆ》い気がした。

十一月四日

午後三時。

「浜山さん、呼吸が苦しいそうですね」

赤園は浜山が頷くのを確認すると、その体を起こし、パジャマの前を開いた。そしてすぐ、眉根を寄せた。

赤い湿疹が、腹から背にかけて天の川のように走っている。弱々しく掻いた爪痕が痛々しい。

「少し触りますよ」

赤園は手を差し出し、膨らんだ腹を軽く叩いたり、押したりしながら念入りに触診する。腹を軽く押されるたびに、口から空気の塊が漏れ出る。胸のあたりに触れられると、痛みが走った。

赤園の顔が蒼白になる。

「先生。あの……」

浜山が聞くと、赤園は緊張した面持ちで頷いた。

「急性GVHD……と思われます」

やっぱりか。浜山は目を閉じ、深く息を吐いた。

二十パーセントの確率を乗り越えられなかったのだ。移植された造血幹細胞から生まれた白血球が、血の流れに乗って浜山の細胞を食いちぎり、食い破り、食い殺している。

「でも先生。皮疹《ひしん》はGVHDの症状で聞いてましたけど、この腹の張りは何なんですか」

「腹水です。白血球による攻撃は、主として血流の集中する臓器に向かうんです。そのために肝臓や腎臓が攻撃されていて、体液をうまくコントロールできなくなり、お腹に水が溜まっているんです」

「……大丈夫ですよね」

「できるだけの手を打ちます。シクロスポリン。それからステロイドの用意」

赤園は看護師に指示を出す。それから、浜山を向いて言う。

「浜山さん。頑張りましょう。GVHDが出るということは、造血幹細胞が生着している可能性が高いということでもあるんです。一本しかない臍帯血が、ちゃんと浜山さんの体に届いたんです。あと一息です！」

「はい」

そうだ。

GVHDなんて、些細《ささい》なことだ。せっかく移植したのに生着しないよりは、生着してGVHDが出た方がましだ。

俺はまだいける。全然平気だ。

十一月七日

無菌室の外で、京子は震えていた。

浜山雄吾。慣れ親しんだ名前の札がかけられた部屋に、主治医の赤園と、何人もの看護師が出たり入ったりしている。京子が入る余裕などない。みな汗だくで、必死の形相で薬剤を運んだり、処置をしたりしている。まるで夢のように現実味がない。あの中にいるのが雄吾だなんて。

容態が良くない、万が一に備えて欲しいと言われてから、ずっとあのままだ。GVHDのグレードが、この三日で四段階のうちⅢまで上がったそうだ。症状が激化している。下痢の量は二リットルを超えたという。それも血が大量に混じった便が、まるで穴の開いた水袋を押すように溢れ出る。

恐怖に押しつぶされそうになりながら、京子は三人がけのソファでお腹を抑えていた。緊迫した声が、ここまで聞こえてくる……。

「浜山さん。ステロイド・パルスの二回目、今日やると言いましたが、撤回します」

赤園が早口に言った。浜山は弱々しく頷く。

「病理検査でCMV腸炎が見つかりました。サイトメガロウイルス、一種の病原体です。こいつが入り込み、浜山さんの腸の中を荒らしまわっています。下痢や下血はそのせいです。GVHDを抑えるために免疫抑制剤を投与しましたが、これは逆にサイトメガロウイルスには追い風になってしまうのです」

外からは病原菌。中からは移植細胞。浜山は全身余すところなく、脅威にさらされているのだ。中の脅威を抑えれば、外の脅威が増える。あるリスクを数パーセント下げれば、他のリスクが数パーセント上がる。

　まさしく命をつかさどる確率の網の目の中で、今浜山はもがいているのだ。

「……せんせい……」

　浜山は我ながら愕然《がくぜん》とした。声が出ない。本当に声が出ない。どんなに力を振り絞っても、声が出ない。

「無理して話さなくて大丈夫です。苦しいですよね。お腹に水が溜まって肺を圧迫しているんです。場合によっては穿刺《せんし》して、抜きますので。それから血液透析《とうせき》を行いましょう。浜山さんの腎臓は今、機能不全一歩手前です。腎臓の代わりに機械で、血液を濾過《ろか》しなくてはなりません」

「……お……」

　おまかせします。おねがいします。

　二つの想いを込めて、浜山は「お」とだけ言った。

　赤園は頷き、何度目かになる「頑張りましょう」を言った。

　お腹の赤ちゃんは、こんな時なのにとても元気だ。

　京子は震える手で腹の外から子に触れる。大丈夫。大丈夫だよ。自分と子供に言い聞かせる。

　ふと、横に人影が立つ。

「浜山京子さんですね」

顔を上げる。白衣を着た男が一人、大きな黒目でこちらを見ていた。

「皮膚科の桐子と申します」

「え……？　皮膚科のお医者さんが、どうして」

「浜山雄吾さんから、預かりものがあります」

桐子は、一通の封筒を取り出して見せた。

「どうぞ」

「なにそれ……」

京子は青ざめ、封筒と桐子を交互に見た。封筒には「京子へ」とある。弱々しいが、雄吾の字だった。

嫌な予感が走る。

「嫌です……そんなの、受け取りたくないです」

「では、捨ててください。僕はお渡しするようにお願いされただけ。その後どうするかは、自由だと思います」

桐子は淡々と言った。京子は唇を噛みながら、おそるおそるそれを受け取った。

雄吾。

しばらく迷ってから開き、中の便箋《びんせん》を見た。

浜山が鏡を見たなら、そこに映る自分に怯えただろう。

皮膚は真っ赤に染まっていた。まるで全身火傷である。それはおぞましい姿だった。さらに水泡が無数にできている。指でつぶすと、かすかに黄色がかったリンパ液が飛び出す。潰さなくても勝手に割れ、クレーターのような穴が空き、体液で皮膚が湿っていく。体中が痛くて、痒い。お腹も、手も、足も、背中も、頭も、耳の裏まで。しかもその内側と外側が同時に痛い。

呼吸は苦しく、腹は重い。もはや口に入れられるものは水だけ。そして絶え間ない血の下痢。

幸いにして浜山は、鏡を見ることはなかった。

もう、体を起こす力すらない。

京子へ

この手紙は、移植が終わったら渡してもらうよう、個人的に信頼できる先生にお願いした。直接言えばいいと思うだろうけど、どうにも不器用でね。こうして紙に書いて伝えようと思う。俺が移植を決めた理由を。

君もよく知っている通り、俺は優柔不断で、弱気で、怖がりだ。

昔からそうだった。自分で何かを決断した覚えがほとんどないんだよ。受験の時だって、親が勧める大学を受けただけだ。就活だって何となくやって、第一志望には落ちたけど、適当な会社に滑り込んだ。仕事も別に手を抜いてはいなかったけど、主体性があったかと言われると、そうでもない。

いつのまにか慣れっこになっていたけど、病気になって、改めてそれに気づいたよ。面白い医者がいてさ。そいつと話したのがきっかけだった。

俺、ベルトコンベアに乗って生きてきた。ただ周りに流されて、何となくうまくいってきた。他人任せだった。君に帰ってもらって、病院で一人で考える時間を貰った日があったろう。あの日、このベルトコンベアが、心底嫌だって感じた。

でも、今更どうやったら他の生き方ができるのか、わからなかった。

浜山に自分の周りの音が、声が聞こえているだろうか。

「まずい。黄疸《おうだん》が出てきている。ビリルビンは……17か」

浜山の肝臓が崩壊しつつあることを示す数値。室内に緊張が走る。

「赤園先生、血液透析準備できました！」

「ちょっと待って。血小板が先だ」

「はい」

マスクを付けた看護師が出入りする。

赤園は浜山を見る。眠っているようだが、顔が赤く腫れて、目が閉じきっていない。

ＧＶＨＤのグレードはついにⅣに達した。最も重症な状態である。腎臓が破壊されていく。肝臓が破壊されていく。小腸が、大腸が、肺が、目が、皮膚が、みな破壊されていく、体の内側から。

多臓器不全。

赤園は歯噛みした。

こんなことになるなんて。GVHDがグレードⅣに達するなど、かなり稀《まれ》だ。だが稀とはいえ、起こり得る。最善を尽くしていても。

運が悪かったと言うのはあまりに簡単で、あまりに残酷だ。

「赤園、下を向くな！」

怒声が飛んだ。

目を見張る赤園の前。飛び込んできたのは福原副院長だ。

「指示を出せ！　ここが瀬戸際だぞ」

マスクの上、その戦意に満ちた瞳が赤園を射抜いた。

そうだ。諦めるな。俺が諦めたら、誰が病気と戦うんだ。最後まで戦うんだ。戦って、戦って、戦い抜くんだ。その先に、奇跡は起きる……。

諦めてしまったら、起こる奇跡も起こらない。

「俺は患者に呼びかける。赤園、お前は打てる手を打ち続けろ」

「はいッ」

必死に処置を続ける赤園の目の前で、浜山が大きくえずいた。

心電図の数値が乱れる。

呼吸困難を起こしつつある。何か手はないか。赤園は頭脳をフル回転させる。何か手は。何か手は！

「血圧低下」

死が、その無尽蔵の重力で浜山を闇に引きずり込んでいく。そうはさせるか。赤園は吠えた。

「昇圧剤《しょうあつざい》！」

そちらには、行かせない……。

その時、思い出した。俺は今までに一度だけ、ベルトコンベアを降りたことがある。誰にも頼らず、自分だけの意思で、人生を動かしたことがあるんだ。

君と結婚した時だ。

覚えてる？　四年前、村田が開催したバーベキューに行ったよね。俺と君は、たまたま二人とも車に財布を忘れた。それで、一緒に取りに行った。はっきり思い出せるよ。君は白い帽子をかぶってた。薄桃色のシャツを着て、ジーンズを履いてた。靴はサンダルで、蚊に刺されて困るって話してた。君は、虫刺され薬が苦手だって教えてくれた。

俺は村田に連絡先を聞いて、映画に誘った。君は断った。それも曖昧にじゃなく、はっきり断った。あなたとお付き合いするつもりはありませんってね。あれには驚いたな。

ただ映画に誘っただけで、そこまで言われるとはね。

君は両親が離婚して以来、結婚はおろか男性と付き合うことすら嫌になってるって聞いた。村田が反対した。君の友達が、京子はほおっておいてあげてって言った。みんなが反対した。やめろって言った。君すらも。

俺は聞かなかった。

君が好きになってた。あの時の俺、一生で一番頑張ったと思うよ。毎日悩んだし、毎日考えてた。どこかで芝居をやってると聞けば、君を誘ったら喜ぶかなと思った。雑貨屋で商品一つ一つを見るたびに、君が喜ぶプレゼントはどれか考えた。携帯のストラップ、あげただろ。五百円くらいだったけど、三時間は迷って買ったんだぜ。


京子は必死に文字を追う。


君がようやくデートする気になってくれてからも、結婚を考え始めてくれてからも、何度でも反対された。うちの親は反対してた。君の妹も反対してたね。こんなに反対されてまで、自分たちの我儘を通すべきなのか、二人で悩んだ。だけど俺は振り切った。妥協《だきょう》したくなかった。どうしても君と人生を共に歩みたかった。

俺、君が好きだ。

結婚してから、また優柔不断の俺に戻ってしまった。家電一つ買うのも、出かけた先で何を食べるのかも、君に決めてもらってばかりだね。

造血幹細胞移植は、凄く怖い。こんな決断、できないと思ってた。だけど完治の希望がある。一生、君と一緒にいられるかもしれないんだ。

なら、やるよ。

あの時と同じことだ。もう一度君にプロポーズするんだ。もう一度一緒になるんだ。もう一度あの家で暮らすんだ。俺は自分の人生を取り戻す。君との人生を、取り戻すんだ。

放射線だって、抗がん剤だって、GVHDだって、俺は怖くないよ。


便箋に涙が落ちた。


これで俺の気持ちは全部だ。ほとんどラブレターになっちゃったな。顔を合わせるのが少し照れくさいよ。

最後に、もし、万が一だけど、ダメだったら。

子供に伝えておくれよ。

父ちゃんは死んだけれど、でも、戦って死んだんだと。

だからお前も自分の人生を、力一杯生きてくれと。

治ったら、またバーベキュー、行こう。雄吾それで手紙は終わっていた。手が震えた。歯が噛み合わされて、鳴った。

京子は立ち上がる。そして無菌室を睨み付けると、飛び込んだ。

まだ雄吾の部屋には、何人もの術着の人間が出入りしている。

「BP危険域！」

悲鳴に近い声が飛び交う。


浜山の意識は混濁《こんだく》していた。

次々と臓器が食い荒らされ、体中の機能が停止していく。だが、浜山にはそんなことはわからない。ただ苦しかった。あちこちが焼けたように痛む。しかし悲鳴を上げることも、悶《もだ》えることも、暴れることもできない。その力がないのだ。

腕も、足も、まるで自分から切り離されたかのように命令を聞かない。


「雄吾……ずるいよ。ずるいよ。私、付き合っちゃったじゃない！　結婚しちゃったじゃない！」

インターホンに、京子は叫んだ。目一杯の声で叫んだ。

「幸せにするって言ったの、あんたじゃないか！」

マスクに術着の人々が驚いて京子を見たが、しかし制止はしなかった。

「私、結婚したくなかったのに！　あんたが強引に言うから。しつこく言うから。何度断っても、あんたが言うから、だから私、信じちゃったじゃないか！」

ベッドで横たわる浜山の耳に届いているかどうか、わからない。彼の意識レベルは低い。心電図は乱れ続け、血圧が急激に落ちていく。

「お前、嘘つきかよ。手紙、これ、嘘かよ。どうしてくれるんだ！」

叫ぶ口に涙が入り、声は震えた。

「子供が産まれるんだよ。あんたとの子供なんだよ。元気なんだよ、今も私の中で動いてるんだよ。ここに、ここにいるんだよっ。生まれてくる子供を抱っこしてよ！　笑いかけてあげてよ！　名前を呼んであげてよ！　頭を撫でて、一緒に手を繋いで、お出かけしてあげてよ、川の字で寝てあげてよ！」

目の前が真っ赤になる。京子は必死の想いで、全身から振り絞るようにして金切声を発した。

何かの機器が、信号を発する。

赤園が、寝ている浜山の顔に手をやった。

その仕草を見た京子はひっと息を呑んだ。

赤園が、京子の方に近づいてくる。神妙《しんみょう》な顔で歩いてくる。

「雄吾。先生、雄吾を、お願い、雄吾を助けてあげて……」

無菌室の窓ガラス一枚隔てて、赤園が目の前に立った。

「嫌だ……いや」

赤園が頭を下げた。その表情は見えない。

「お亡くなりになりました」

一瞬、時間が停止した。

京子はそのままふらふらとよろめくと、ぺたんと床に尻餅《しりもち》をついた。

そしてしばらく動けなかった。


病院で死は、珍しくない。

もちろん特別な出来事なのは間違いない。医療関係者もみな、救えなかった悔しさを噛みしめる。その一方で、死はあっさりと処理されていく。霊安室に運ばれ、葬儀屋が来て、今後の段取りを決めていく。次の患者が待っている。病院は、立ち止まるわけにはいかない。

ほんの三時間前には笑っていた人間が、今はもう動かない。永久に。

歯を食いしばって目を潤ませていた赤園の顔も、何の慰めにもならない。

午後六時。

夕食の香りが流れてくる時間帯に、京子はようやく手続きを終え、病院の待合室で座っていた。タクシーで家に帰る前に、少し休みたかった。

心があまりにも空っぽだった。何も考えられない。行き交う人々も、ニュースを流しているテレビの映像も、感じることはできても理解できなかった。

どれだけの時間が過ぎただろう。唐突に一人の男の姿が目に入り、京子は立ち上がった。腹の底から感情が噴き上がる。それは怒りでもあり、悲しみでもあった。京子に向かって歩いてくる相手に、京子も走り寄った。そして白衣の胸ぐらを掴み上げると、低い声で吠えた。

「桐子先生……桐子先生ね」

桐子は答えない。ただ、黙って頷く。

「あんた、雄吾と話したんでしょ。雄吾は、あんたを信頼してたんでしょ……」

駆け寄った時は、お礼を言おうと思っていた。手紙を渡してくれたお礼を、そして雄吾の相談に乗ってくれたお礼を。しかしそんな考えはいつの間にかどこかに吹っ飛んでいた。京子は次第に声のトーンを上げていく。

「なら、どうして。どうしてよ。どうして、雄吾を止めてくれなかったの？　どうしてよ、どうして移植を、止めてくれなかったのよお！」

そこまで叫んで、心の堰《せき》が外れた。京子は桐子の白衣を渾身《こんしん》の力で握りしめながら、大声で泣いた。涙があとからあとからこぼれ落ち、悲鳴とも絶叫ともつかない声を発し続けた。

桐子は一切抵抗しなかった。ただされるがままに任せていた。白衣のボタンが一つ、二つ飛び、繊維《せんい》がぎりぎりと音を立てる。やがて京子が膝をつき、俯いて床に涙を落とし始めると、その体に腕を回してそっと支えた。

他の患者や看護師が何事かと二人に目を向ける。

何人かは様子を察し、そのまま立ち去っていく。何人かはもらい泣きをする。そして何人かは気がついた。

死神と仇名されている医者が、天を仰いでいることを。何かに耐えるように、あるいは祈りを捧げるように、両の目を強く強く閉じていることを。

しかし、たった一滴こぼれた涙に気づいたのは、脇にいた神宮寺だけであった。


なぜだろう。

こんなに泣いているのに。こんなに悲しいのに。こんなに自分の感情がコントロールできずにいるのに。

そんな今、胎動を感じている。

お腹の中の子供は何も知らない。

京子は白衣を掴んでいた右手を離した。そして、そっとその手を腹に当てた。その奥に確かに命のぬくもりを感じながら、念じた。念じることで、伝えようとした。

今日ね……。

京子は子供を抱きかかえるように、お腹を包んだ。

パパ、生きたよ。精一杯。

霊安室。

その暗く冷たい、窓のない部屋の中で黙祷《もくとう》を終え、エレベーターへと向かって歩き始めた桐子の前に、一人の大男が立ちはだかった。整った顔には汗の痕。髪はまだ乾いていない。それは彼が最後まで死と戦い続けたことを意味していた。

「……福原」

桐子が言うと、福原も答えた。

「桐子……何だ。笑いに来たのか」

桐子は首を傾げる。

「何を？」

「浜山さんだよ。俺と赤園は彼を最後まで戦わせた。だが、それもむなしくＧＶＨＤで亡くなった。お前からすりゃ、最悪のシナリオだろ？　救えなかった。結局、無駄に苦しませただけだ」

「笑いなんてしない。する理由がない」

桐子はそう言い、リノリウムの床に立ち尽くす。

「桐子、お前の理屈はわかってる。俺たちは見てきたもんな。病気と戦い続け、全身ぼろぼろになって惨めに死ぬ患者を」

「……そうだね」

「お前は、病気と戦わない選択肢を患者に与えようとする。病気から逃げる逃亡兵に成り下がったわけだ」

「そういう言い方は好きじゃない。患者に選択肢を『与える』だなんて、医者の傲慢《ごうまん》が過ぎるよ。僕らが向き合うのは、患者さん一人一人であるべきなんだ。福原、君は病気とばかり向き合っている」

福原は拳を壁に叩き付ける。鈍い音と共に振動が走った。

その唇から、絞り出されるように言葉が落ちる。

「桐子。お前だってわかっているだろう？　ここでは奇跡が起きるんだ」

桐子は白衣のポケットに手を突っ込んだままだ。福原は続ける。

「医学で説明がつかないような劇的な回復を見せる患者。多臓器不全から不死鳥のように蘇った患者。誰にも匙《さじ》を投げられながら、綺麗さっぱり癌の消えた患者……医者である以上、知らないとは言わせない。奇跡はあるんだよ。最後まで諦めずに戦えば、奇跡は起こりうる」

「奇跡の存在を患者に押し付ける。それがどれだけ残酷なことなのか、わかっているのか？」

二人の視線が衝突する。

「……それでも俺は、奇跡を諦めない」

桐子は福原の瞳に、過去の患者の記憶を見た。

完治して退院していく患者、その家族に囲まれた後ろ姿。再び日常生活に戻ることができた患者の、太陽のような笑顔……。

目の端が引きつる。

福原にとってのそれは勝利なのだ。対極としての死が、敗北である。

それでも。

それでも、それを望むのは医者の自己満足だ。

桐子は目を閉じ、闇を見つめた。悲惨な死を迎えた患者の姿が浮かんだ。長い闘病の末に疲れ果て、乞《こ》うような目で死を願った者もいた。点滴の管を首に巻き、自死を図った者もいた。桐子は目を開く。

「……医者が奇跡を諦めなかったら、誰が一緒に諦めてやれるんだ」

死を敗北にしてはならない。死を敗北にしてしまったら、そこに向かう人があまりに報われないではないか。

意見は平行線だった。二人は共に医者だったが歩み寄る余地はない。

桐子はそれ以上は何も言わず、歩き出した。

福原の横を抜けてエレベーターへと向かう。規則正しい小さな足音が廊下にこだまする。

福原は前だけを向いていた。すれ違う時、互いの顔は見えない。

汗だくに汚れた福原の白衣と。

ボタンの外れた桐子の白衣が。

近づき、交差し、そして離れていった。

第二章　とある大学生の死

「午前三時四十三分。ご臨終です」

音山晴夫は腕時計を確認し、そう口にした。ベッドのそばで音山の様子をじっと見つめていた老婆が、ふるふると震え始め、そして崩れるように遺体にすがりついた。

まだ朝日も出ていない室内で、心電図モニターの青い光が瞬《またた》いている。デジタル表示されたゼロという数字、平坦なグラフは、心臓が停止したことを示していた。

音山は聴診器をしまい、心電図モニターの電源をそっと切った。

「本当に長いこと、よく頑張られました」

厳《おごそ》かな調子で、俯きながらゆっくりと続ける。

「こんなに強く、最後まで男らしい患者さんは稀です。私も感銘を受けました」

老婆は泣き顔で音山の顔を見上げる。何か言おうとしていたが声にならず、ただ何度も頷くばかりだった。


死亡診断書の作成を終え、音山は屋上のベンチに座っていた。

うっすら明るみ始めた空を見上げながら、煙草をくわえて息を吸う。不快な臭いとともに煙が入ってきた。咳き込み、灰皿に煙草を放り込む。

ちっとも美味しいと思わないのに、こんな時はつい吸ってしまう。

はあ、と大きなため息をついた。

今日看取った患者さんの元には、いつもあの奥さんが見舞いに来ていた。彼女の前で、俺は目を潤ませながら死亡宣告をした。

もちろん演技だ。

医者にとって死は特別ではない。日常だ。掛け替えのないたった一人の死は、音山にとっては数百人目の死でしかない。

自分が麻痺していくのを感じる。

遺族が遺体にすがりつく時、心電図モニターの電源を切った。強く抱きかかえられると、モニターが誤作動して脈を表示してしまう場合がある。遺族は生き返ったと勘違いして喜び、説明の後に落胆する。白けることとこの上ない。だから医者は適切に機器を操作して、死という厳粛《げんしゅく》な儀式の演出に徹する。

最後にかけた言葉もそうだ。

医者はいくつかお悔やみのストックを持っていて、患者によって使い分けるだけ。今回の患者さんは危篤《きとく》に陥ってからたっぷり二日間耐えた。だから「よく頑張られました」。あっさりと死を迎えていたら、こう言っただろう。「潔《いさぎよ》い最後でした」。

いつから俺は、こんな風に冷めてしまったのか。

もともと人一倍、泣き虫だったんだけどな。

音山は二本目の煙草に火をつける。

母が急な病気で亡くなった時、小学校を休んで一月《ひとつき》ほども泣き続けた。あの悲しさが、悔しさが、人を救える職業につこうと決意したきっかけだった。

だけどどうだろう。経験と知識が蓄積され、医者としての腕が上がるにつれて、あの時の感情から遠ざかっていく。

患者が死んで辛くないわけではない。だが、感情の振れ幅は確実に小さくなっている。今では大げさに演技してみせることで、やっと遺族と対面している有様だ。

天を仰ぎ、同期の二人を思った。

福原の汲めど尽きぬ、燃え盛るようなエネルギー。桐子の、迷いなくタブーまで切り込む、冷たい思考。彼らも音山と同じくらいに死を見てきているはずなのに、どうしてあんなふうに振る舞えるのだろうか。

なぜ、死に慣れずにいられるのだろうか。

音山は不思議に思う一方で、羨《うらや》ましいとも感じた。

あいつらは凄い。だけど、俺には真似できない。

空が紫から赤を経て、やがて色味を失い透き通っていく。ついさっきまで輝いていた金星が、もうどこかに消えていた。

二月十六日

「あ……ある……」

川澄《かわすみ》まりえは、思わずまばたきした。

信じられなかった。嘘だったら、誰かが私を騙《だま》しているのだったら、どうしよう、どうしよう。足が冷たく痺《しび》れ、喉の奥が乾いた。

「まりえ、どうだった？」

急かすように横から啓子《けいこ》が話しかけてくる。まりえは「えっと」と曖昧に返しながら、もう一度自分の受験票を見た。番号、二九九。見上げた先、掲示板に大きく貼り出された紙には、確かにその数字があった。何度見ても、何度見ても確かに二九九があった。

「医学部医学科入学試験　合格者は以下の通り　東教医科大学」

啓子は大声を上げて掲示板を指さす。

「あった！　あったよ、まりえ！　ほら、あそこ！」

「け、ケイちゃんは？」

啓子は弾けるような笑顔をまりえに向けてVサインした。

「私も！」

もうまりえは耐えられなかった。視界が歪み、唇が震えた。

「やったね、まりえ！」

「うん。うん……」

涙が次から次へとこぼれ落ちた。啓子が抱き付いてくる。その赤と黒のチェック柄のマフラーが口元に触れた。まりえも抱き返した。二人のコートがこすれ合ってごわごわと鳴る。

「やった、やった！」

そのまま二人は、ぴょんぴょんと何度も、子供のように飛び跳ねた。


「お父さん？」

電話の向こうで「ああ」と、いつものように無愛想な声がした。いつもだったら緊張する父との会話も、今日ばかりは心が弾む。まりえは言う。

「合格してたよ。私」

しばらく間があってから「そうか」と返答があった。かすかな吐息の余韻に、安堵の感情が含まれているように思えた。

「すぐ帰ってくるのか」

「えっと、必要な書類とかもらってから、啓子とお茶して帰る」

「……」

「夜には帰るよ」

父の返答はなかった。否定する時ははっきり口に出す人だ。籐《とう》の電話台の前に立ち、しかつめらしい顔をしながら受話器を耳に当て、頷いている姿がまりえには見えた。

「じゃ、切るね。お母さんにはメールしといたから」

まりえはそう言い、口を閉じた。ほんの少し互いに無言になった後、まりえは聞いた。

「よくやったな、まりえ。おめでとう」

低い声だった。

はっと息を吞み、何か返そうとしたが、すでに電話は切れていた。物言わなくなった携帯電話をじっと見つめる。ひゅうと冷たい風が通り過ぎていく。しかし胸の中は熱くて、まりえはまた泣き出しそうだった。

「まりえ。お父さん、喜んでた？」

啓子がひょいと横から聞いた。

「……うん」

まりえは必死に涙をこらえて、頷いた。

「良かったね。いこ。あ、急いで！」

横断歩道の向こう、喫茶店を指さして啓子が走り出す。点滅している信号を見て、まりえも慌てて駆け出した。

「あ」

左足がつんのめってよろける。啓子がとっさに手を出して支えた。

「大丈夫？　まりえ」

「ご、ごめん。コケちゃった」

「ううん。私こそごめんね、急かしちゃって。ゆっくり行こう」

信号はすでに赤に変わっていた。バスやタクシー、乗用車が行きかう。

まりえは、ずれた眼鏡を持ち上げて直した。

四月八日

地下から出ると、春の風が音山の周りを吹き抜けた。

目の前に見えるのは新宿御苑。緑の合間から、桜の花びらが舞い上がっては空を泳いでいく。空は抜けるように青く、降り注ぐ光は灰色のビル群すらも祝福しているように思えた。

ここに来るのも一年ぶりだ。

医学生だった頃は毎日のように通った道。少しも昔と変わらず営業している花屋もあれば、カレーのチェーン店に置き変わり、面影《おもかげ》すらない一画もあった。

音山は手土産の入った紙袋をぶら下げ、桜とは反対側に向かって歩き出した。

途中、何人ものスーツ姿の若者とすれ違う。彼らの目は一様に輝き、前を向いている。

新しい生活が始まる季節か。

ぼんやりと眺めながら、音山は歩いた。

やがて古風な一軒家の前に立つと、インターホンを鳴らす。洗練されていない、古めかしいブザー音が懐かしい。並んだ紫陽花《あじさい》の奥で引き戸が開き、品のある老婦人が顔を出した。

「どうも、春江さん。こんにちは」

音山は頭を下げる。

「あら、音山君。どうぞ、中に」

「ちょっと、線香だけでもと思いまして」

音山は招かれるまま敷居をまたぎ、木の匂いがする屋内に入った。


仏壇の前に座り、お鈴を鳴らす。

のびやかな高音が和室の中に消えていく。音山は合わせた手を戻し、目を開いた。

相変わらず恐ろしい顔をしてらっしゃる。

黒い枠の中では、恩師が爬虫類のような目で音山を睨んでいた。眉間に入った一本皺、百足《むかで》のように太い眉毛と髭、そして突き出た下唇。知らない人からすれば、いかにも厳しい人間に見えるだろう。だが実際にはあれほど優しい人はいなかったと思う。

襖がすいと開き、春江が顔を出した。

「音山君、お茶が入ったわよ」

「すみません」

音山は立ち上がり、持ってきた包みを差し出した。

「これ、お仏前に」

「いつもすまないわね」

「いえ。ところで、桐子か福原が来ましたか」

「え？」

「いや、その。楠瀬《くすのせ》教授の好物が柚餅子《ゆべし》だと知っているのは何人もいないと思いまして」

春江が目を見開く。音山は仏壇に供えられている四角い餅菓子を指さした。

春江が口に手を当てて笑った。

「ああ、なるほどね。そうなのよ、仙台のじゃないとダメなのよね」

「それも、胡桃《くるみ》入りの奴ですよね。あれを持ってきたのは福原ですか？」

「ううん、桐子君よ。用があるとかで、すぐに帰っちゃった。福原君は今日は来れないからって、さきほどお電話いただいたわ」

「そうでしたか。桐子が……」

あいつらしい。一個だけ単品で買ってくるところが。

音山はテーブルにつき、湯呑《ゆのみ》をつかむ。茶の入った陶器が掌を優しく温めた。

「はい、私たちもお相伴《しょうばん》にあずかりましょう」

春江が包みを開き、中から胡桃入り柚餅子を取り出して皿に載せた。一つを仏壇に供えると、自分と音山の前に一つずつ皿を置き、黒文字を添えた。

「ありがとうございます」

ここに来ると、いつも自分で買ってきたお菓子を食べることになる。音山は黒文字をつまむと、粉がかかった胡桃柚餅子を切り、端っこを口に運んだ。紫がかった、粘りの強い餅。ほのかな塩味と深い甘味、そして胡桃の歯ごたえが楽しい。醤油の風味が微かに鼻を抜けた。緑茶によく合う。

「昔は三人揃って来てたのにねえ」

春江がどこか寂しそうに呟いた。

「みな、忙しくなりましたから」

音山は笑って返す。半分は嘘だった。音山は今でも、命日には三人で行こうと声をかけている。しかし、福原は桐子と一緒なら断ると言い、桐子は「僕は一人で行くからお構いなく」と受け流す。結局ばらばらに来てばかり。

「でも、本当にたくましくなったわね。音山君も、みんなも」

「そうですか？」

「主人が最初に家に連れてきた時、野良犬みたいな三人だって思ったもの」

「野良犬ですか」

春江がいたずらっぽく笑う。

「そうよ。臭かったし。いつも頭がぼさぼさ。それから、ぎらぎらしてた」

「まあ、してたかもしれませんね……」

学生時代は金がなかった。時間も。しょっちゅう学校に泊まり込んだし、試験前は身なりなど気にしている余裕はなかった。桐子も、福原だってそうだった。

「でも、だから主人は気に入ったんだと思うわ。あなたたちのこと」

「そうなんですか？」

「ええ」

春江は頷く。

「あの人はね、情熱が目に宿っている学生が好きなのよ。人を救いたいっていう情熱が」

こぽこぽとお湯を急須にそそぐ音が静謐《せいひつ》な室内に響く。二煎《せん》目のお茶葉が開くかすかな気配がする。

自分の目には今でも情熱があるのだろうか。ふと不安になり、音山は目を伏せた。福原には今なお炎が宿っている。燃えるような闘志で、人を救い続けている。桐子は？　病院では問題児扱いされているものの、彼は彼なりに真剣なように思えた。あの冷めた口調も、冷めた考え方も、学生の頃から変わらない。不思議な低温の火を、彼はずっと患者に向け続けている。

音山だけが、中途半端だ。

毎日の作業に追われて、淡々と仕事をこなしてばかり。感情が燃え上がることも、冷めることもないままに。

自分は、福原や桐子よりも劣っているのだろうか。確かに学生の頃から、二人は優秀だった。彼らに憧れ、時に嫉妬したこともあった。それでもいつか追い越し、追い抜いて、立派な医者になることを夢見ていたはずなのに……。

音山は冷めてしまった茶を舐めた。

苦味だけが舌の上に広がった。

「ありがとうね。音山君、元気で」

「いえ、こちらこそ。春江さんもお体に気をつけて」

玄関先でもう一度頭を下げ、音山は往来へと踏み出した。と、二人のスーツ姿の女性がすぐ脇を歩いて行く。

「今日、東医の入学式なのよ」

春江が言った。

「ああ、そうでしたか。道理で」

言われてみれば、すれ違う若者たちはみな希望に目を輝かせているように思えた。努力の果てに医学部に入り、春江の言うような情熱を宿して未来へ一歩踏み出す日。

俺はこのままで、いいんだろうか。

音山はエネルギーに満ち溢れた、母校の後輩たちの後ろ姿を見つめて、どこか居心地の悪さを覚えた。

四月十日

「まりえは新歓《しんかん》合宿、行くでしょ？」

猫の額ほどの東教医大の中庭。その真ん中で啓子に聞かれて、まりえは首を傾げた。

「新歓合宿？」

「東医の伝統行事。一年生主体で筑波山《つくばさん》に行くらしいよ。ハイキングして親睦《しんぼく》を深めるんだって」

「ハイキング、かあ……」

どうしようかな。宙を見て考えた時、ふと足元がおろそかになった。

「わっ」

「ちょっと、大丈夫？」

石畳に躓《つまづ》いてよろめいたまりえを、啓子が横から支えた。

「最近まりえ、よく転ぶよね。疲れてるの？」

「うーん。そういうわけでもないんだけど。もう年かなあ」

まりえは苦笑いする。

「何言ってんのさ」

啓子が呆れたように息を吐いた。

まりえはへへへ、と歯を見せて笑ってみせる。

その一方で、心の中では不安が渦巻いていた。確かに近頃、私はよく転ぶ。注意して歩いていないと、すぐにつんのめったり、バランスを崩してしまう。

まりえは自分の足をじっと見つめた。

痛いわけではない。重いわけでもない。なのに時々、言うことを聞かないというか……。いつ頃からだろう。半年前くらいからずっと続いてる気がする。

年齢の問題、なんだろうか。いくら三浪しているとはいえ、まだ二十代に入ったばかりなのに。

「で、さ。まりえ新歓合宿行く？」

「あ、うん……行きたいけど」

細く白い自分の足がひどく頼りなく思える。
二、三歩前に踏み出してみた。地面を踏みしめ、足の裏の感触を確かめる。特に変わった様子はない。大丈夫だよね。たぶん、大丈夫……。疲れているだけだよ、きっとそう。
「迷ってる感じ？　何か用事でもあるの」

啓子が聞いた。

「いや、ううん。ないよ。ケイちゃんは行くの？」

「私は行こうと思ってる。面白そうだし」

「じゃ、私も行く」

黒く染めた。

まりえは笑って頷いた。頭上を飛行機が飛んでいく。太陽を遮り、一瞬だけ影が中庭を

四月二十一日

壮観だなあ。

まりえは棚に教科書を並べ、少し離れて眺めながらうんうんと頷いた。これまで赤本や参考書が並べられていた棚は、十数冊の基礎医学の教科書だけですっかり埋まってしまった。組織学、病理学、解剖学、薬理学、免疫学……ずらりと立ち並ぶそれらは難攻不落の城壁のようにまりえを見下ろしている。

適当に一冊、微生物学の教科書を手に取り、ぱらぱらとめくってみる。一冊が千ページほどにもなる分厚い教科書は、一万円近いお値段だ。インフルエンザウイルスの電子顕微鏡像が目に入った。丸い束子《たわし》のようなウイルスが、細胞からぐいと顔を出している。隣には無数の菌類の名前が並び、その引き起こす症状から対処法まで、細かい文字で述べられている。

これ、全部覚えるのか。

基礎医学だけでこんなに。

浪人中は机に齧り付いて勉強していたけれど、合格してからも同じのようだ。むしろ浪

人中よりハードかもしれない。

まりえは教科書を棚に戻す。それから拳を握り、ふんと一つ息を吐いた。

まあ、わかってたことだもの。むしろ望むところ。

父さんも母さんも、同じように医学部の六年間勉強したんだ。そして国家試験を突破して、今は病院を経営している。

「俺の娘なんだから、できないわけがない。できないなら、それはお前の努力不足だ」

父の口癖だった。試験で悪い点を取るたびに冷たい声でそう言われ、頭をはたかれた。

痛くはなかったが、心を抉《えぐ》るような重みがあった。

医学部の受験に三回失敗した時には、まりえの心も折れかけた。

自分は出来損ないだ。

そう思って布団の中で涙を流した日もあった。

仲の良かった後輩が先に合格して、悔しくて下唇を噛んだこともあった。

だけど、だけど……まりえはついにやったのだ。

今、東教医大医学部に、まりえは在籍している。まりえにもできた。まりえは、出来損ないではなかった。

だから、今度だってきっとできる。

まりえは改めて、並んだ教科書を見つめた。

幼い日、白衣を翻して歩く両親の姿に憧れた。患者さんに感謝され、照れたように笑う父親。看護師さんにてきぱきと指示を飛ばす母親。作文に誇らしげにそれを書き、スケッチブックに聴診器を付けた二人の顔を描いた。

夢見たあの場所。そこはもう夢ではない。歩いていけば、届く場所だ。

白衣を身に着け、聴診器を持った自分の姿が、見えるような気がした。


「ちょっと買い物行ってくるね」

まりえは台所の母親に声をかけ、夜の街へと歩き出した。

ポケットの中で財布が揺れ、小銭がちゃりちゃりと音を立てる。外の空気はまだ少し肌寒かったが、それがかえって爽快《そうかい》だった。

住宅街を抜け、色とりどりの光が輝く繁華街へと進んでいく。ノートを買うだけのつもりだったが、ついでに靴屋も見ていこう。

新歓合宿で筑波山に登るのだから、いい運動靴が欲しい。それに最近よく転ぶのは、靴が合っていないせいかもしれない。お洒落でなくてもいいから歩きやすい靴が、見つかるといいのだけど。

あ。また……。

道の途中で、まりえは顔をしかめる。

足の様子が変だ。突っ張るわけでもなく、痺れるわけでもない。痛みもない。太もものあたりに少し筋肉痛のような感覚があるが、気になるのはそこではない。足の裏だ。足の裏が、付いてこない。いや、付いてはくるのだが半歩遅れているというか……。

「言うこと聞いてよっ」

まりえは小声で呟き、力を入れて大股で歩いた。がしがしと地面を踏みしめ、自分の体を前に送り出す。そうしているうちに、足は元に戻ったようだった。

駅前のスクランブル交差点は、信号を待つ人で溢れている。

目の前をバスや乗用車が行きかっている。信号、ヘッドライト、ウインカー、ネオンサイン、人々が手にしている携帯電話……様々な光が、まりえの頬を数秒おきに異なる色で染めた。

この駅、こんなに色んな光で満ちてたんだ。

予備校帰りには気づかなかった色彩に、まりえの心は弾んだ。

歩行者用信号が青になった。盲人用の電子メロディが流れ始める。堤防が決壊するように、スクランブル交差点の中心目がけて人が一斉に歩き始めた。まりえも前に進んだ。一歩、二歩、三歩……何のことはなしに、五メートルほど進んだ時だった。

え？

まりえは思わず下を見る。

左足が付いてこない。

足の裏が地面にへばりついたみたいに、離れない。

どうして。

右足で代わりに踏ん張る。しかし、その力も弱い。左足を持ち上げられない。必死に何度かやってみても、結果は同じだった。どうして？　やり方を忘れてしまったみたいに、微動だにしない。

すれ違うサラリーマンが、不思議そうな目でこちらを見ては、過ぎ去っていく。後ろから迷惑そうに肩をゆすりながら、おばさんが追い抜いていく。人の洪水の中で、まりえだけが一歩も動けない。凍りついたように。

体が震えた。

歩行者用信号が点滅し始める。メロディが消える。

人の波は、潮が引くように両岸に吸い込まれていく。慌てた様子で走って横断する学生。渡ろうとして断念し、携帯を開いて立ち止まる女性。まりえだけが取り残される。たった一人、横断歩道の上に。待って。まだ私がいる。私が、ここにいる……。

左右から車がヘッドライトを照らして、まりえを睨み付けている。

歩行者用信号が赤になった。その真紅の光が、まりえの体を照らした。

背中を冷や汗が流れる。

まりえは、誰もに置いて行かれたまま、何もできず……。

クラクションが鳴った。

「大丈夫ですか？」

まりえの手を取り、歩道へと引っ張りだした男性が言った。まりえはへたり込んだまま息を整えてお礼を言おうとしたが、恐怖で声が出ない。必死に頷いてみせるばかりだった。すぐ後ろの車道では、唸りをあげて車が走っている。吹きあげられる粉塵《ふんじん》が、まりえの鼻先をかすめていく。

「足、どうかされたんですか」

スーツを着た若い男性は心配そうにまりえを見下ろしている。

「あ、その……」

まりえは足を動かしてみる。動いた。さっき動かなかったのが嘘のように動いた。

「立てますか」

男性が手を差し出す。まりえはその力を借り、身を起こした。温かい掌。

「……大丈夫、みたいです。すみません」

おそるおそる歩いてみる。動く。歩ける。

「気を付けてくださいね。では、私はこれで」

男性は軽く頭を下げると、足早に歩き去っていく。

まりえはその後ろ姿を見ながら、しばらくそこに立ち尽くしていた。

それから自分の足に触れてみる。特におかしなところはない。

だけど、信用できない。自分が信用できない。

恐ろしくて、もうスクランブル交差点を渡る気にはなれなかった。遠回りではあったが、まりえはぐるりと歩道を回って靴屋に向かった。

四月二十六日

「あれ？　まりえ、新歓合宿来ないの？」

「うん……ちょっと体調崩しちゃって。私のぶんも楽しんできて」

「そっかー。お大事にね」

啓子の言葉に礼を言い、まりえは電話を切った。

メールが一通来ていた。母親からだった。

『今日は飲み会だって？　飲み過ぎないようにね』

まりえはメールを返す。

『わかってるよ。帰りは遅くなるかも。行ってきます』

それから鞄の持ち手を握り締め、「堀内整形外科」と書かれたガラス扉を開き、中へと入った。

六月十七日

「ちょっといいか、音山」

神経内科部長の速水豊彦《はやみとよひこ》に呼び止められ、音山は売店に行こうとしていた足を止めた。

「はい？　何でしょう」

速水はごま塩の髭がはえた顎をこすりながら、すまなそうに言う。

「小田山医院からの紹介で、患者が来てるんだ。俺が一旦応対したんだが、今手が回らんから、以後お前受け持ってくれんか」

「あ、はい。わかりました」

「すまんな。まあ喜んでくれ、川澄まりえ、なんと若い女性だぞ」

歯を見せていやらしく笑う速水に、音山は苦笑で返す。

「ちょっと速水先生、僕がそんなことで喜ぶとでも思ってるんですか」

「神経内科は老人ばかりだからな。気が滅入《めい》っているかと」

「そんなことないですって」

「真面目だなあ、お前は。でも、その子にはちょっと事情があるぞ」

「え？」

速水は冗談っぽく言った。

「東医の一年生だそうだ。お前の後輩ってわけだな。ま、張り切って診てやってくれや」

「はい、確かに受け取りました」

診察室の中、音山は川澄まりえから差し出された紹介状を手に取ると、さっと開いて中を検《あらた》めた。その様を、正面に座ったまりえは物静かに見ている。

「左足の違和感とのことですね」

まりえは頷いた。

「はい。最初は整形外科に行ったんですけれど、原因不明で。別の総合内科にも行ったんですけれど、そこでは検査が十分にできないのと、神経の病気かもしれないので、こちらに来るようにと……」

うんうん、と音山は相槌を打つ。

「ちょっとお膝を見せてもらえるかな。まずは左から」

言い慣れた文句を口にし、音山はまりえにズボンのすそを上げさせ、打腱《だけん》器を手に取った。まりえによく見えるように掲げてから声をかける。

「これはゴムのハンマーです。ちょっと叩きますけど、痛くないので安心して下さいね。じゃ、力を抜いてー」

打腱器で膝蓋《しつがい》骨と脛骨《けいこつ》の間から、腱を軽く叩く。まりえの足がびくんと持ち上がった。

「ふむふむ。同じように右もお願いしますね」

笑顔を崩さないよう気をつけつつ、頭の中で考える。

腱反射が明らかに強い。上位運動系ニューロンの問題か。これは整形外科では対応できないだろう。

「じゃあ次は、靴下を脱いでベッドに横になってもらえるかな」

「はい」

まりえは素直に従い、ぎくしゃくとした動きで靴を脱ぎ始めた。ちょっと緊張しているようだ。軽く世間話でもしておこう。

「速水先生から聞いたんだけど、東医に通ってるんだってね」

「あ、はい。そうです」

「僕もあそこの出身なんだ」

「え！　そうなんですか」

まりえの表情がほぐれていく。

「狭くてびっくりしたでしょ。中庭とか」

「そうですね。何か、日当たり悪いですよね」

「そうそう。冬とかすぐに真っ暗なんだよなあ、懐かしい」

音山は笑いながら、慣れた動作で打腱器をひっくり返した。ゴムハンマーの反対側には、スプーンの持ち手に似た鉄製の尖った部分が付いている。

「でも、いい大学だよ。学生の仲もいいし。じゃ、くすぐったいかもしれないけど、ちょっと我慢ね。力抜いて」

音山は尖った部分をまりえの足の裏に当て、そろそろと引っ掻いた。

まりえの親指が甲側にゆっくりと曲がり、それ以外の指が外側に開いた。

「はい、じゃ右もやりますよー」

音山が声をかけると、まりえは右足を差し出した。

「音山先生、医学部の勉強ってやっぱり大変ですか？」

「大変だったなあ、僕は。勉強苦手だったしね」

まりえは驚いたような顔で、こちらを見上げた。

「とにかく覚えることが多いんだよ。優秀な友達が二人いたから、何とか落第せずにすんだけれど。もう一度同じ勉強をやれって言われても、正直しんどいなあ。君も頑張ってね。はい、じゃあ右をこすりますねー」

同じように音山は打腱器で足の裏を引っ掻く。注意深く反応を見ていると、まりえが言った。

「……そんなことを患者の前ではっきり言う先生、初めて見ました」

「え？」

くすくすと笑い声。

「音山先生って、面白い人ですね」

「そうかなあ」

音山はわざとのんびりした声で言い、笑顔を作ってまりえに向ける。

しかし頭の中では必死に考えていた。

病的反射の一つ、バビンスキー反射が出ている。これは……。

「そうですよ。お医者さんってみんな威厳があるっていうか、怖いじゃないですか。でも音山先生は怖くないです。なんか、ほっとします」

「ああ、怖いお医者さんっているよね。僕もよく怖い思いするよ、会議とかでね。はい、終わりです。靴下履いてください」

まりえはおかしそうに笑った。音山は打腱器を机に戻すと、電子カルテを覗き込む。まりえが靴を履いて椅子に戻ってから、切り出す。

「今、学校って忙しいのかな？」

「え？　いえ、そうでもないですけれど……普通に授業はあります」

「実はね、きちんと診断するためにいくつか検査をしたいんだ。ちょっと疲れる検査もあるから、できれば検査入院をお願いしたいんだけれど」

「えっ」

まりえは困ったように顔を歪めた。

「どれくらい……ですか」

「二、三日くらい」

少し考えてから、まりえは頷いた。

「それくらいなら、なんとか……」

「ありがとう。できるだけ短くまとめるからね」

音山はマウスを操作し、電子カルテ上に手早く検査内容を記入していく。

血液検査、髄液検査、頭部および脊髄ＭＲＩ、神経伝導検査、針筋電図……。

スケジュールの相談を終え、それぞれの検査について簡単にまりえに説明してから、音山は言った。

「じゃあ今日は、これで終わりです。お疲れ様でした。また検査の時に」

「はい、ありがとうございます。音山先生」

まりえは立ち上がって鞄を持つと、ぺこりと頭を下げた。

出て行くまりえに、音山は声をかけた。

「勉強、頑張ってね」

「はい！」

元気のいい声を最後に、診察室には音山だけが残された。ふうと息を吐く。看護師が「次の方、呼びますね」と声をかけてきた。音山は頷いてから、机の上に置かれたまりえの紹介状を取ってぼんやりと眺めた。

そこには無機質に文字が並んでいる。

「筋《きん》萎《い》縮《しゅく》性《せい》側《そく》索《さく》硬《こう》化《か》症《しょう》の疑いあり」

六月二十二日

「まりえ、元気？」

ひょいと入口から顔を覗かせた啓子に、ベッドの上のまりえは驚いて教科書を取り落とした。それから互いにくすくすと笑う。

「また来てくれたの、啓子」

「そりゃ来るさー。予備校時代からの同志が入院とあっちゃ、心配で落ち着かないっての」

「ごめんね、啓子。心配いらないから。ただの検査入院だし」

まりえは教科書に栞《しおり》を挟み、脇の棚に置いた。そこには教科書が何冊か並んでいる。

「お、元気そうだね、まりえ！」

啓子の後ろから男性の声。

「あれ？　吉田君。それから藤井君、本庄さん……みんな、来てくれたんだ」

驚くまりえの前に、何人ものクラスメイトが入ってきた。

「へへ。仲間が一人いないと寂しいじゃん。遊びに来たよ。ほら、これ差し入れ」

ひょうきんな藤井が笑い、袋に入った漫画雑誌を差し出した。

「もう、藤井ったら。まりえが本当に欲しいのはこっちだよ」

髪を後ろでまとめた本庄が藤井を押しやり、鞄から紙の束を取り出す。

「ほら、まりえ。授業ノートのコピー」

まりえは目を輝かせてそれを受け取る。

「わあ、ありがとう！」

「何だよまりえ、真面目だなあ。俺の漫画よりそっちの方がいいのかよ」

「ううん、ごめん。藤井君もありがとう。でも、授業に置いていかれないか凄く不安だったから……」

　まりえは慌てて藤井の漫画雑誌も受け取った。啓子が笑う。

「まりえ、心配し過ぎ。大丈夫だよ、授業はまだ高校の復習みたいな感じだから」

「え？　そうなの」

　短髪の吉田が頷いた。

「うん。生物、物理、化学。総おさらいって感じだな。先輩は、解剖実習が始まったら医学部らしくなってくるって言ってたよ。それはまだずっと先」

「そうなんだ。良かったあ……」

　まりえはほっと息をついた。最初から出遅れてしまうのだけは避けたかった。

「心配ないと思うよー」

　啓子が棚に並んでいる教科書を見て言った。教科書のあちこちには付箋《ふせん》が挟まり、一緒に並べられているノートは使い込まれて黒ずんでいる。横には暗記用だろうか、単語帳まで用意してあった。

「これだけ予習してるんだったら、むしろ私たちより進んでるかもだし」

「ええ？」

　まりえは驚いて変な声を出した。それを聞いて、みんな笑った。

「じゃあねまりえ！　元気で学校で会おうね」

小一時間ほど雑談し、啓子たちは帰っていった。みんなの足音が聞こえなくなるまで、まりえは病室の扉に向かって手を振っていた。

ふうと息を吐く。

窓から夕陽が差し込み、教科書とノートのコピー、それから漫画雑誌を煌びやかに照らしている。

急に静かになった。

みんなと一緒だと、あっという間に学校と同じになっちゃう。でも、嬉しかった。みんなだって勉強や部活で忙しいだろうに、わざわざ遠くまで来てくれたのだ。

私も早く、戻らなきゃ。

こんなところで時間使ってる暇なんてないもの。

まりえはベッドテーブルを引き寄せ、貰ったノートのコピーを広げた。内容に目を通しながら、赤ペンで重要な部分に線を引いていく。

安堵が心に広がるのを感じた。本庄が言っていた通り、まだ授業は専門的なところまでは入っていない。

大丈夫、付いていける。

でも油断は禁物。きちんと予習、復習しよう。三浪もした自分が人より要領が悪いのはよくわかっている。だからその分努力しなくちゃ。

ふと、携帯にメールが着信していた。見ると、吉田からだった。

「今日はお疲れ。元気そうで安心したよ。予習大変だろうけど、俺たちもサポートするから頑張ってな！　退院したら、一緒に遊びに行こうよ。遊園地とかどうかな？　考えといてね」

直接メールを送ってくれたのは吉田だけだった。まりえは彼の姿を思い起こす。きりっと通った鼻筋。誠実そうな目。真っ黒な短髪。

遊びに行こうって……二人きり、って意味だろうか。

まりえはしばらく考え込む。途中から急に恥ずかしくなってきて、赤くなった頬を叩いた。

遊園地、吉田君と一緒に行きたいな。

隣のベッドからはかすかに野球中継が聞こえてくる。イヤホンから音漏れしているのだろう。まりえはかりかりとペンを走らせる作業に戻った。

六月二十四日

音山は川澄まりえの白い足に針を突き刺した。

まりえは目を閉じたまま歯を食いしばり、軽く震えた。

針筋電図検査。

筋肉に直接針を刺し、電流を流す。これによって神経の様子を調べる。

「はい、力を入れてー」

音山はできるだけ優しく声をかける。まりえは顔をしかめつつも、言う通りにした。音山は機器を操作しながら、針の位置を慎重に調節する。

「力を抜いて。はい、オッケー。ではもう一度力を入れて」

針を刺し込むのだから、そのたびに患者に多少の痛みを与えることになる。できるだけ苦痛を少なくしたいのはもちろんだった。だが、それでも何度も音山は確認せざるを得なかった。

「うっ」

まりえが唸る。

「あ、ごめん！　痛かった？」

「大丈夫です」

「そっか。ごめんね。あと少しだから、もう一度お願い、じゃあ力を入れてー」

目の前の画面に表示されるグラフは大きく波打ったかと思うと突如として平坦になる。そしてまた再び波打つ。特徴的なその波形。

神経に原因があるのは間違いなかった。

額に汗が垂れかけ、音山は何気ないしぐさを装って拭いた。

川澄まりえはじっと痛みに耐えている。我慢強い子だった。一度針を刺すだけで怒り狂い、なだめすかして何とか検査する人もいるというのに。

音山は息を吐き、電極を取り外した。

「これで検査は終わりになります。疲れたでしょ？　ごめんね」

音山は笑顔を作ってまりえに呼びかける。

まりえはほっと表情を和らげ、微笑んだ。

「ありがとうございました。あの、結果は……」

音山は口角を上げたまま続ける。

「えっとね、全部の検査結果を総合して見てから、確定診断を伝えますね。そうだな、明日のお昼過ぎにでもお時間もらえるかな」

笑顔を崩しちゃだめだ。だめだ。

「はい。よろしくお願いします、音山先生」

まりえが遠慮がちな目で頭を下げた。唇の端が引きつりそうになり、音山はやっとのことで言った。

「念のため、ご家族の方も一緒が良いかな。連絡しておいてもらえる？」


検査室を裏口から出て、音山は職員用トイレに駆け込んだ。そして蛇口をひねると冷水を掌にぶちまけ、顔に叩き付けた。

荒く、熱い息が出た。

検査結果一つでこんな思いに駆られるのは初めてだった。研修医の時ですらなかったし、死に慣れつつある最近では想像もしなかったことだ。あの川澄まりえという患者に、入れ込み過ぎているのだろうか。

医大の後輩だからかもしれない。どうしても昔の自分を重ね合わせてしまう。夢見続けていた医者の世界への切符を手にし、どこか恐れ知らずで、しかし不安も抱いていた、あの若かった自分。いつの間にか失ってしまった自分。

その自分と十余年の時を経て、相対しているよう。

ダメだ。今回は心が揺さぶられてしまう……。

顔をハンカチで拭う。

少し頭が冷えた。

鏡を見て、何食わぬ表情をつくり、二、三度笑ってみる。よし。それから扉を開き、廊下に出て歩き始めた。

「あ……」

「音山先生……」

川澄まりえがすぐ目の前のベンチに座っている。出くわしてしまった。

虚《きょ》を突かれ、音山は声が出せなかった。先に挨拶したのは、まりえだった。

「こんにちは、先生。さっきはありがとうございました」

「いえいえ。お疲れ様でした。ゆっくり休んでね」

必死に笑い、穏やかな声を出してみせる。強張った顔になっているのが自分でもわかった。いつもなら当たり前のようにできることが、できない。

まりえが笑った。

「そんなに驚かないでください。先生っていつも、優しいですよね」

「え？　僕が優しい？」

「はい。私、すぐに不安になる性格なんです。でも音山先生はいつも、優しく笑ってくれます。患者が不安にならないように、気を遣ってくださっているのがわかるんです」

「……そ、そうかなあ」

それは笑顔という安易で無難な仮面を、誰にでも向けているだけでしかない、そう思った。

「そうですよ。ありがとうございます」

「ありがとう、川澄さん」

音山は礼を言ってから、いつのまにか自分が素でまりえと接していることに気がついた。

「あ、いや、その」

必死に笑顔を取り繕《つくろ》う。しかしまりえは気にした様子もなく、続けた。

「音山先生。私、将来は音山先生みたいな医者になりたいです」

まりえはぺこりと頭を下げた。音山はそれに、何も返すことができなかった。ただ立ちつくし、拳の先を震わせながら……まりえの姿を見つめていた。おぼつかない足取りで自分の部屋へと戻っていく、その背を。

六月二十五日

「主治医の先生はどう？　信頼できるの？」

母親が度の強い眼鏡の向こうから、まりえを見据えて聞いた。

「優しくて、いい人だよ」

「そう」

まあ、私が直接見極めるわ。そんな感じの「そう」だった。まりえには何の感慨もなかった。塾の先生や、家庭教師に対しても母は同じ態度だ。

まりえを産んでからは事実上引退した母も、昔は外科医としてばりばり人を切っていたという。母が優秀なのは間違いない。どこか他人を見下すような態度も、そこから来るのだろう。

面談室の中でかちかちと時計の秒針の音が響く。母親は白い机の上に乗っていた細かな埃を指先で拭い、不快そうに眉を歪めて床に落とした。

まりえが勝手に病院に行ったのが気にくわないのだろう。なぜお父さんに最初に相談しなかったの、と言いたげな気配が伝わってくる。

内科の開業医である父と、その経営補佐を行っている母。まりえは二人との距離感が未だに掴めずにいた。子供の頃のように甘えるわけにもいかず、かといって超えるにはあまりに優秀な二人。

接し方がわからないのは両親の方も同じなのだろう。

二人が現役合格した医学部に、三回も失敗した娘。どう扱ったものか、困惑しているようにまりえには感じられた。

愛情はあるはずだった。その証拠に、母は何も言わずにこうして付いて来てくれた。横で一緒に確定診断を聞いてくれる。

二人は優秀過ぎるから、できない人の気持ちがわからないだけだ。

まりえはそう思った。

「どうも、お待たせしました」

扉が開き、白衣の音山晴夫が入ってきた。相変わらず太り気味の体を揺らし、愛想良く笑っている。その顔を見るだけでまりえは心がほぐれるのを感じた。

優秀でなくてもいい。強くなくてもいい。迷いがあってもいい。

音山先生のように優しくて、人を安心させられる医者。

それが私の目指す医者だ。

父さんとも、母さんとも違う。私にしかなれない、医者なんだ。

音山がまりえと母親の前に腰かけるのを見つめながら、まりえはそんなことを思っていた。

「筋萎縮性側索硬化症《ALS》、ですって……」

まりえの横に座った母親が、引きつった声で言った。その顔は蒼白に染まり、音山を睨み付けている。

「はい」

音山はできるだけ淡々と説明する。いつものようにやるだけだ。冷静に、冷静に……そう自分に言い聞かせながら。

「針筋電図はしたんですか？　結果は？」

身を乗り出してきた母親を見て、音山は察する。この人は医療関係者のようだ。専門的な説明を求めている。音山は検査結果を示した。

「こちらです。明らかに神経原性変化が認められます」

「……」

母親は紫色の唇を震わせた。

困惑しているまりえに向き直り、音山は丁寧語のまま説明を始めた。

「まりえさんの病気ですが、やはり神経の病気でした。運動神経ニューロンが次第に侵されていってしまう、原因不明の病気です」

まりえはその細い体から、小さな声を出して聞いた。

「原因不明……？」

「はい。残念ながら、今のところ治療法はありません」

「え？　じゃあ、私は……」

音山は傍《かたわ》らから何冊かの小冊子を出した。「ＡＬＳマニュアル」。「ＡＬＳと共に生きる」。いずれも確定診断を受けた患者に渡すことになっているものだ。

「この病気にかかると、個人差はありますが、少しずつ筋肉が衰弱していきます。手や足が細くなり、痩せ、動かすのが困難になります」

まりえはただ目と口を茫然と開き、音山の言葉を聞いていた。

「舌や喉の筋肉も弱まります。これによって、話すことが難しくなったり、むせやすくなったり、ものを飲み込みづらくなっていきます」

苦しかった。

伝えるのが苦しかった。

それでも音山は、必死に続ける。できるだけ平常心で続ける。

「歩いたり動いたりができなくなり、やがて体を起こすことすらできなくなります。トイレに行くのも難しくなるので、介護が必要になります。食事もできなくなります。食器を持てなかったり、噛んで飲み込むことができないので、場合によっては経管《けいかん》栄養と言ってチューブで食事をとらなくてはなりません」

「チューブで……？」

「はい。そして、やがては呼吸ができなくなってしまいます。こうなると、人工呼吸器がなくては息ができません」

まりえは呆けたような顔で、音山に聞いた。

「それは……」

「はい」

「それは、どのくらいでそうなるんですか」

「人によっても異なりますが……」

音山は前置きしてから、言った。

「三年から五年の間に、半数の方は呼吸器麻痺によって死亡します」

六月二十六日

まりえは自室にいた。

電気を消したまま、ベッドの上で膝を抱いて座っていた。

階下からは両親の声が聞こえる。何か話し合っているのがわかる。まりえに気をつかって、声のトーンを落としているのもわかる。

体が震えた。

ＡＬＳ。

まりえの筋肉は今、ゆっくりと消滅していっている。

原因は不明。治療法はなし。

手をゆっくりと上げてみた。まだ当たり前のように動く。だが、いずれは動かなくなる。腕が動かなくなる。指が動かなくなる。足が動かなくなる。歩けなくなり、立てなくなり、ベッドの上に寝たきり、どこにも行けない。ご飯も食べられない。顔を拭くこともできない。ちょっと痒いところを掻くことすら。

トイレも誰かに手伝ってもらわなくてはならないのだ。誰かって誰？　お母さんとお父さんに？　それとも介護士の人に……？　まるで赤ちゃんみたいに、下半身を全部さらけ出して、お尻を拭かれる。

言葉だって奪われる。話すことができず、笑うこともできない。もちろん泣くことだって。

一方で、五感は最後の瞬間まで正常に機能するという。

蝿《はえ》がこちらに飛んでくるのが見えても、払えない。声が聞こえても、話せない。どろどろの流動食の味ははっきりとわかり、おむつに便を漏らせばその匂いが鼻を突く。触れられればそれがわかるが、こちらから触れることはできない。

精神だけが牢獄に閉じ込められたように、外界に干渉する能力が失われる。ただ、受け身の存在になってしまう。

呼吸ができなくなれば、人工呼吸器で無理やり空気を肺に送り込まねばならない。人工呼吸器は一度付ければ外せない。外すことは死を意味し、また他人が外せば殺人罪に問われる。

そうやってどんどん、体に管が付いていく。酸素をチューブから供給し、食べ物をチューブで補給し、便や尿を管から排泄《はいせつ》する。まりえの体は管に繋がれたまま、生き続ける。

それが嫌なら、死ぬしかない。

他に道はない。

チューブまみれか、死か。たった二つだけ。

「……嘘みたい」

まりえは独り言を呟いた。

涙が乾いた跡がぺりぺりと突っ張った。

「こんなの、嘘みたい」

顔を上げると、勉強机が目に入った。そこにはノートがある。単語帳がある。組織学、病理学、解剖学、薬理学、免疫学……教科書が並んでいる。買ったばかりでぴかぴかの教科書。張られた付箋。

壁には、合格した時の受験票が画鋲《がびょう》で張ってある。

それらを見ていると、胸を締め付けられるようだった。顔が歪んだ。

「私……」

私、医者になれないんだ。

「私っ……」

喉が震える。涙が再び溢れ出す。

三年から五年の間に半数が死ぬ？　せっかく入った医学部を卒業することすら、できないの？

「わたし……」

私、死ぬんだ。

まりえは嗚咽した。思い切り叫びたかった。だが、溢れ出る涙と戦慄《わなな》く喉が、それを拒んだ。まりえは泣きじゃくりながら、ゆっくりと机に近づいた。

こんなもの。

教科書を手に取った。突然意味を失ったそれを、びりびりに破いて、放り出してやりたかった。並んだ参考書を蹴散らして、大笑いしてやりたかった。

だが、できなかった。

手が震え、体の力が抜けていく。

まりえは教科書を持ったまま、その場にへたり込んだ。

昨日までの自分の姿がありありと浮かんでくる。一生懸命勉強していた。毎日暗記して、ノートを取り、教科書に目を通した。白衣を着た自分を想像した。患者さんを助ける自分を想像した。父さんと、母さんと、一緒に医学の話をする自分を想像していた。音山先生のような医者になりたいなどと言った。

滑稽《こっけい》だった。そんな自分が全て滑稽だった。

滑稽だから、笑い飛ばせてしまえたら楽なのに。できなかった。憎い教科書を抱きしめて、歯を食いしばり、まりえは目を閉じて、音もなく泣いた。

どれくらいそうしていただろうか。

涙が枯れ果て、ただ床を見つめていた時、ふと闇の中で携帯電話が輝いた。着信音で啓子からのメールだとわかった。

茫然と携帯を手に取り、画面を見る。

「まりえ、明日は学校来るよね？　夜、立花先輩と一緒に合コン行かない？」

指が震えた。

頭が混乱した。

夢を見ているようだった。夢だとして、今日の出来事と、啓子たちが過ごしている日常と、どちらが夢なのかがわからない。

まりえはほとんど無意識で返信を打ち込んだ。

「お誘いありがと！　行きたいな」

最後に笑顔の絵文字を入れてメールを返してから、携帯電話を床に放り出す。それから頭を抱え、本棚と机の間にうずくまり、いつまでもそこを動かなかった。

翌日、まりえは学校に行かなかった。

啓子から何度も着信があったが、携帯を手に取ることすらしなかった。

六月二十八日

　夜闇の中、雨がしとしとと降っている。何かの足音のように、奇妙な楽器のように。音山晴夫は職員用出入り口から七十字病院の中へと入り、常夜灯だけが光る中を、第二医局へと向かった。

「桐子。いるかい」

　ノックをしたが返事がない。扉を開くと、狭苦しい室内に人の姿はなかった。段ボールの上に開きかけの医学書が一つ。そして脇に、桐子の茶色い鞄がぽんと放り出してある。

「院内にはいるか。じゃあ、風呂かな」

　音山は三階に上がり、スタッフスペースに入った。仮眠室で当直の若い医師が寝ている。男性浴室からシャワーの流れる音がした。音山は軽くノックしてから、扉を開いた。湯気が流れ出す。

「桐子……何をしてるんだい」

　音山は思わず聞いた。

　目の前では桐子が今まさに頭からシャワーを浴びているところだった。髪は額にぴったりと貼り付き、全身がびしょ濡れだ。

「音山……」

桐子がぽかんと口を開け、シャワーを止めて友人の顔を見上げる。

「風呂、入ってるだけだよ」

「それはわかるけど。なんで服を着ているんだ」

白衣、シャツ、ズボン、靴下。桐子はそれらを纏《まと》ったままだった。衣類はたっぷりと湯を吸い、複雑な皺を作って重そうに桐子から垂れ下がっている。

「当直でなくても、僕がしょっちゅう病院に泊まり込んでいることは、君なら知っているだろう？」

何でもないことのように、桐子は石鹸を取って掌の中で泡立てると、白衣に塗り付けはじめる。

「ああ……それは知ってる。で？」

音山は呆気にとられたまま立ち尽くす。桐子は泡だらけの白衣を脱ぐと、湯船に放り込んでごしごしと擦り始めた。

「だからこうして、一緒に服も洗ってしまった方が手間が省けるじゃないか」

何を言ってるんだ。音山は脱力したが、うまい反論も思い浮かばない。

「それは、そうかもしれないが……まあ、好きにしてくれよ」

「ちょっと待っててくれないか。すぐ出るから。それとも、君も入るか？」

「いや……待ってるよ」

相変わらず変わった男だ。音山は浴室を出て扉を背にすると、ふうと息を吐いた。

桐子は第二医局に戻ると、抱えていた段ボールを床に置いた。中から濡れた衣類を取り出し、放り投げるようにして洗濯ロープにかけていく。その様を見つめながら、音山は所在無げに俯いた。

「音山、何か用かい。こんな時間に」

桐子に聞かれ、音山は顔を上げる。

「相談したいことがあるんだ」

「相談？　患者のことなのかい」

「そんなところだよ。なあ、桐子……俺たちももう、東医を卒業して六年だ」

「そうだね。大学にいたのと同じだけの時間が過ぎたわけだ」

桐子は二つのマグカップを段ボールに載せ、魔法瓶から湯を注いだ。二人の間に湯気が立ち上る。

「懐かしいよな。つい昨日のことのように思えるよ。朝まで酒飲んだり……貧乏旅行もしたね。勉強合宿も」

「僕は試験の記憶が多いな。音山、君が微生物学の再試験にひっかかって、勉強に付き合ったこともあった。君は暗記が苦手だったな」

「俺からすると、君たちが得意すぎさ。微生物だけじゃない。病理でも同じことがあったなあ」

桐子はインスタントだけど、と言ってコーヒーを差し出した。なお、コーヒーは音山の分だけで、自分自身は白湯を飲んでいる。

「なあ……桐子」

「ん？」

「俺たちが一年生の時。大学に合格したばかりの時。福原と桐子と俺と、出会ったばかりの時……覚えてるよな」

「ああ」

「あの時、ＡＬＳと診断されたらどうする？」

湯気の向こうで桐子の表情がかすかに緊張した。桐子は音もなく白湯をすすり、軽く息を吐いてから答える。

「……ちなみに、進行速度は？」

「かなり速い。年内に呼吸障害が出てもおかしくない」

「相当速いね」

「珍しい事例だけど、その条件で考えて欲しいんだよ」

頷いてから、桐子はぼそりと言った。

「なら、僕は退学する」

「どうしてだ？」

「残りの時間を有効に使うためだよ」

桐子は淡々と言い、もう一杯白湯を注いだ。

「ずいぶんあっさりと決めるんだな」

「そうか？　考えても状況が好転するわけじゃないだろう……ＡＬＳでは、医者になるのは無理だ。いや、仮になれたとしても、まともに仕事ができない。医学部にいるだけ金と時間の無駄だよ。もっと言えば、医学生の立場を健康で将来有望な別の人間に譲った方が良い」

そのひょうひょうとした横顔を見て、思わず音山は顔をしかめた。

「冷たいな。そこまで言わなくてもいいだろう」

「あくまで僕だったらの話だよ。君の患者に、そうしろと言うわけじゃない」

「……そうだよな。すまん、ごっちゃにした」

音山は俯いた。気のせいか、このコーヒーはひどく苦い。

「希望が、ないな」

ぽつりと音山は言う。コーヒーの表面が揺れる。

「患者の希望はたった一つ、治ることだけ。しかしＡＬＳに治療法はない。その時点でもう、望みは絶たれているんだ」

「……君は患者にもよく言うそうだね。いっそ死を受け入れた方が楽になれると」

「間違ってないだろう？　治るという希望を、捨てるべきなんだよ。諦めてしまえばいい。治らないのだと」

「諦める？　どうやったら諦められるっていうんだ」

「理不尽な病気にかかったと考えるから抗《あらが》いたくなる。そうではなく、これが自分の個性なのだと、開き直ればいい。生まれながらの顔は今更変えられない、生まれた時点でアイドルになれる人間となれない人間が、理不尽に割り当てられるのと同じように……自分にはALSという顔が割り当てられたのだと。そうすれば、その自分には何ができるのか考えられる。アイドルになれなくても、別の道は無数にあるわけだ。叶わない希望を捨てた時、新しい希望を見出す準備が整うんだ」

「だが、それはあまりに酷《こく》だ」

音山は川澄まりえの、夢に満ち溢れた顔を思い浮かべる。

「そうかもしれない。だけど音山、叶わない希望を目の前にぶらさげ続ける行為は、酷ではないと言うのかい？」

桐子が音山を見た。音山は何も返せない。

「……どうせ諦めるのなら、早く諦めた方がいいんだ。残り時間が少ないのなら、なおさらそうだよ。そうして、充実した最期を迎えて欲しい」

桐子が白湯を一口すすった。静寂の中でその音がひどく大きく聞こえる。

「理屈は、そうだが……」

桐子の言い分はよくわかった。それが彼なりに患者を思いやった末の結論なのだということも。だが、それでも音山は素直に頷くことはできなかった。何かが心の中で引っかかって、だがそれが何なのかがわからず、音山は考え込んでいた。

「音山。君にできないなら、僕がやろうか」

「え？」

桐子は冷たい目をしていた。

「その患者と面談して、患者が望むのであれば……希望を断ち切る。僕は何度もやっていることだ。君は僕に引き継いでくれればいい」

「そ、それは」

「心配事でもあるか？　何なら、同席しても構わないよ。僕は、君の代わりに……」

「ごめん、桐子。それはやめてくれ」

音山は柔らかい口調で、しかしきっぱりと拒否した。

「今回の患者さんは、俺が最後まで診たいんだ」

桐子が不思議そうに音山の顔色を窺っている。無理もない。こんなことを言うのは、自分でも珍しい。

「わかってるよ。君がそういう面談に長《た》けているのは。君よりも上手に、患者の苦痛を取り払ってやる方法が思いつくわけでもない……」

音山はぽつぽつと、言葉をこぼす。

「音山。じゃあなおのこと、僕がやった方が」

「だけど、自分でやりたいんだ。俺自身のためにも」

「音山……」

それだけは、心の中にはっきりとあった。

公私混同かもしれない。それでも、音山は川澄まりえという患者から、逃げてはならないと強く思っていた。まるで昔の自分のような患者だから。そして、音山のような医者になりたいと言ってくれた後輩だから。

桐子でも福原でもなく、音山という医者にだけできること……それが何なのか、見つけなければならないと思っていたから。

だから、音山は川澄まりえの死病と、真っ向から向かい合わなくてはならないはずなのだ。ここで逃げたら……人の死に麻痺したままの自分に、逆戻りだ。

音山は膝の上に載せた自分の拳を握り、言った。

「桐子、相談に乗ってくれてありがとう。参考になったよ」

「そうかい。なら、良かったけれど」

やや心配そうに桐子は付け足した。

「音山……無理はするなよ」

「ああ」

音山は立ち上がった。そして桐子に向かって笑い、もう一度礼を言った。

「ありがとう、桐子。君もあまり根を詰め過ぎるなよ」

六月三十日

池袋の外れ、寺の隣にひっそりとたたずむ串揚げ屋。

約束の時間に遅れ、慌てて店内に入った音山を見て、福原が手を挙げた。

「おう、先に始めてるぞ」

テーブルの上、円柱状の串置きに刺さった串の数が、福原がだいぶ前から来ていたことを示していた。

「ごめん、遅くなった」

「気にするなって」

福原は日本酒をくい、とあおって気持ちよさそうに笑う。医者には急な用事が付きものなため、飲み会でも三々五々集まることは珍しくない。

「ここ、面白いな。創作串揚げ屋なんだな」

福原の顎が子持ちコンニャクの串揚げをかじるたび、ぽりぽりと音がする。

「たまには、病院の近くじゃない飲み屋もいいかと思ってさ」

「ああ、気分が変わっていい。俺は決まった店しか行かないからな」

本当は院内関係者に会いたくないからここにしたのだが、それは言わない。音山は福原の隣に座り、ビールを注文する。それからフォアグラ、鱧《はも》、アジの串揚げを二本ずつ頼んだ。

「本を読んで待ってたのかい」

「ん？　ああ」

福原は手にしていた雑誌を閉じると、表紙を音山に見せた。カラフルで平面的な美少女が並び、ロボットの前でポーズを取っている。

「アニメ雑誌……？　福原ってアニメ好きだったっけ」

「いや、今受け持ってる癌患者の趣味だ。アニメオタクでよ」

「それで勉強してるのか」

「ああ。そいつ、もう一時間のアニメを見る体力がないんだ。だから俺が代わりに見て、筋書きや次回予告を説明してやるんだ。それが生きがいになってるんだよ」

福原はそう言い、雑誌を鞄に仕舞った。

「福原らしいね」

「そうか？　強心剤よりよほど効くんだぜ。いつかこのアニメを自分の目で見るんだって、そいつは頑張ってる。なら、俺だってこれくらいしなきゃな」

案外見てみると面白いもんだぜ、と福原は言い、運ばれてきたビール瓶を受け取った。音山のグラスに黄色い液体が注がれる。かすかなガスの音と共に、白い泡が弾けた。

「誘われて来てみたらまた桐子がいる、なんてパターンかと疑ってたから安心したよ」

「いやあ、今日は一対一で話したいことがあってね」

「何だよ。改まって」

「うん……」

音山は一口ビールを飲む。それから、数日前に桐子にぶつけた質問を、もう一度繰り返した。

「医大に入った途端にＡＬＳか……」

福原は鱧とミョウガの串揚げを齧りながら言った。音山も同じものを取る。噛むたびにざくりと音を立てるミョウガの清々しさが、鱧の濃厚で絡みつくような旨味によく合う。

「そりゃ、きついな」

「福原だったら、どうする」

「俺だったら？　別に何もしないさ」

「何もしない……？」

「闘病しながら勉強を続ける。どんな方法を使ってでも、医者になる。そうだな、変わるとしたら所属する科だな。外科ではなく神経内科を目指すかもしれない。自分がＡＬＳだからこそ、誰よりもＡＬＳ患者のことは理解できるはずだ。患者目線の治療ができる」

あっさりと言う福原に、音山は驚いた。

「ＡＬＳのまま、臨床医になるつもりなのか？」

「もちろん。どうしても厳しいなら、ＡＬＳ専門の研究医でもいいな。自分の体を使って実験ができるわけだし。誰よりも有利な条件で研究できるチャンスだ。まあ、できれば臨床医がいいけどな」

「どれだけ困難な道かわかっているのかい？　だいたい、医学部を卒業できるのか？　ALSじゃ解剖実習は難しい。病院実習《ポリクリ》だって体が耐えられないだろう」

「困難は、前に進まない理由にはならないさ。何とかするんだよ。大学に掛け合って、病院に掛け合って。あるいは国に掛け合ったっていい。今の制度や法律が邪魔になるなら、変えればいいだけの話だ」

「だけど、ALSの医者だなんて、前例が……」

「前例？　何言ってんだよ。道がなくたって、掻き分けて前に進めばいいんだよ。そうすりゃそこが道になる。音山……お前、弱気過ぎないか？」

手にしたカマンベールチーズと生麩《なまふ》の串揚げを食べることも忘れ、音山は福原の顔をまじまじと見つめた。

「だいたい、現在治療法がないからと言ってなぜ諦める？　明日、治療薬が見つかる可能性はあるじゃないか。希望を捨てず、死に物狂いで闘病すればいいんだよ」

「具体的にどうするんだ。体が麻痺し始めたら、どうやって……」

「そんなの、あらゆる手段を使うんだよ。人工呼吸器を付けて、胃瘻《いろう》で栄養を取り、排尿はカテーテル、排便はおむつ。介護、医療機器、なんでもいい、どんな力でも借りて一秒でも長く生き残るんだ」

「そんな。どれだけの精神的負担がかかるか……それに、お金だって」

福原は大口を開けて笑う。

「精神的負担だって？　自分の命と夢がかかってるのに、今更そんなもの怖がってどうするんだ。金？　高額療養費制度がある。足りなきゃ、持ち物全部売り払えばいい。どうせ冥土《めいど》には何も持って行けないんだからな。今できることを全部する。病気と戦うってのは、いや病気に限らず、生きるってのは、そういうことだろ？」

「そうかもしれないが……」

音山は語尾を濁《にご》した。福原からはまるで光が発せられているように感じられた。白い歯。曇りのない目。尽きることのない希望と、闘志。

太陽だ。その光を浴びて草木は伸び、動物は生き生きと走り出す。いや、否応なく走らされると言うべきか。

それは桐子の、冷めきって静止した闇のような思考とは、対極に位置している。

脇に置かれた福原の鞄は膨らんでいた。アニメ雑誌だけでなく、様々な患者のための、様々な趣味の雑誌が入っているのかもしれない。千羽鶴のための折り紙が入っているのかもしれない。子供を勇気づけるための、ちょっとした玩具が入っているかもしれない。

福原は偉大な医者だ。間違いなく、七十字病院になくてはならない医者。学生の頃から同じだ。強く、エネルギーに満ち溢れていて、戦い続けられる医者。今なお音山が憧れるその姿。

それはそうなのだが、それでも……。

音山は手の震えを止められなかった。

不用意に口に含んだビールにむせ返り、音山は咳き込んで俯く。

「おい、大丈夫か？」

「ああ。ごめん」

「なあ……音山。お前、随分悩んでるみたいだな。その患者について」

福原が食べ終わった串を、ひょいと串置きに放り込む。

「どうだ？　俺がその患者担当しようか。俺の後輩でもあるわけだろ。ばっちり、勇気づけてやるよ」

「いや……それは、いいよ」

考えるより先に、音山は断っていた。福原は拍子抜けしたような顔をする。

「そ、そうか……？」

「うん」

「まあ、俺はどちらでもいいんだが」

桐子の申し出を断った時と同じだった。断らなくてはならない、はっきりとそう思った。

「うん……ごめん。ありがとう」

だが桐子の時よりも、その理由が自分の中で明確になったように感じられた。

これは自分の我儘というだけじゃない。まりえに、福原を近づけたくないという感覚だ。

音山の医者としての本能が、確かにそう告げている。

　二人の意見は正論に聞こえる。音山には反論が思い当たらなかった。二人は音山よりも優秀で、今なお尊敬に値する友人だとも思っている。

　だが、それでも……二人は強過ぎる。

　人としてその身に備えた何かが強過ぎて、弱い、苦しんでいる誰かの心に噛み合わない。いや、噛み合う人もいるのだろうが、少なくともまりえには噛み合わない。逞しい巨人が犬を愛でても絞め殺してしまうように、そこには深い断裂があるように思えた。

「福原。副院長の君に、お願いがあるんだけど」

「何だい」

「退院後の川澄まりえさんの在宅診療を、許可してもらえないかな」

　福原は驚いて確認した。

「……わざわざお前が直接、往診するわけか？」

　音山は頷く。

「もちろん、病院の業務に穴を開けるつもりはないよ。有給を使って、休み扱いで往診してもいい。俺、どうしても彼女をきちんと診たいんだ……」

　福原は黙って音山の顔を見つめていた。

「彼女が、最期を迎える日まで」

七月二十二日

「あれ……」

「吉田じゃん。どしたの」

啓子は、閑静な住宅街でばったりと出くわしたクラスメイトに、思わず声を上げた。吉田は恥ずかしそうに俯き、小声で返す。

「啓子。お前こそ、ここに何しに」

「私は、まりえの家に行こうかと……吉田は？」

「俺もまあ、そうだよ」

顔を赤くしている吉田を見て、啓子はほほう、と頷く。入学してすぐ、どの男子が一番タイプかを女子一同で酒を飲みながら話したが、まりえは吉田の名を上げていた。このぶんなら、案外脈があるかもしれない。

呑気に相手の顔を眺めまわしていると、深刻そうな表情で吉田が言った。

「まりえから返事……来る？」

「え？」

「メールだよ。メールの返事」

「それなのよね。私も、全然来ないの。電話しても出ないし。こんなの、初めて。そういう子じゃないのに」

「学校もずっと休んでるよな……俺、不安でさ……」

目的はやっぱり同じか。啓子は頷いた。

「吉田、まりえの住所知ってるの？」

「いや、知らない」

「え？　じゃあ、どうしてここまで来れたの」

「前に、最寄駅だけ聞いてたから……とりあえず来て、歩き回ってみれば、何かわかるかなって」

「吉田、青春だね」

「な、何？」

「いや、いいの。こっちだよ。私、遊びに行ったことあるから」

啓子は憮然《ぶぜん》とした顔の吉田に手招きし、コスモスが左右に植えられた通りを前に立って歩き出した。

よく手入れされた植木が青々と輝いている。その瀟洒《しょうしゃ》な洋館近くまで来ると、玄関先にトラックが止まっているのが見えた。

「あそこ？」

「うん」

作業着に身を包んだ男が、何か細いパイプのようなものを取り出しては運んでいる。

「何だろう。引っ越しかな」

ぼんやりとそれを見つめる吉田に、啓子が言った。

「私、あれ見たことある」

「え？」

「あれ、手すりだよ。階段とかトイレに設置するやつ。お爺ちゃんが車椅子生活になった時、家につけたの覚えてる」

「手すり……どうして」

「私だってわからないよ。ご両親に何かあったとか……？」

吉田と啓子は顔を見合わせた後、おそるおそるインターホンを押した。

慌ただしく手すりを運ぶ業者の男性が、ちらりと二人を見た。


「まりえ」

部屋に入ってきた母親を見て、まりえはうっとうしい思いで顔を上げた。カーテンが引かれた暗い部屋、ベッドの上には少女漫画の単行本が三十冊ほど散らばっている。机の上では予習に使っていたノートと教科書が、広げられたまま埃をかぶっていた。

「……何？　お母さん」

まりえは漫画をひっくり返し、枕の上に置いた。夢みたいな異世界の恋物語が終わり、現実へと意識が戻ってくる。体も心も重い。

「お友達が来たよ」

「お友達……」

まりえは眉を八の字にし、マナーモードのままずっと充電コードに繋げっぱなしの携帯電話を見た。時折明滅するライトは、未読メールや着信があることを示している。確認しなきゃ、とは思っていた。だけどその元気すら出なかった。

携帯を持ち上げる。メールを見る。文章を打つ。

決して難しいことではない、それはわかっている。それでも気力が湧かなかった。また今度にしよう、と先送りにし続けて空想の世界に逃げていた。

今、無理なのに。

まりえは泣き出しそうだった。

現実から逃げていたら、現実の方から家にやってきた。

「帰ってもらう？」

母親が心配そうに聞く。まりえはしばらく考えた後、首を横に振った。

「……そう。居間で待っててもらってるけど。ここまで来てもらうわね」

「ううん。そっちまで行く」

「でも」

「行く。行くから」

まりえはきっぱりと告げた。母親は諦めたように肩を落とすと、まりえの横に立ってその体を支えようとした。まりえは手を振り払った。

「一人で歩けるから」

右足を出し、床を踏みしめる。その固さを何度も確認してから、左足も出す。脇の机を掴んで支えにし、立ち上がる。目が血走り、脂汗が流れた。筋肉が衰えているのに加え、恐怖で膝が震える。歯を食いしばる。力を込めて……立つ。

「まりえ……」

「大丈夫。お母さん。大丈夫だから」

かちかちと鳴る歯を、噛んで抑え込む。足の感覚は長く正座して立った時のように途切れ途切れだ。それもじわじわと痺れるわけではなく、唐突に手ごたえが消滅するのだ。まるで切り取られたかのように。

足じゃない。これは足じゃない。棒だ。棒が二本、腰から生えているだけ。

まだ、右の棒の方が手ごたえが消えにくい。まりえは大きく右に傾きながら、廊下の手すりを掴み、両の足を引きずってじりじりと進んでいく。

母親が見かねて言った。

「まりえ。車椅子、あるのよ。松葉づえも……」

「使いたくないの」

まだ歩けるから。車椅子に乗っちゃったら、私の足……。

なぜだかわからないが、本当に棒になってしまうように思えた。

「せっかく来てくれたのに、ごめんなさいね」

まりえの母親に何度も頭を下げられながら、吉田と啓子は門を出た。

焼けるような赤い日差しが住宅街に斜めに降り注いでいる。二人は黙ったまま、駅に向かってのろのろと歩き始めた。育ちの良さそうな女子高生が何人か、雑談しながら通り過ぎていった。

「まりえ、もう来ないでって言ってたね」

啓子がぼそりと口にした。

「言ってたな……」

「もうメールも、電話もしないで、もう私のことは忘れてほっておいてって、言ってた」

「ああ」

うなだれる吉田の横で、啓子は携帯電話を取り出して操作した。ディスプレイの青い光が、啓子の顔を不気味に浮かび上がらせる。

「おい啓子、何してるんだ？」

「まりえの連絡先を消してるの」

「どうして！　何も、消さなくたって」

「だって、そうして欲しいって言ってたじゃない」

「そんな、お前、冷たい……友達じゃないか」

吉田は信じられないものを見るように啓子を観察する。啓子は吐き捨てるように言った。

「じゃあ、他にどうしろってのよ」

「それは……」

「治療法がないんだよ。元気にならないんだよ。まりえはもう、元に戻らないんだよ。早く元気になってね、って声をかけることすらできない」

「それはわかってる。でも俺は、何かまりえの力になりたいよ。啓子だってそうだろ？でなけりゃ、医学部目指したりしないだろ」

「吉田。まりえの話、ちゃんと聞いてた？まだ悔しいって言ってたじゃない。医者になる夢が諦めきれなくて、みんなの顔を見ると嬉しい反面、凄く辛いって。ちゃんとわかって。私たちはもう、まりえの羨望《せんぼう》と嫉妬の対象なんだよ」

「だけど……」

日が落ちていく。電信柱が長い影を残し、言い合う二人の上でからすが鳴く。

「どんな慰めの言葉だって、今は上から目線になっちゃうんだよ。だってそうじゃない。病気のまりえにとって、健康な私たちはそれだけで〝上〟なんだから。ただ歩けるだけで、ただ話せるだけで、生きていられるだけ、それだけで」

吉田は歯を食いしばり、顔を歪めてアスファルトのでこぼこを睨んだ。

「嫌だ……どうにか、ならないのか。まりえを俺は助けたい……」

「ならないんだよ」

「……俺さ。まりえが好きなんだ」

顔を赤らめて、吉田は辛そうにぼそりと言った。啓子は予想していたように、口をつぐんで頷いたが、すぐに淡々と続ける。

「吉田。考えてみなよ。あんた、まりえに会ってたったの三か月でしょ。そしてまりえはあと数年の命。一方、吉田や私の人生はまだ続くの。医者になって、たくさんの人を救うんでしょ。何十年も生きていかなくちゃならないんだよ。その間、まりえをずっと好きでいられるの？」

「時間の問題じゃない」

吉田は気色ばんだが、啓子はひるまない。

「吉田はちゃんとわかってない。何十年もの間、死んでしまった人を想うことがどれだけ難しいのか、わかってない。幼稚園の友達、何人覚えてる？　小学校の同級生は？　私たちが医者になって、結婚したりして、生きていく中で……大学一年生で病気になっていなくなった同級生が、人生でどれだけの意味を持つのさ？」

「……」

吉田はただ、歯ぎしりをしている。

「まりえはそれをわかってるんだよ。だから、忘れて欲しいって言ったんじゃない。いつか忘れられる恐怖に怯えるよりは、いっそ今忘れて欲しい、そういうことだよ……」

「だけど。何かないのかよ、できることは。そうだ、みんなに伝えようよ。相談すれば、何かいいアイデアが浮かぶかもしれない」

吉田の声は震えていた。啓子は首を横に振る。

「やめよう。それもきっと、まりえの望みじゃない」

「だけど、だけど！　このまま、何もしないで諦めるのかよ？　まりえが可哀想じゃないかよ！」

「怒らないでよ……私だって、好きで言ってるわけじゃない」

啓子は顔をしかめて耳を塞ぎ、目を閉じた。それから、ぼそりと言う。

「だけど、そういうことだよ。病気で死んでいく人にしてあげられることって、普段私たちが想像しているよりもずっと……」

日は沈む。コンクリートの壁が、紫色に染まっていく。

「何も、ないんだよ」

八月十一日

「はい、終わりです。健康状態はいいね」

診察を終えて、音山は介護ベッドの上のまりえに言った。聴診器を首にかけてから、はだけた服を戻してやる。

「そんな言い方やめてください。足がどんどん動かなくなっていくの、自分でわかってます」

まりえが目だけをこちらに向けて言った。髪はぼさぼさで、埃が付いている。皮脂《ひし》と汗が混じって時間の経った、特有の匂いがしている。

「……訪問入浴の利用はしないの？　良ければ僕の知人を紹介するけど」

「いいえ。ケアマネージャーさんがご存知らしいので、いりません。それに、まだ自分で洗えますし。ただ、ちょっと億劫なだけで」

「そう。必要だったら言ってね」

「正直、恥ずかしいんです。まだ……人に、お願いするのが」

「気持ちはわかるよ。でも、人に頼ることも必要だ」

「……」

まりえは黙り込んだ。音山は診療道具を鞄に仕舞う。

「赤ちゃんみたいですね」

「え？」

「何もできなくなるなんて。死ぬ時って、生まれてくる時と似てますね」

「……そうかもしれないね」

蝉が鳴いている。はしゃぎ声が聞こえてくる。遮光カーテンの向こうでは太陽が輝き、その下で子供たちが走り回っているのだろう。

対照的に室内は暗い。部屋の隅、積み上げられた漫画本が音山の視界に入った。その奥で、紐で結ばれた医学部の教科書類も。

「あれは、捨ててしまうのかい」

「はい。もう、必要ないんで」

「そうか……」

「退学しました。東医」

まりえは弱々しく笑った。音山は手を止める。

「教務課から電話、かかってきて。医学部って国から補助金出てるんですよね。一人あたり、五千万とか。医者にならない生徒のために補助金を無駄にするわけにはいかない、ということを遠回しに言われたんです。母は随分怒ったみたいですけど。私は、じゃあ退学しますって。だって、そう言われたらもう……どうしようもないじゃないですか」

「……残念だね」

教科書類には埃が積もっている。縛られてから、しばらく経っていることを示していた。縛り上げるまではできても、ゴミに出すことはまだできないのだろう。音山はやるせない気持ちになった。

「世界って、生きていく人のための場所なんですよね。自分が病気になって、初めて知りました。世界は私を〝近いうちにいなくなる人〟として扱わざるを得ない。こんな私にも、たまに営業電話とかかかってくるんですよ。生命保険入りませんか、とか。学生のうちに入ると安いんですってね。余命数年って言うとすぐに切れますけど。『ああ、じゃいいです』って」

「……」

まりえは寂しげに虚無を見ている。そのやせ細った体を、音山は無言のまま見つめた。

「音山先生。もう、来ないでください」

「えっ？」

音山はまりえの顔を見る。まりえは淡々と、その唇を動かした。

「そもそも、どうして音山先生はうちに来るんですか。母から聞きました。音山先生、勤務医ですよね。本来在宅の往診はしないのに、わざわざ時間を割いて来てるそうですね」

音山はどきりとしながらも、笑顔を崩さぬまま答える。

「僕は受け持った患者さんが気になる性格でね。様子を見たいんだよ」

「診療報酬も受け取らずにですか」

「……診察は、ついでさ。大した手間でもないし」

「何なんですか。同情してるんですか」

まりえは音山を睨んだ。

「確定診断を出した時点で、音山先生の仕事は終わったんですよ。他の患者さんだってたくさんいるでしょう。どうして私だけ特別扱いするんですか。後輩だからですか？　そんな中途半端なお情け、いりません。惨めになるだけです」

「……」

　音山は黙り込んだ。どう答えればよいのかわからない。しばらく考えてから、正直に言うしかないと思い、口を開いた。

「どうしてなのか、僕にもわからないんだ」

「……はい？」

「君の言う通りだよ。僕は患者を特別扱いしている。こんなこと、今まではなかった」

「プロ失格なんじゃありませんか」

　まりえの口調は冷たい。不快感が色濃く伝わってくる。音山は頭を下げた。

「病院に迷惑をかけないようにはしてる。削っているのは僕の自由時間だけだ。でも、公私混同と言われれば……返す言葉はない」

「……」

　素直に認めた音山に、まりえはやや戸惑っているようだった。音山は続ける。

「とにかく来たいんだ。僕は医者として最後まで、君を診たいんだ」

「何か力になりたいとか、そういうのなら、やめてください。嫌なんです。私、みんなから忘れられてしまいたいんです」

　きっぱりとまりえが言う。明確に拒絶の意思が含まれていた。だが、音山は抗った。

「たぶん、違うんだ」

「何がですか」

「僕は、君の力になりたいわけじゃない。いや、もちろんそれもあるんだが、それだけじゃなくて」

なぜだか外の音がよく聞こえた。トラックがバックしている。どこかで自販機がジュースを吐き出した。そんな日常の中、二人は話していた。

「うまく言えないんだが。僕は医者として……君と向かい合うことで、何かを教えてもらっている。それは僕が、いつの間にかなくしてしまったもので……そして、取り戻したいと思っているもので……」

まりえは冷たい目で音山を見ている。

「そして、医者として必要なもの。そんな気がしているんだ。だから僕は、ここに来る。診療は……せめてものお礼なんだ」

「随分自分勝手な話ですね」

「そう、だね……」

まりえはため息をつき、そのまま口を閉ざした。音山はおそるおそる聞く。

「また、来週来てもいいだろうか」

考えさせてください、とまりえは小声で言った。

九月十日

初めて歩けるようになった日を、まりえは覚えていない。

きっと嬉しかっただろう。感動しただろう。

同じように、初めて歩けなくなる日が来る。

生まれてからいくつものものを手に入れてきた。

それが、一つずつ失われていく。人生の階段を逆行しているのだ。

……でも、考えてもみて。それは誰だってそうなの。

まりえは自分に言い聞かせた。

人はいつか必ず死ぬ。その致死率は百パーセントなのだ。生が全てを手に入れる可能性なら、死は全てを失う必然だ。

誰かに出会えば、別れる時がくる。医学部に入れば、そこを出る時が来る。学んだことはいつか忘れ、手に入れたものも、金も、名誉も地位も何もかもが手を離れていく……その果てに、肉体も失うだけの話だ。

たまたま、私はみんなよりも速かっただけ。ちょっと時間の流れが違うだけ。だからこれは悲しいことじゃないし、驚くことでもない。自然の摂理《せつり》だ。

まりえは深呼吸して、心の中で繰り返す。

そう……仕方ないことなの。だから……。

食堂から母親の声が聞こえる。

「まりえー。お昼ご飯よ。来られる？」

まりえは首を振った。力なく、介護ベッドに投げ出された自分の足を見る。

もう、歩けない。どうしても自分を支えられない……。

母親が部屋の中に入ってきた。

「大丈夫？　まりえ」

まりえは涙を拭き、ぱくぱくと口を動かす。

「らひょふ」

「そう、良かった。歩きづらいの？」

「あう、けな」

「歩けないのね」

まりえは頷いた。情けない気持ちでいっぱいだったが、母親は予期していたのか、さほど動じなかった。「大丈夫よ。一緒に食堂まで行きましょ」と言いながら、てきぱきと車椅子の準備をしてくれる。

「おかさ」

「何？」

「おかさ、しおと」

「今はまりえと過ごすのが仕事よ。心配しないでね」

まりえは涙ぐんだ。球麻痺《きゅうまひ》が進行し、もはや呂律《ろれつ》が回らなくなっている自分の言葉を正確に聞き取る母に。まりえがまだ小さな子供だった頃のように、足を優しく持ち上げてベッドから下ろし、肩を支えて車椅子に乗せてくれる、その皺が刻まれた手に。

今は母よりもまりえの方が背が高い。病気になる前は、まりえが食事を作ったり、家事をすることも多かった。あとはお金を稼ぐ術さえあれば、一人でも暮らしていけるはずだった。もう、子供じゃなくなったと思っていた。

「おかさ……」

「なあに?」

「あり、あと……」

「どういたしまして」

まりえにかけられる声は、とても優しかった。

懐かしい。

そうだ。こんな風に、母は優しかった。幼稚園で嫌なことがあっても、いつだって抱きしめてくれた。おやつを出してくれたし、一緒に買い物にも行った。

いつしかまりえは大きくなり、親に反発することも増えた。まりえが将来を考えるたび、母は越えられない巨大な壁となって目の前に立ち塞がった。そのせいで忘れていたのだ。

あの時のお母さんは、今でもずっとお母さんだということを。

母が車椅子を押す。スロープが設置されて段差のなくなった廊下を、まりえと車椅子が進んでいく。籐の電話台を通り過ぎ、浴室の前を抜けて。

「お父さんは今日は留守だから、二人で食べちゃいましょ。何でも難病を治した鍼《はり》の先生がいるらしくて、詳しい話を聞きに行くんですって。もしいい先生だったら、行ってみましょう」

「ん」

「治るといいわね」

「おかさ。おめんらさい、あらしろせいれ……」

「あら、謝ることなんてないのよ。それよりしっかり食べて元気を出して」

母は白髪の混ざった頭を揺らして、笑った。

まりえの病状が急速に悪化するのを見て、両親は経営する病院の規模を縮小した。経営補佐として職員管理などを行っていた母は、今ではほとんど一日中家にいるし、父も午後の早い時間に帰ってくる。

二人の人生の歯車は大きく狂った。全てがまりえのせいなのだ。

申し訳ない気持ちでいっぱいだった。

二十一にもなって。

親不孝者だ、私は……。

「まりえの好きな胡麻豆腐《ごまどうふ》、あるわよ。それから粒なしのポタージュに……りんごゼリー。

飲み込みやすいと思うわ」

食卓が見えてくる。花柄のテーブルクロスの上にランチョンマットが並べられ、箸とスプーンが置かれている。

まりえの席には茄子の箸置き。小さい頃からのお気に入りで、まりえが家を出る時には貰う約束になっているものだった。この頃、母は必ずそれを食卓に出してくれる。

それを見た時、また涙が溢れ出し、つうと頬を伝って落ちた。

九月十五日

昼下がり。まりえは介護ベッドの上で天井を見上げていた。

その白色の壁が、照明が、ひどく高く感じられた。周りの本棚も、机も、チェストも、全てが遠ざかっていくような気がした。

世界が広がってる……。

健康な人間にとっての十センチと、手足が麻痺しつつある人間の十センチは、同じ距離ではない。僅かな段差は絶壁となって立ち塞がり、ほんの少し遠くに置かれたものが、存在しないに等しくなる。

世界が広がってるんじゃない。自分が縮まってるんだ。私は内側に落ち窪《くぼ》んでいく。

まりえは手を見た。指を動かしてみる。前よりも力が入りにくい。骨と骨がこすれる音。

結局、全てが無意味だった……。

予習も。受験勉強も。高校も。義務教育も。最初から何の意味もなかった。

どうせ医者になれないのなら、その時間遊んでいれば良かったんだ。もっとみんなとカラオケ行ったり、彼氏作ったり、漫画を読んだり。楽しいことはいくらでもあったじゃない。もっとだらだらすれば良かった。体型なんて気にせずに、もっとお菓子とか、ファストフードとか食べれば良かった。

ずっと無駄なことをしてきたんだ。

お父さんとお母さんにも、たくさん負担をかけた。何年間もの塾の月謝。参考書代。医学部の入学金だって、教科書代だって、無駄金だった。そのお金があればいろんなことができただろう。

負債だ。私は負債しか生み出さない存在なんだ。

医者なんて目指さなければ良かった。そうだよ、もともと医学部を目指したのに、大した理由なんてなかったんだもの。

何となく憧れていただけ。

まりえちゃんは将来何になるの、と言われて、医者になる、と答える。そうすれば両親が喜んでくれた。

そもそも、将来の進路が医者だったら絶対反対されないし、娘を誇りに思ってくれるはずだし……後継ぎができて嬉しいはずだし。私だって、両親の病院を継げるから楽でいい。

色々と、経済的。

社会的地位だって高いし、人から感謝される職業だし。忙しいけれど、稼ぎもいい。そう、悪くない仕事。そういうこと。

……医者が夢だなんて言っても、その程度なの。

そのために、人生を無駄に使ってきた。

「わか、みたい」

自分を罵倒《ばとう》したくても、舌や顎は思うように動かない。

「ほんろ、わか、みたい」

馬鹿だ。私は。

医者を目指していた癖に、自分が病気になる可能性を、考えてもみなかったのだから。十万分の一の確率でALSは訪れる。誰だって明日、手足が麻痺し始めてもおかしくないのだ。今日まで健康だったとしても、それは何の保証にもならない。

ため息をつく。

気づくのが遅かった。もっと早くわかっていれば良かった。

そうすれば人生をもっと有意義に使えたはず。限りのある時間をもっと活用できたはず。

そうね、どんな風に時間を使ったかな……。

まりえは目を閉じる。痩せた尻には肉が少なく、腰の骨が当たって痛い。

……。

涙が溢れ出てきた。

閉じた目の端から、洪水のように流れ出す。その圧力で瞼が押され、目が開いていく。猛烈な涙だった。熱い熱い涙だった。まりえの中で火に焼かれ、沸騰した蒸気のようだった。

違う……。

違う。

カラオケも、彼氏も、漫画も違う。違うよ。違うんだ。

お母さんが喜んでくれるとか、後継ぎができたお父さんが安心するとかも違う。全部違う。そんなの後付けだ。

最初はそう……子供の頃、病院で見た光景。

翻る白衣、それを着て走る父と母。

あの鮮烈な白。

幼心にも美しく、崇高《すうこう》で、そして聖なるものを感じさせる色。まりえの心を射抜いたあの白は、今でも目をつぶればありありと蘇る。

あれを手に入れたいんだ。あれを目指したいんだ。

まりえは右手を挙げた。かすかに残った筋肉が震え、骨と皮ばかりの腕を持ち上げようとする。ゆっくりと。ゆっくりと。

植物が光を目指して天に枝を伸ばすように。

私、医者になりたい。

まりえの熱い涙が頬を伝う。白い天井が、遠くなった天井が、ぼやけた視界の中で、震える手の向こうで波打っている。

まりえは気づいた。いつかALSになると知っていたとしても、それでも自分は医者を目指したはずだと。医者になれなくても、医者を目指したはずだと。医者になったとしてもなお、医者を目指そうとしたかもしれない。

あの白に近づくことこそが、まりえの人生だったから。

無駄なんかじゃ、ない。

あんなに頑張ったことも。あんなに勉強したことも。悔しい思いも、嬉しい思いも、嫉妬も、満足も、犠牲にしたものも、手に入れたものも、全部全部無駄なんかじゃない。こんな終わり方でいいのかって聞かれたら、はいとは言えないよ。

だけど無駄なんかじゃない。

他の誰が無駄だって言おうと、私だけは絶対に……。

無駄だなんて認めない。

歯が、喉が、震える。自分の涙が喉に流れ込んでくる。焼ける血潮のような味を噛みしめながら、まりえは天井の白を睨み付け、手を伸ばし続けた。

九月二十一日

まりえは母の目を見て、右手でドアを指さし、左手を振って見せた。

先生と二人だけで話したい。

意を察した母は、頷くと外に出て行った。言葉がうまく使えなくなり、身振り手振りでコミュニケーションすることが増えた。声を失った状態でも、案外両親とは意思疎通《そつう》ができるものだった。

しかし椅子に座っている音山は、出て行った母親とまりえを交互に見て、ようやく理解したようだった。

「えん、くらさい」

まりえはベッドサイドの筆記用具を指さす。音山は頷き、ボールペンとメモ帳を取って渡した。

「まだ、僕の往診を受けてくれることに感謝してる」

まりえは音山の目をじっと見つめてから、渡されたペンを握り、紙の上に走らせようとする。が、うまくいかない。ペンは紙に押されて動いてしまい、手がそれを支えられない。

やがて震える指の間からペンを取り落とした。

まりえが悔しそうに歯を食いしばった直後、咳き込む。音山は慌てて彼女の背をさすった。

「こっちを使ったらどうだい」

音山は脇に用意されているキーボードを差し出した。まりえは不本意そうに眉間に皺を寄せたが、黙ってキーボードに指を乗せた。ディスプレイに文字が並ぶ。

「しんさつけっかは、どうですか」

音山はディスプレイを見、まりえを見、説明する。

「進行速度はＡＬＳの中でもかなり速い方だ。そろそろ、ものが飲み込みにくくなってくるだろう。それから、息も苦しくなってくると思う……君も、自分でよくわかっているだろうけれど」

「そうですね。ねるまえ、と、あと、に、くるしいです」

「うん。呼吸機能が弱まっている証拠だ」

「あと、どれくらい、もちますか」

ゆっくりと、まりえの細い指がキーボードを押す。ピアノの打鍵に似たかすかな音。ほんの数文字のやりとりに三分ほどもかけながら、二人は言葉を交わす。

「もって一か月ほどだと思う……何も処置をしなければ、の話だけど」

見違えるほど痩せ、顔色も悪くなったまりえを見て音山は言う。

「処置については、前に説明したよね」

「はい」

「胃瘻。それから、人工呼吸器だ」

胃瘻と人工呼吸器は、ALS患者にとっては一つのターニングポイントとなる。いわゆる延命措置だ。食べられなくなっても、胃に穴をあける手術を行い、そこから栄養を補給することができる。息ができなくても、喉を切開して管を突っ込み、機械で呼吸させることができる。

だが、それをするかしないかは選択だ。

食事、会話という大きなものを失ってまで生きるか、否か。

どこまで生に執着するか。どこまでの医療費を許容できるか。どこまで、家族に負担をかけられるか……。

「いざという時に備えて、そろそろ決めなきゃならない。色んな考え方がある。どんな手段でも使って生き残るべき、生き残って治療法が見つかるのを待つべきと言う人もいた。そうではなく、どこまで生きるのかを主体的に決めて、そこからの治療は拒否すべきだと言う人もいた。僕で良かったら、相談に乗るよ」

まりえはキーボードを押した。

「りょうしんは、じんこうこきゅうきを、つけてくれと、いいました」

娘と過ごす時間を少しでも長くしたい。医療費はかかっても構わない。音山もまりえの両親からそう聞いていた。

「君の意思はどうなんだい」

まりえはしばらく考えてから、指を動かす。

「おとやませんせい、だったら、どうしますか」

「僕だったら……」

音山は顎に手を当てて考え込んだ。自分がまりえだったら。同じ立場だったら、どうするのか。桐子からもらった助言と、福原にもらった助言が頭の中を交差し、目の前のまりえの姿と重なっては消えていく。

長い時間が過ぎた。音山は正直に言った。

「……僕は、まだ答えが出せないんだ」

「いけんが、ないんですか」

「それも少し違う。決められないんだ。何が何でも生きる、そんな踏ん切りもつかないし……でも、死ぬのは怖い。その間で揺れて、迷って……決められない」

まりえが微かに笑った気がした。

「おとやませんせい、らしい、ですね」

音山は頭を下げる。

「ごめん。僕は頼りない医者だ……精一杯考えているんだけれど……」

消え入りそうな声で言った。医者として何の道も示せない自分が、情けなかった。

キーボードの上でまりえの指が震える。一つずつ、キーを緩やかに押していく。その文字列を目で追い、音山は戦慄《せんりつ》した。

「せんせい。わたしは、しのうとおもいます」

「……本気か」

息を呑み、確認する。

「じょうだんで、こんなこと、いいませんよ」

「延命治療は拒否すると言うんだね」

かすかに頷くまりえ。

冷たい汗が背を這った。

それでいいのか。本当にいいのか。

良くない、と心の中で声がする。

何もせず見殺しにするなんてできない、と手が震える。

だけどそれが自分の我儘なのか、それともまりえを思いやっての感情なのか、判然としない。

いいや。これはきっと、自分の我儘だ。

俺はこの期に及んで、死という現実が目の前に突き付けられるのを、少しでも先送りしたいんだ。まりえはとっくの昔に死と向かい合っている。その上で、他の誰でもない自分自身で、死を選択した。

否定することが誰にできるんだ？

まりえが音山を恨めし気に見上げている。自分の唇が引きつるのがわかった。こんなに患者を死なせたくないと思ったのも、こんなに患者の気持ちを尊重したいと思ったのも、初めてだった。

「まりえさん……僕は……」

何か言おうとする。だが、言葉にならない。

彼女の最後まで見届けると誓った癖に。いざそれを示されると、身を切られるように辛い。患者を救いたいと思えば思うほど、患者に感情移入すればするほど、処置がしづらくなるなんて。なんて皮肉な職業だろう。

俺は本当は、これが嫌で……患者と向き合おうとしていなかったのかもしれないな。自分が傷つきたくなかっただけ。要するに、弱虫だ。母が死んで泣いて過ごしたあの時と、何も変わっちゃいなかった。

視界が滲《にじ》んだ。鼻先が熱く震えるのがわかった。こぼれそうな涙を、音山は必死にこらえた。

「おとやませんせいの、おかげです」

「……え？」

キーボードの音が続く。

「おとやませんせいは、まよってくれました」

ディスプレイに浮かぶ文字を、音山は必死に目で追った。

「わたしも、たくさんまよいました。たくさんかんがえました。おとやませんせいは、いっしょに、まよってくれた。いっしょに、すごくつらくなって、そしてまよって、くるしんでくれた」

まりえは音山を見つめている。その目。何もかも見通しているような、透き通った瞳。

「ふしぎなんですが。おとやませんせいが、そうしているのをみると、わたし、すこしずつ、ですが。こころが、おちついてきたんです」

「まりえさん……」

「だから、わたし、けつだんできました。もう、まよいはないです」

嘘だ。

まりえの顔を見ればわかる。彼女はまだ迷っている。音山と同じように、生きるのも死ぬのも恐ろしい、その狭間で苦しんでいる。当たり前じゃないか。そんなに簡単に決められるわけがない。

だが、それでも決めたのだ。恐怖に歯を食いしばりながら、自分の命に判決を下した。苦しんで、悩んで、迷った、その果てに。

俺だけが楽になるなんて、だめだ。

やがて音山は絞り出すように言った。

「……わかった。延命治療はしない。確かに承《うけたまわ》りました」

覚悟を決めろ。

そう遠くないいつか、彼女が息も絶え絶えになり、死の淵を覗き込んでいる時……俺はその死を見届ける。対光反射を調べ、頸動脈《けいどうみゃく》を触診し、鼓動しない心臓を確かめ……「ご臨終です」と告げる。

彼女の家族に、そして自分自身に。

まりえはほっと息を吐いた。

良かった。言えた。前に進めた……。

目の前で音山が白衣の胸元を掴み、苦しそうに何かに耐えている。その姿をじっと見つめる。

音山先生は受け入れてくれた。私と一緒に歩む決意をしてくれた。

もし「諦めるな」と言われたら、決心が揺らいでいたかもしれない。「賢明な判断です」なんて言われたら、腹が立って言葉を覆《くつがえ》していたかもしれない。だけど、音山先生は私の悩みも、迷いも全部含めて決断を受け入れてくれた。

心の中でまりえは呟く。

私はみんなより先に死にます。

後で死ぬ人は、みんなの死を見届けるのが仕事。先に死ぬ人は、みんなに死を見せつけるのが仕事。そう、最近は思うようになりました。

みんなに見て欲しいんです。最後まで医者になりたいと願い続け、叶わずに死を選ぶ私の姿を。悔しくて、情けない、私の最期を。

音山先生に。医者である父に、母に。これから医者になる啓子に、吉田君に、同級生のみんなに。

それを見て……嫌な言い方ですけど……みんなに辛い思い、して欲しいんです。この世にはやり切れないことがあって、逃れられない苦しみがあるんだと知って欲しい。

ALSの苦しみを知った医者が増えれば、きっとALS患者が何人か、楽になるはずですよね。吉田君なんか真面目で研究医志望だから、いつかALSの特効薬を見つけてくれるかもしれない。私の死がいつか誰かを救うかもしれない。私の死は無駄じゃなくなるんです。

凄く間接的で、他人任せだけど……それが私の希望なんです。

医者になれなかった私が、医者に近づくために、最後に許された願いなんです。

これは、誰にも言わずにおこうと思います。言おうとしたって、どうせ言えないんですけど。あんまり自分勝手な言い分で、恥ずかしくて口にできません。でも、心の中で私が思う分には、自由ですよね。

それに、自分勝手なのは音山先生もそうでしたよね。だったら、これでおあいこじゃないですか？

まりえは震える指でキーボードを打った。表情で感情を表すことも次第に困難になってきた。だから、心の中で渦巻く思いを指先に込めて、リターンキーを押した。

音山が顔を上げる。ディスプレイに表示された文字を見て、その表情が歪んだ。

「ありがとう。おとやませんせい」

十月二日

川澄真紀《かわすみまき》は、訪れた神社のベンチで夫の姿を見つけ、思わず呟いた。

「あ……あなた」

川澄陽一《かわすみよういち》は驚いた様子も見せず、妻の方を向いた。革ジャケットの脇を冷たい風が駆け抜けていく。

「お前か……」

暗い曇天の下、こじんまりとした神社には誰の姿もない。真紀は陽一の傍らに近づいた。

「今日は大阪の藤堂医院に話を聞きにいくんじゃなかったの？」

「……行こうとしたさ。でも、電話しただけで無理だと言われた」

「そう」

「ALSに治療法はない。お前も医者なのに知らないのかという声だったよ。わかってるんだ。俺が一番わかってる。わかってる……」

「そうよね」

真紀は自動販売機で缶コーヒーを二本買うと、夫の隣に腰かけて聞いた。

「それで、神頼みってわけ？」

「いや……まあ、お参りはしたけどな。本音を言えば、他に行き場がないだけだ。お前は？」

「私もそんなところ」

「……まりえは？」

「今日は、訪問介護の方が来てくれてるから。ちょっと息抜きしてきなさいって言われた」

「そうだな。息抜きも必要だ」

陽一はうんうんと頷きながら缶コーヒーを一本受け取った。二体の狛犬の間を、黒い猫がゆっくりと歩いて行く。猫は伸びをしてから、手水舎《ちょうずや》の下に潜り込んだ。

「ここ、よく来たよね」

缶のプルトップを開く音が二回。

「来たなあ。お宮参りでも来たし、七五三でも来た」

「毎年の町内会祭りでも来たね」

「あったあった。まりえのやつ、盆踊りが終わるまで絶対帰らないんだ」

「そう。でも、屋台で何を買うかいつも決められない」

陽一は歯を見せて笑う。

「そうだ。いつも小遣いに五百円渡すんだよな。でもあいつ、たこ焼きがいいか、焼きそばがいいか、迷っているうちにみんな売り切れちゃうんだ。それで泣くんだよ」

「泣いてたねえ。しょうがないから、コンビニでフランクフルト買ってあげた」

「買ってあげたな……」

コーヒーを喉に流し込む音。香ばしい空気。ほのかな苦み。

「生きてるだけで」

「え？」

真紀は横の陽一を見た。陽一は俯いている。目から鼻から、液体を垂れ流して苦悶《くもん》している。

「生きてるだけで……いいのに」

途切れ途切れの鼻声が響いた。真紀は沈黙する。この人が泣いたところを見るのは二度目だ。

「親としてはよ、生きてるだけで、ほんとに生きてそこにいるだけで、それでいいのに。迷惑だなんて考えやしない。娘が可愛くない親がどこにいるんだ。チューブでもいい、何でもいいから……」

陽一は咳き込みながら、足元の砂を見て呻いた。

真紀はその背をさする。

「あの子が決めたことだから、尊重しなきゃ」

「わかってるよ」

陽一は袖で瞼を乱暴に拭った。

「なあ。注射を嫌がる医者っているよな」

「いっぱいいるわね。健康診断の採血ですら、逃げ回る先生がいたな。四十過ぎにもなって」

「病人の痛みって、受ける側になってみなきゃわからないものだな……」

「……そうね」

「なあ、俺たちの娘……偉いな」

小さな声で陽一が言った。

「頑張ってるな。凄いな……」

真紀は答えず、ただ頷いた。風が小さな渦を作って逆巻き、落ち葉を吹きあげて音を立てた。缶を掴む陽一の手に、血管が浮かんでいる。俯いたその頭は薄く、白髪が目立つ。

「……あなた、年取ったねえ」

陽一は寂しそうに笑った。そして真紀を見る。

「お前だってそうだ」

二人の心の中では、二十年前の光景が蘇る。生まれたばかりのまりえと一緒に、初めて神社に来たあの日。どこまでも青く透き通るように晴れた春の日、ふさふさの黒髪で笑う陽一と、穏やかな笑みで赤子を抱く真紀。

参道には桜が咲いていて、桃色の花びらが風に乗ってあたり一面を埋め尽くしていた。鮮烈なほどの草木の香り。大地も、空も、世界中が美しかった。

何もかもがまるで夢のように、灰色の空と灰色の地面。

ベンチの上、二人きりでコーヒーを飲んだ。

十月十一日

「……桐子。いいかな」

第二医局の扉がノックされた。

「いいけど。どうしたの」

入ってきた音山は白衣を着ていなかった。シンプルなシャツとズボン姿で、しかし何か張り詰めたような顔で部屋に入ってきた。

「そろそろだと思うんだ」

音山はそう言って、第二医局の隅に腰を下ろした。魔法瓶からコップに湯を注ぎながら桐子が言う。

「例のALSの患者かい。君が病院に無理を言って、往診しているという」

「声が大きいよ……まあ、そうだね。二日前から、呼吸がかなり弱くなっている。血中酸素濃度は心もとない。浅い眠りにつく時間が増えてきた……」

「もうすぐだな」

「ああ、もうすぐだ」

「確定診断から四か月か。進行は速かったね……それで結局、延命治療はするのかい」

「いや。本人の意思でなしになった」

「そうか。本人が決めることができて、良かったよ」

桐子は満足げに俯くと、長い睫毛が揺れた。

「……それで？　音山、君はもう仕事上がりだろう。なぜわざわざ僕のところに寄ったんだい」

「ちょっと話したくてね」

桐子は片眉を上げた。音山は差し出されたコップを受け取って口に近づけ、少し咳き込んでから続ける。

「桐子。君は問題児だよな」

「突然、何を言うんだ？」

「正直、ずっと思ってたよ。もっと長いものに巻かれればいいのにと」

「話ってのは、お説教かい？　なら早めに切り上げてもらいたいな」

音山はかぶりを振った。

「でも、君を必要とする患者さんもいるんだ。福原は認めたがらないけど、確かにいる」

「そのようだね」

「同じように、俺みたいな医者を必要としてくれる患者さんも、いるのかな……」

黒々としたコーヒーの水面を覗き込んで、音山はしばらく沈黙した。

「そりゃそうさ。何が言いたいんだ？　音山」

音山は頭を掻いた。

「ごめん。別に結論のある話じゃないんだ。ただ……医者として患者に向かい合うって、難しい。改めて、そう思ってさ……」

桐子は首を傾げ、ぼそりと言った。

「僕らは、やれることをただ、やるだけさ」

「ああ、そうだね……」

音山は桐子を見て、しばらく黙り込んだ。

かち、かちと時計の音がする。音山は腕時計を見て、はっと顔を上げた。

「ごめん、この後用事があるんだ……そろそろ行くよ。この件については、また話そう」

桐子が頷く前で、音山はコートを羽織った。軽く咳き込んだその背中が揺れる。桐子は声をかけた。

「寒くなってきたな」

「うん」

「用事は、仕事かい？」

「いや。これから福原と飲むんだよ」

「そうなんだ。楽しんできて」

音山はため息をつく。

「楽しい飲み会ってわけじゃないんだ。川澄さんの延命治療をしないと伝えたら、あいつ怒ってさ。今日はたぶん夜通し説得されると思う。意地でも延命治療すべきだって、最後まで諦めるなって」

「そりゃ……骨が折れそうだね」

「患者の意思で結論を出したわけだから、いくら福原の意見でも応じるつもりはないけどね。下手したら患者の家に乗り込むとか言い出すかもしれない。今から気が重いよ」

「何とか抑え込めることを祈るよ」

「……ああ。ありがとう」

音山は疲れた顔をしていた。しかし、その表情はどこか清々しかった。桐子は友人の鞄を取り、渡しながら言った。

「音山」

「ん？」

「……頑張れよ」

音山はにっこりと笑い、軽く手を上げながら出ていった。

十一月二日

ついに、その日が来た。

深夜。まりえの部屋には人が集まっていた。

父親と母親。そして音山。

介護ベッドに横たわるまりえは、昨日の昼から眠り続けている。棒のように細い足と腕。かさかさに乾燥した皮膚と、パジャマ越しにも骨の浮き出ているのがわかる胴。最近ではまともに食事がとれず、粥やジュースを時折口にするだけだった。

肌の色は黄色がかり、髪は縮れている。それでも母の心遣いか、髪はきちんと束ねられ、蝶《ちょう》の髪留めが付けられていた。

音山は呼吸を確認する。確かめなければわからないほど弱いが、しかし続いている。まりえはまだ生きている。

最後は音山に死亡確認をして欲しいと、まりえが両親に頼んだという。同じ医者とはいえ、両親には死亡確認をさせたくなかったのかもしれない。彼女はその役目を音山に託したのだ。両親もまりえの願いを受け入れ、いよいよ危ないと判断したところで音山を呼んだ。

医者でもあり、患者の家族でもある二人に見守られて若干緊張しながらも、音山はまりえの様子を見る。呼吸するたびにかすかに肩が上下し、それが時折ふっと止まる。経験と知識でわかった。意識はもう戻らないだろう。後は時間の問題だ。

あと数時間持つか、あるいは数分か。

「先生。あちらでお茶でも飲みませんか。様子が変わったら声かけますから」

母親がそう言ったが、音山は首を振った。

「ありがとうございます。でも、大丈夫です」

「そうですか……」

父親はやや遠巻きから固唾《かたず》を呑んで娘の寝顔を見つめている。母親はゆっくりと歩き、隅の椅子に腰かけた。

時計の針がゆっくりと動く。静かな夜の時間が過ぎていく。

音山はふと室内を見回した。

家族の戦いの痕《あと》が、あちこちに残っていた。

コミュニケーション用の文字盤。使い込まれてあちこちがぼろぼろだ。

パソコンと、キーボード。自動ページめくり装置付きの書見台。お盆の上に置かれているのはゴムバンドを巻いて握りを太くし、持ちやすくしたスプーン。補助スプリング付きの箸。ハンガーにかけられている、ボタンではなくマジックテープで止められる服。

松葉づえ。車椅子。

アルバム。

最後の時間を、できるだけ今まで通りに、いや今まで以上に過ごそうとしていた家族の空間。

その一番奥に、まだ縛り上げられたまま置かれている医学部の教科書類を見つけ、音山は目を伏せた。

時計の音と、どこかで虫の鳴く声。

音山は聴診器をまりえの胸に当てた。心臓の音は弱く、不規則だった。

「……まりえ」

父親が呟き、目を丸くする。母親も立ち上がる。

見ると、まりえが目を開けていた。思いがけない出来事に音山は息を呑む。

落ち着け。冷静でいなければ。

自分に言い聞かせる。

まりえは長い夢から覚めた時のように口を微かに開き、ぼんやりと天井を見上げた。それから不安げに見下ろしている両親を見、傍らの音山を見た。

体は微動だにしない。顔も、首も動かない。目だけで全ては行われた。

音山の白衣をじっと見つめると、まりえが一つまばたきした。

強い意思を感じる視線。音山にはそれが、とても優しく感じられた。

次の瞬間、まりえが微笑んだ。

はっきりと。

音山は震えた。心が突き動かされる。理由がわからない。落ち着け。手にした聴診器を取り落とさぬよう必死で掴む。

まりえの無垢《むく》な笑みが光となって降り注ぎ、音山の心に巣食っていた敗北感を嘘みたいに消し去っていく。

頭の中で電気が走り、いくつかの断片が重ね合わさった後に飛散し、その向こう側が唐突に見えた。ああ、そうだったのか。

音山の口から無意識に言葉がこぼれた。

「まりえさん……」

震える声で呟くように音山は言った。

「君は……医者だ」

……何を言っているんだ、俺は。

だけど、とにかくそう伝えたかった。

ようやくわかった。

俺が探し続けていたものは、俺が医者になってやりたかったことは、すぐそばにあったのだ。それは、迷うということ。患者と一緒に迷い、悩む。答えが出せないとしても、その苦しさを分かち合う。それでよかったのだ。

まりえの笑顔が。その眩しいほどの笑顔が、雄弁《ゆうべん》に語っている。

まりえもきっと医者になったなら、音山のような医者になったことだろう。自分に自信がなく、決断するのも苦手だが、しかし優しい医者に。それによって救われる患者もいるのだ。それは福原や桐子では救えない患者だ。

まりえは音山にそれを教えてくれた。

後輩であるまりえが、しかし同じ医者として、進むべき道を示してくれたように、音山には思えた。

「ありがとう……」

音山は絞り出すように言った。

俺は君の分も、医者として戦うよ。音山は目を閉じて念じた。志半ばで倒れた後輩に、感謝を。そして、その意思を受け継ぐ誓いを。

まりえは何も答えなかった。

ただゆっくりと音山から視線を外すと、今度は両親を見た。

「まりえ」

父親が声をかける。母親が駆け寄る。

二人の前で、ゆっくりと瞼が下ろされていく。

眠りに落ちるのを恐れる子供のようでもあり、母のそばで安心して目を閉じる子供のようでもあった。娘は父と母を意識の最後まで見つめながら、目を閉じた。穏やかな顔。

やがて聴診器を通じて聞こえてくる音が、消えた。

手が震える。それでも音山は必死に自分を鼓舞し、胸ポケットからペンライトを出した。対光反射を見てから、首筋を触診する。

声がかすれそうで、一度唾を飲みこむ。

それから腕時計を見て言った。

「午前三時十二分。ご臨終です」

母親が黙ったまま、優しくまりえの頭を撫でた。父親が歯を嚙みしめ、咽《むせ》び泣く。

「本当に長いこと……よく頑張られました。お疲れ様。まりえさん」

演技でも何でもなく、言いながら目が潤んだ。


「……もしもし。音山だけど」

音山は川澄家の外で、煙草をふかしていた。

「死んだのか」

電話からは、福原の不機嫌そうな声が聞こえてくる。軽く咳き込んで音山は言った。

「ああ。ついさっき、亡くなったよ……よくわかるね」

「声でわかる。それに、煙草吸ってるだろ。患者が死んだ時、苦手な煙草を吸うのはお前の癖だからな」

「ああ、そうだっけ……言われないと気づかないもんだね。すぐに通夜だよ。告別式は明日。俺は出るつもりだけど、福原、君はどうする」

「行っても、仕方ないだろう」

「……そんなことはないさ。来いよ。俺たちの後輩じゃないか」

まばゆい光が暗黒を貫いて照らした。ヘッドライトだ。音山は話しながら道の端に寄った。その前をタクシーが横切り、川澄家の門の前で止まった。

連絡を受けた知人か親族だろう、先ほどから川澄家には次々と人がやってくる。タクシーから出てきたのは、数人の若者だった。中でも目を真っ赤に腫らした男が、すでにびしょびしょになったハンカチで顔を拭い、入っていくのが見えた。まりえの同級生か、友達かもしれない。

「俺は今でも認めてないんだからな」

福原が言う。

「延命治療はするべきだった。いいか音山、こんな結末は敗北主義だよ」

「本当にそう思ってるのかい。じゃあ、どうして最後の往診許可を出してくれたんだ？　副院長の君が、延命治療をしないのであれば往診は許さない、と命じれば……一勤務医に過ぎない俺にはどうしようもなかった」

福原はしばらく沈黙した。

「君も、揺れてるんだろう。戦い続けるだけではどうにもならないことがあるって、どこかで思ってるんじゃないか」

「……勝手に決めつけるなよ。俺だったら絶対に完治を諦めない」

吐き捨てるような声。

「ただ、手が回らないところでは、できるだけ信頼できる人間に対応を任せたいと思っている。それがたまたま今回は音山、お前だっただけの話。結果は残念だったがな」

「信頼できる人間、ね」

「……何だよ？」

「なあ、福原。桐子は信頼できる人間じゃないのかな」

「あいつはダメだよ。最初から諦めてるからな。病気と戦うことを。正直、同じ医者として認めたくもない」

「そうかな。俺、ちょっと違う気がするんだ」

「じゃあ、何だって言うんだよ」

「桐子も、戦ってる……あいつなりに」

音山は天を見上げて息を吐いた。

「なあ福原、そうじゃないか。戦い方は、一つじゃない」

真っ黒に塗りつぶされた空。金星がぽつんと、浮かんでいた。

第三章　とある医者の死

十二月七日

夜八時。外来は閉まり、受付にはシャッターが下りた武蔵野七十字病院。

遅番の看護師がワゴンを押して消灯後の廊下を歩いている。

「桐子先生、まだお帰りにならないんですか」

第二医局の扉を開き、神宮寺千香が言った。

パソコンから一瞬だけ目を離し、桐子修司が入口を見る。

「何だ、神宮寺君か。誰かと思った」

「私服が派手な女性はお嫌いですか」

「いや、別に。ただ、見分けがつかないのは困る」

真っ赤のルージュを歪めて笑った神宮寺に、桐子はもう目もくれない。

「桐子先生、何を見ているんですか」

「カルテさ」

桐子の目が凄まじい速度で左右に揺れている。その瞳はパソコンの画面を映して四角く青く震えていた。

「死に瀕している患者さんについてなら、もう私がピックアップしたじゃないですか。それ以外を？」

「うん。過去、この病院で死んだ人間について、カルテを読み込んでいるんだ」

「過去のものをわざわざ？　確かに診療録には五年間の保存義務がありますが、そんな用途に使うのは桐子先生だけでしょうね」

「かもしれないね」

桐子がマウスを操作する。新しいウィンドウが立て続けに開く。武蔵野七十字病院における年間患者死亡数は九百人ほどになる。毎日二、三人が帰らぬ人になっている計算だ。

「だけど、まだ足りない。もっと欲しいと思うよ」

「不謹慎《ふきんしん》な言い方はよしてください」

「どんな死があるのか、もっと知っておきたいんだ。いざという時、動じないでいられるように」

鬼気迫る目で桐子はマウスを操作し続ける。

「いっそご自分でお死にになられたらどうですか」

「あの世から診察する方法があれば、それでもいいんだけど」

「冗談ですよ、桐子先生。では、あまり無理をしないように。私はお先に失礼します」

桐子はもう一度、神宮寺を見た。

「珍しいね。帰るの？」

「私だって、たまにはデートの予定があるんですよ。それでは」

扉が閉じられた。ふいに漂ってきた甘い香水を嗅ぎ、桐子はくしゃみをした。

ケトルが蒸気を吹いて揺れる。

桐子は沸いた湯をカップに半分ほど注ぐ。

……風邪でも引いたかな。

喉の奥にかすかな痛みを覚えた。いつもよりもやや少なめに、水をカップに加える。これで丁度いい。口当たりは良く、しかし温かさは失われない。オリジナルブレンドの「水のお湯割り」を口に含みながら、桐子は作業を続けた。

そんなもの飲むくらいなら、コーヒーでも入れましょうか。

何度神宮寺にそう言われたかわからない。その度に断り続け、やがて神宮寺も何も言わなくなった。

コーヒー。それはカフェイン等の有効成分が溶け込んだ水に過ぎない。カフェイン、あんなものは必須栄養素ですらない。肝臓で分解され、腎臓で濾《こ》しとられて尿として排泄されるだけの物質だ。わざわざ摂取して分解するなど、無駄ではないか。ならば最初から水だけ飲めばいい。体温と同程度に温めた水を飲めば、一番効率がいい。

いつも思う。世の中には物事をややこしくする装飾が多過ぎる。本質が重要だ。その本質さえ捉えてしまえば、変数の判明した方程式の様に全てはぴしりと答えが出る。世界は本当は単純なはずだ。

命もまた同じ。生の広がりを追えば複雑怪奇な森の中に迷い込むが、無限の可能性もやがては一点に収束《しゅうそく》する。そう、どうあれ死ぬのだ。命を知るには、まずは死を知ることだ。もっと前で、もっとはっきりと、死をこの目で捉えよう。あの黒くて底知れない闇の輪郭まで。恐れずに。人から後ろ指をさされようとも。

最前線へ。

ダガー、ダガー、ダガー。

電子カルテでは、死亡した患者の名前に†《ダガー》が付けられる決まりだ。桐子はダガーで射抜かれた電子カルテを次から次へと読み込み続ける。

「……ごほっ」

桐子の小さな咳が、静かな部屋の中に響いた。

間接照明がふんだんに使われた、落ち着いた雰囲気のバー。

「福原先生が女の子を落とす時に使う、勝負バーですか」

置かれた衝撃で揺れるマティーニの水面を見つめ、神宮寺は言った。

「変な言い方はよせよ」

福原はストレートのウイスキーをぐっとあおると、すぐさまお代わりを頼む。

「まだるっこしい。次はダブルで」

「相変わらず無茶苦茶な飲み方ですね」

「これくらいじゃ俺は酔わない。知ってるだろ、千香」

「もう忘れましたけれど？」

常に俯きがちな初老のバーテンは、並んでカウンターに座る二人に視線を向けることはない。しかし手元では素早くウイスキーを注ぎ、福原の好みに合わせてホースジャーキーを添えた。

「噂には聞いてますよ。福原先生がここに看護師だとか、クラブの女の子を連れ込んだら、次は家かホテルだって」

「まあ、そういった時もあるな」

福原の白く綺麗に並んだ歯が干し肉を挟み、ぐいと引きちぎる。形のいい顎が力強く動き、咀嚼《そしゃく》した。

「相手を脱がしておいて、オペのコールが入ったら放り出して病院に戻ったって話もあるそうですけれど」

「全く、どこから聞いてくるんだ？　そんな話。別にいいだろう、俺が好きに遊んだって。君とはもう関係はないんだし、それに」

福原は少しばつの悪そうな顔で言った。

「戻ってから続きはしたさ」

「ナッツよりも肉。女よりも血。古き良き外科医ですね」

「何とでも言えよ」

福原は男性的な眉を歪めて、神宮寺を睨んだ。

「それで、私に何の用ですか？」

二人の微妙な間隙に、バーテンがドライフルーツの皿を置いた。

「……わかってるんだろ。桐子のことだよ」

「桐子先生がどうかしましたか」

「おい」

軽く拳でカウンターを叩き、福原は迫る。

「とぼけるな。あいつのそばに行かせたのは、ただ手伝いをさせるためじゃない」

「わかってますよ。桐子先生を追い出すためでしょう。何かと院内を引っ掻き回す彼を、部長会議で追い出すための証拠揃え。私に裏方をさせて、栄光はあなたがかっさらう。いつものやり方ですよね」

「違う。監視しろと言ってるんだ」

「そうでしたね。実際は、その言葉の裏を読んで私に行動して欲しいんでしょうけれど」

福原は軽く額を抑えたが、否定はせずに続ける。

「来年は医療監査だ。わかってるだろう」

「そうでしたっけ」

「看護部長から聞いているはずだ。そして院長……親父は今回、俺に対処を一任している。結果を出せばさらに俺を信頼するだろう。あの古狸《ふるだぬき》から権力を剥《は》ぎ取るには、失敗は許されない」

「辣腕《らつわん》の福原先生のことですから、対策はばっちり、お済みなんでしょう」

「俺は完璧主義でね。用心するにこしたことはない。桐子だ。この病院であいつだけが、俺に従わない。桐子に下手に動かれれば、全てが台無しになる恐れがある……首に鈴を付けておかねばならない」

「いざとなれば、鈴ごと切除《アンプタ》するおつもりなんですよね」

福原はゆっくりと首を振った。

「千香、君の身は俺が守る。それに目的は同じだろう。院長が気に食わないのは、君もそうだったはずだ」

「まあ、それはそうですけれど……」

神宮寺はグラスを軽く振って丸いオリーブをジンの中に遊ばせた。

「桐子先生って、何だか可哀想ですね」

「何？」

グラスにキスをするようにそっと口を付けて、神宮寺は言う。

「あの人、色々と問題はありますが……とてもまじめな人です。でも、味方が一人もいないのです。同期のあなたは彼を疎《うと》み、近くにいる私ですらこうしてあなたと通じている。病院の中で、一人ぼっちですよ」

「だが、奴に共感する患者は少なからず存在する。だから厄介だ」

「桐子先生に共感した患者さんはみんな死んでしまうんです。桐子先生が死なせている、とも言いますけれど。死神は、生者の世界では最も孤独な存在みたいですね」

「……あいつに同情しているのか？」

「別に。私はただ、感想を述べたまでです」

「可哀想でも何でもないね。桐子が自分で選んだ道だ。それに、患者以外の理解者だって一応いる」

「どなたが？」

「神経内科の音山だよ。あいつは桐子の肩を持ってるだろ」

「ああ……どっちつかずの方ですね。確か、福原先生とは同期なんですよね」

「そうだ。あいつはいつも余計なお節介《せっかい》ばかりしてくる。昔の仲には、もう戻れないっていうのに」

　神宮寺はしばらく考えてから、ふと聞いた。

「元々三人は、仲が良かったんですか？」

　福原が黙り込んだ。

「福原先生と桐子先生って、何かにつけて衝突していますけれど。いつからそうなったんでしょう」

「別に……仲良しだったわけじゃない。ただ、話は合ったんだ」

「どんなふうにですか」

からんと、福原はグラスを揺らす。

「医学部でな、よく学生同士で話すわけだ。楽に儲けるなら皮膚科か眼科。これから先細りになるのは産婦人科。製薬会社から接待されやすいのは内科と精神科。どの科に行くのが賢いか、どんな技術を売りにすれば儲かるか。そういう会話が、俺は我慢ならなくてね。儲けるために医者をするわけじゃない。救うこと、それ自体が目的であるべきだと思っていたから」

「福原先生、青臭いですね」

「同じくらい青臭いのが他に二人いてね。いつのまにか、三人でつるんでばかりいたのさ」

「想像できませんね。三人が話している光景とか」

「だいたい俺が一方的に話していたよ。音山は笑いながら相槌《あいづち》を打つ役だ。桐子は聞いているのかどうか、いつもよくわからない。だけどたまに意見を聞くと、案外面白いことを言ったりする。そこから俺と桐子の論戦が始まったりな」

「論戦ですか。男性ってすぐ、そうやってヒートアップしますよね」

「人間が一晩自転車こいで、どこまで行けるかって話になってさ」

「……はい？」

「案外遠くまで行けるんじゃないかと。で、試してみたんだ。持ち物は自転車と財布だけ、大学の裏からスタートしてひたすら西に向かう。限界に挑戦ってわけ」

福原は愉快そうに笑った。

「こう、夜の道玄坂をノンブレーキで突っ走るんだ。知ってるか？　渋谷でも朝方には誰もいないんだ。近道だと思って入ったら高速の入り口で、慌てて戻ったりしたな。案外体力は持つんだが、後半は眠気との戦いだよ」

「結局……どこまで行ったんですか」

「箱根の手前くらい。寄り道したり、迷ったりしながらだったからなあ、次はもう少し行けると思うよ」

神宮寺は口を半開きにして固まった。あまりの馬鹿馬鹿しさに二の句が継げない。

「大変なのは帰りだったなあ。もう、自転車が重くて重くて。金も全員合わせて二千円くらいしかなくてさ。バス停で寝て、かけうどんを分け合って……風呂なんて入れないから、海と川だ。なのにバカだからさ、あえて脇道に入って鎌倉まで行って、鶴岡八幡宮にお参りしてお札買ったりしたな。まあ、あれは人生で最低最悪の旅行だった」

言葉とは裏腹に、福原は楽しげだった。

「三人にそんな時もあったんですね……」

神宮寺が言うと、福原ははっと顔をこわばらせた。それからグラスを揺らして言った。

「昔の話だよ。若かった」

かすかなバイブの音。素早く胸元に手を突っ込み、福原は携帯電話を耳に当てた。

「俺だ。わかった……十分で戻る。準備しとけ」

電話を切ると、福原はちらと神宮寺を見た。

「仕事ですか？」

「ああ。悪いな、千香。いつでも呼べと言ってあるんだ」

その顔には全く申し訳なさそうな気配などない。マスターにタクシーを頼むと、福原は立ち上がり、返事を待たずにコートを羽織り始めた。

「……飲酒しているのに診察に戻るんですか」

「くどいな。これくらいじゃ俺は酔わない。それに医師法十九条、知らないのか？　医者には応召義務ってものがあるんだ」

「二十四時間三百六十五日、呼び出し可《オンコール》の副院長なんて、見たことも聞いたこともありませんけれど」

「普通と同じにやっていては、理想の医療などできやしないさ。じゃあ千香。桐子のこと、頼むぞ」

グラスを口に運びつつ、神宮寺は聞く。

「彼を追い出せるように準備を整える、という意味でいいんですね」

「それも含めての監視だ」

「本当に……いいんですね」

確認する神宮寺。福原はゆっくりと振り返り、そして頷いた。

「じゃあな、また飲もう」

軽く手を上げると、福原は大股で外に出て行った。漲《みなぎ》った闘志がその髪を揺らし、立てた襟が震えているようだった。

置いてけぼりにされた神宮寺は、かすかに開いたままの扉の隙間を見つめる。

「自分勝手な男ですね。そう思いませんか、マスター」

バーテンはそれには答えず、黙ったまま二杯目のマティーニを作り始めた。

十二月八日

「うん。ああそう、豆作ったんだ。そりゃいいな、婆ちゃんの煮豆は本当、美味いから。え？　本当だよ。東京でもあんな豆はなかなか食べられないよ。いや、東京って何でもあるように思うかもしれないけど、そういうわけでもない。うん」

音山は肩と首で受話器を挟んだまま、フライパンにバターを溶かし、ハムを二枚並べる。

「仕事の調子はいいよ。うん。何だか、医者になったばかりの頃みたいに、うん、やりがいって言うか。そういうのをもう一度感じてる」

焦げ目が付き始めたハムをひっくり返し、卵を二個割り入れ、蓋をした。

「麻痺してた部分があったんだよ。病院にいるとさ、どんどん人が死んでいくから……人の死が軽くなるような。軽くしないと、やってられないような。でもそうじゃないんだ。患者さんに教えられた、うん」

丼に玄米ご飯を盛り付け、海苔をちぎって敷く。そこに完成したハムエッグを、フライパンから直接載っける。蒸気が舞い、丼の端に水滴がついた。

「いやあ、婆ちゃん。難しいことじゃないんだ。医者だからっていうよりね、人だからって思うよ。人だからやっぱり、人に対して一生懸命でありたいんだ」

二つの黄身《きみ》のうち一つを箸で割り、そこに醤油を垂らす。もう片方には塩と、砕いた黒胡椒《こしょう》を振る。目玉焼き丼、完成。

フライパンの上に今度は余った玉ねぎ、人参、ピーマンを放り込んで軽く炒め、皿に盛る。簡単な料理だが、男一人の朝食としては上等だ。音山は電話口に言った。

「じゃあ、婆ちゃんまたね。俺これから病院行くから。うん。いつも電話しかできなくてごめんよ。うん、じゃあまたかけるから。はーい、お大事にね」

電話を切り、受話器を戻す。いつも同じ番号にかけるものだから、短縮一番と書かれたボタンだけが摩耗《まもう》していた。

音山は食卓の椅子に座ると、時間を気にしながら、こしらえた料理を頬張った。急がないとカンファレンスに間に合わなくなる。ほとんど咀嚼《そしゃく》せずに腹に詰め込んでいく。慌てて飲み込んだせいか、ふと喉が固くこわばり、むせ返った。

何やってんだ俺。落ち着け。落ち着け。

シンクに向かって何度か咳き込む。銀色の蛇口には音山の顔が映っている。

「頑張らないとな」

誰に言うわけでもなくそう言い、音山は口元を拭いてにっと笑った。

ノックの音。

「はい、どうぞ」

朝からわざわざ第二医局に来る人間は少ない。誰だろう。訝しみながら神宮寺が扉を開けると、丸顔の男がそこに立っていた。

「あら、音山先生。おはようございます」

「あ、おはよう。桐子はいる？」

神宮寺は中を指し示す。

「そこで寝ています」

寝息が聞こえる。見ると、床の上で「生理食塩液」と書かれた段ボールを二重に体に巻き、胎児のごとく丸くなって桐子が眠っていた。

「仮眠室に行けばいいのに……」

「私が朝、来た時にはすでにこの有様でした」

ため息をつきながらコーヒーを入れる神宮寺を背後に、音山は桐子のそばに歩み寄る。

かすかな呼吸の音。起きている時よりもずっと優しげなその眉。子供のように無垢な寝顔だった。

印刷されたカルテの束と、使い込まれた医学書を重ねて枕にし、傍らには破り取られたサンドイッチの包装が転がっている。夜中まで何か作業をしていたらしい。唇に付いたパンのかけらを見て、音山は呆れていた。

「相変わらずどこでも寝る奴だなあ」

「昔からこうなんですか？」

「まあ、そうだね。帰るよりも大学に泊まる方が楽だとか言って、よく教室の隅で勝手に寝てた」

「今と同じですね……」

ふと、桐子の目が開く。

「あれ……」

「起きたか、桐子」

桐子が体を起こすと、がさがさと段ボールが音を立てる。医学書と紙の束がこぼれて散らばり、埃が舞い上がった。汚い。お盆を手にした神宮寺が思わず顔をしかめた。

「音山……おはよう」

桐子は欠伸《あくび》まじりに言った。

「おはよう」

「どうしたんだい、朝から。何か用かい」

「まあ、ちょっとな。桐子、またやったらしいね」

「何を？」

「わかってるだろう。今朝、保科《ほしな》先生がずいぶんご立腹だった」

「救急の保科先生か」

「うん。君、三一三号室の患者を知ってるだろう。その旦那さんに何か吹き込んだそうだね。治療方針に同意は取れていたはずなのに、今朝、急に意見が変わった。延命治療を拒否したいそうだ。また死神が死を嗅ぎ付けてきたと、今朝のカンファレンスは騒然さ」

「僕が関与している証拠でもあるのかい」

桐子は大欠伸しながら立ち上がる。

「とぼけても無駄だよ。旦那さんご自身が『桐子という先生に相談して決めた』と言ったそうだからね」

「ああそうなのか……」

桐子は五秒ほど沈黙してから、白状した。

「うん、そうだよ。僕が面談して決めさせたんだ」

「前も言っただろ。そんなことばかりしていると、病院を追い出されるよ」

桐子は椅子に座ると、カップに白湯を注ぎながら穏やかに言った。

「……音山。君は松田さんのカルテを見たかい」

「ざっとはね」

「結婚八年目のご夫婦だ。娘さんが三歳。専業主婦の奥さんと、会社員の旦那さん。ある日の夜、奥さんは突然居間で倒れる。子供は泣くばかりで対応できず、発見は遅れ、病院に担ぎ込まれるまでに四十五分を要した。心筋梗塞《しんきんこうそく》だった」

「……知っている」

「心臓マッサージで、心臓は蘇生した。昇圧剤を叩き込み、人工呼吸器で肺を動かして、まだ生きている。体は温かい。唇は赤く、顔色も良く、胸に耳を当てれば鼓動も聞こえてくる。時折まばたきだってするんだ。浅い眠りについているようにしか見えない」

「……」

「だけど、四十五分だ。酸素供給が止まって四十五分……低酸素脳症だ。彼女の脳は死んだんだ」

「ご家族の意思は、どうだったんだ」

桐子は遠くを見て、長い睫毛を揺らした。

「できるだけ長く生かしてあげたい、とのことだったよ」

「そうだろうな。それに応えるのが俺たちの仕事だろう」

「……本当に、そうかな」

桐子は白湯を一口すすり、続けた。

「できるだけ長く生かしてあげたい。そうに決まっているじゃないか。そんな当たり前の要望に応えるだけで、仕事をしたことになるんだろうか」

「桐子……」

「旦那さんは言っていたよ。付き合って十二年。結婚して八年。高校生の時から一緒だったんだってさ。その日の夜まで元気だったんだ。旦那さんと朝食を一緒に食べて……昼には買い物についてメールを交わした。牛乳とハムを買って帰るようにと。子供も、まだ三年しかお母さんと一緒に過ごしていない。病室で眠っているお母さんを見て、その手を握ってね。『いい子にするから、お菓子も我慢するから、早く元気になってね』と涙ぐみながら言うんだってさ」

桐子は淡々と、しかし心をえぐるような言葉を積み重ねていく。

「もう松田さんの意識は戻らない。その可能性が極めて高い。科学の粋を尽くして、この七十字病院の医療器具をつぎ込んで、どれだけ生かすんだろう。三年だろうか。五年だろうか。十年だろうか」

カップから立ち上る湯気が、まるでからかうように音山の前で揺れた。

「人工呼吸器は個室治療になるから、自己負担額は月に五十万を超える。ごく普通の会社員の旦那さんが、まだ三歳の子供を抱えて、月に五十万だ。年に六百万になるね。僕は疑問だよ。借金をしてまで、回復の見込みのない、何の生産性もない人形を生かす意味なんてあるのだろうか」

「おい、桐子！　人形だなんて言い方……あんまりだ。患者さんの尊厳を考えろ。訂正しろよ」

音山が気色ばむ。桐子は首を傾げた。

「どうして訂正するんだ？　事実だろう」

「だめだ。ご家族にとって大切な人なんだぞ。間違ってもそんな言い方をしてはならない」

「言い方が問題なんじゃない。大切な人を、そんな状態で生かし続けることが、そもそも間違いなんだよ」

「……だけど……」

「君たちはいつもそうだ。いつだって言い方だとか、伝え方だとか、表面的なものばかり気にしている。問題はもっと奥にあるっていうのに。ご家族を怒らせたからって、それが何だ？　事実を伝えるべきなんだよ。患者とその家族は往々にして現実についてこれていないんだから。そんな時、見たくないものをはっきり鼻先に突き付けてやるのも、医者のつとめだろう」

「見たくないものを……？」

「そうだよ。『あなたの奥さんは一見生きているように見えますが、頭の中身はとっくに壊死《えし》しています。もう彼女の心は、そこにありません』そう伝えるんだ。その上で、どうしても生かしたいと言うなら、その時は延命治療でも何でもやればいい」

「……もう少し、他に言い方はないのか。病院の評判がまた下がるぞ」

ゆっくりと桐子は首を横に振った。

「病院は、そもそも繁盛すべき施設じゃない」

桐子は口を閉じる。それから息を吐き、カップを持ち上げて中を見た。

「神宮寺君、お湯のおかわりをくれる？」

「少しお待ちください。沸かします」

お願い、と桐子は言い、数度咳をしてから喉を押さえた。

「どうも喉がガラガラする。うがいをしてくるよ」

ケトルがしゅんしゅんと蒸気の音を立て始めた。


「なあ、桐子」

考え込んでから音山が言った。

「ん？」

「君の言い分にも一理あるよ」

白湯をすすっていた桐子は目を丸くする。

「珍しいね、理解を示してくれるなんて」

「おい、俺は元々君を理解しようとしている方だぞ。色々言うのは、君があまりに病院のルールを無視しているからだ」

「あれ。結局お説教に繋がるのか」

「……今日は少し違う。最近、考えが変わってきた」

「え？」

「病院に必要とされる医者よりも、患者に必要とされる医者の方が大事だ。そう思うようになった」

「福原はそう思っていないようだけど」

「それは、君のやり方が下手だからだ。いいかい、保科先生が怒ったのも、患者が急に方針を変えたからというだけじゃない。君が何の断りもなく、勝手に介入してきたから不快に思ってるんだよ」

音山は大きな尻を椅子に載せ直す。

「君の面談はいつも非公式に行われるだろう。診療科も主治医も飛び越えて色々進めてしまうから反感を買うんだ」

「患者さんがそれを望んで、面談を打診してくるんだ。僕は応じているだけだよ」

「そこだよ。いっそ、正式に仕組みを作ってしまったらいいんじゃないか」

「……どういうことだい？」

音山は両手を机の上に出し、身振りを交えて話す。神宮寺は書類整理をしながら、二人の会話に耳を澄ませていた。

「つまりさ。『診療相談科』とか……名前は何でもいいけど、延命治療や死病について、患者の相談を引き受ける部署を新しく作るんだ。君はそこに所属する。今みたいに皮膚科にいながらも、陰では相談に乗っているなんてちぐはぐな形じゃなく、相談専門の医者になればいい。各診療科の主治医は、ややこしい相談事は診療相談科にお願いする。その方が手間も省ける。君は、患者さんと治療方針を相談することに専念できる。どうだろう」

「……それができるなら、確かに楽だけれど」

「最初からそうすべきだったんだよ。患者さんだって、噂を伝え聞いて君に面談を申し込むよりも、きちんとサービスとして提供された方がずっと安心できる。病院にとってもサービス向上に繋がる」

「だけど音山、実現は難しいよ。だいたい、僕は病院のほとんどの医者に嫌われているだろう？」

「まあ、君を信頼してお願いをしたいと思う医者はいないかもしれないね。君の空気の読めなさと来たら、相当なものだからな」

「そうだろう。これは、絵に描いた餅だよ」

肩を落とした桐子に、音山は頷く。

「だから俺もやる」

音山が柔らかく笑った。

「もともと、君一人でやらせるつもりはないんだ。俺はね、川澄さんに教えられた。医者の戦い方は一つじゃない。君の考えで救える患者もいれば、救えない患者もいる。同じように、福原の考えで救える患者もいれば、救えない患者もいる。それじゃダメだ」

「ダメというのは？」

「君たちはそれぞれ偏《かたよ》ってるし、何より迷わな過ぎるんだよ。うまく考えが患者と噛み合えばいいが、そうでない場合はただの暴論の押し付けになる。だからトラブルも起きるわけでね。患者に必要なのは、もっとバランス感覚のある相談員なんだ」

音山はそこまで言ってから、自らを指し示す。

「つまり、俺だ。そうじゃないか？」

「え……？」

「考えはこうだ。診療相談科には複数の医者を置く。他科との兼務でもいい、できるだけ幅広く、色んな考え方の医者をね。君に相談したい患者さんもいれば、別の医者、例えば福原に相談したい患者さんだっているはずだ。そこで俺が窓口を受け持つ。患者さんの一次対応をして、自分も含めた各相談員に割り振るんだよ。俺はね、君や福原ほど確固たる信念はない……いつも揺れてしまうし、迷ってしまう。だけど、いやだからこそ、こういう仕事は向いている気がする。きっと君にも、福原にもできない……俺がやるべきことなんだ。そうやって、俺たちは力を合わせて患者さんと向き合うんだ」

桐子は思わず息を呑んだ。音山の瞳は自信に満ちて、いきいきと輝いていた。

「この形を取ることで、診療相談科は機能し始める。診療相談科は俺が企画し、君を使って推進する」

「七十字病院の仕組みを……変えるって言うのか」

「こんなこと、やったことがないから不安もあるけどね。でも、挑戦してみたいんだよ」

音山は言い終わると、やや照れたように頭をかき、コーヒーを口に運んだ。

桐子は眉間に皺を寄せる。

「君のアイデアは面白いと思う。だけどよそからは、君が僕をかばって妙な部署を作ろうとしている、と思われてもおかしくないよ。最悪、病院への造反と受け取られるかも」

「……説得するさ。きっとわかってもらえる」

「いいのかい。音山はこれまで、うまくやってきているじゃないか。何もそんな冒険をしなくたって……」

ふうと息を吐き、カップを置く音山。

「俺は医者だよ。お前だってそうだろ?」

そして、小さな声でぼそりと言った。

「諦める前に、全力を尽くさなきゃ」

十二月十日

乱暴に扉を開け、福原雅和はバーに入ってきた。

「ウイスキー。チェイサーはいらない」

ぼそりと告げて腰を下ろすと、すぐ横の女性に話しかける。

「千香、お前から呼び出しなんて珍しいな。デートのお誘いか?」

「バカ言わないでください」

黒いドレスに身を包んだ神宮寺千香はジンフィズのグラスで口元を隠しながら言う。

「スパイが雇い主に報告に来てあげたんですよ」

「スパイとか、人聞きが悪いな」

「事実、そうでしょう？」

福原はため息をつく。

「その敬語もいい加減何とかならないのか」

「上司に敬語を使うのは当然ですから」

神宮寺はグラスの陰で笑った。別れて以来頑なに守っている丁寧語に、福原が苛立っているのが楽しいのだった。

運ばれてきたウイスキーに軽く口を付けて福原が言った。

「話を聞こう」


「診療相談科？　相談センターならもうあるじゃないか」

「医療福祉士による相談ではまかなえないものを考えているようです。医師が、治療方針の決定まで含めて相談に乗る……そんな部署なのかと」

「そんなことは主治医が直接やればいいだろうが。わざわざ間に一枚噛ます意味がわからない」

「……私に言われましても。お二人に言ってください」

福原は顎を持ち、しばらく考え込んだ。

「副院長としては、どう考えます？」

「却下だな。メリットも、必要性も、感じられない。何より収益性が低い。こんな時期に、余計な思いつきでかき乱すつもりか。末端のヒラ医者が考えそうな発想だよ」

「末端……副院長から見れば、まあ末端でしょうね」

ごとんとグラスがカウンターに置かれる音。福原は明らかに不機嫌だった。

「音山も、桐子も。どうして俺に従わないんだ……」

「私も、音山先生があそこまでお考えだとは、予想外でした」

「音山は元来穏健派だ。どうせ桐子に言いくるめられたんだろう。あいつは人がいいからな」

「そんなご様子ではありませんでしたが」

「……そうでなければ、現実味の薄い理想に酔っているだけだ」

福原は酒を飲み干し、お代わりを要求する。

「桐子をきっちり処分するのは、親父から完全に経営権を奪った後にしようと思っていたが。順番を前後せざるを得ないかもしれないな。とにかく、報告に感謝するよ」

「……ふふっ」

神宮寺は思わず吹き出した。

「何だよ」

「いえ。薄暗いバーでこんな話なんて。悪巧《わるだく》みする二人、そのものだと思いまして。ついおかしくなりました」

福原は不満げに吐き捨てる。

「俺は真剣なんだ」

「……そうでしょうね。スパイして。策を練って。なんだか、おかしいです」

「俺には立場がある。患者のことだけ考えていればいい、あいつらとは違うんだよ」

「患者のことを考えるのが医者でしょう？」

「良い医療を行うためには、とにかく金がいるんだ。病院が健全に運営されなくてはならない。そのためには何よりも、人を救える病院でなければならない。奇跡を起こせる医者がいなくてはならないし、その病院で命を救われた患者が、噂を広めなくてはならない。人を救う病院に金が集まることで、さらに人を救える病院になる。そうして医療は理想に近づいていくんだ。長い目で見れば、それが結局は患者のためになるんだよ」

「金、金って……福原先生は、大人になって汚れてしまったんですね」

「汚れたわけじゃない。ただ、賢くなった。それが一番の近道だと理解したんだ。言っとくがな、俺は病院に魂を売ったつもりはない。理想に向けて一つ一つ、実績を積み上げているところなんだよ」

「桐子先生や音山先生の気持ちはまだ、自転車でどこまで行けるか試した時のままなんでしょうね」

グラスを握る福原の手に、血管が浮かび上がる。

「可哀想な奴らだ。ゴールも知らずに走り続けたって、どこにも辿りつけやしないのに」

「福原先生は、どこかに辿りつけますか」

福原は頷いた。

「当然だ。そのために俺はずっと努力してる」

「全ては人を救うために、ですか」

「ああ」

「その時、思いを共有できる同級生がそばにいないとしたら……可哀想なのは、福原先生かもしれませんね」

神宮寺は隣で歯噛みする音を聞いた。

軽く息を吐いて、福原が立ち上がった。

「お手洗いですか？」

「帰るんだよ」

「あら、随分早いんですね」

「用は終わったからな」

神宮寺は手を差し出す。マニキュアを塗ったばかりの赤い爪が光った。

「何だ？」

「お代ですよ。覚えてないんですか？　先日も私が払ったんですよ」

「……んなもん、ツケでいいだろ……」

福原は札入れから一万円札を数枚取り出すと、その手に載せた。

神宮寺は福原の目を見る。二人の視線が交錯する。福原の燃えるような瞳は、昔と比べていささかもその熱量を失っていない。

その炎が敵を全て灰にするのか、あるいは制御不能になり、自ら燃え尽きるのか。

傍観者でいるのも楽しいかもしれない。神宮寺はそんなことを思い、薄く笑った。

十二月十五日

第二医局で、桐子はしきりに咳き込んでいた。神宮寺が眉根を寄せて言う。

「ちょっと桐子先生。マスクしてください」

「ああ、すまない」

段ボールの一つからマスクを取り出し、ビニールを破って付ける。熱い息が顔にかかった。

「桐子先生。最近ずっと、乾いた咳してますよね。体調悪いんじゃありませんか？　お熱計りますか」

「いや、平気だよ」

桐子はパソコンに向かい、マスクをずらして白湯を飲む。しかしその顔はほのかに赤く、瞼は腫れぼったいように思えた。神宮寺は言った。

「まさかインフルエンザじゃないでしょうね。院内感染でも起こしたら、洒落じゃすみませんよ。早く帰って寝てください」

「平気さ。空気が乾いているだけだろう。うがいをしてくる」

桐子は立ち上がり、扉を開く。いがらっぽいものがこみ上げ、二度、三度咳き込む。神宮寺が睨み付けてきた。

「本当に、大丈夫だから」

桐子は慌てて外に出ると背後で扉を閉め、給湯室へと向かった。


確かに最近、乾いた咳が止まらない。

睡眠不足が続いているせいだろうか。医者が体調崩してちゃ、どうしようもないな。

桐子はうがい薬をカップに数滴垂らした。濃い茶色のうがい薬は水面にマーブリングを描く。振ってそれを散らしてから、数度うがいし、次に口の中をゆすぎ、ぺっと吐き出した。

だいぶすっきりした気がする。

桐子はうがい薬の蓋を閉め、給湯室の電気を消した。

ふと、声が聞こえた。耳を澄ませる。誰かが非常階段で電話をしているようだ。

「送ってくれた煮豆、美味しかったよ。ありがとう。うん。そうだね、そうするよ。じゃ、またかけるね。これから携帯電話、ロッカーにしまっちゃうから。うん。院内では使えないから」

音山の声だ。

桐子は非常階段の扉を開き、外に出た。

「音山、お婆ちゃんに電話かい？」

ちょうど電話を切ったところらしかった。振り返ると、音山は恥ずかしそうに頭を掻いた。

「聞かれちゃったか」

「学生の頃からしょっちゅう電話してたよな」

桐子は手すりにもたれかかる。

非常階段の二階踊り場。真昼でも日当たりは悪く、冷たい風が吹き抜けていく。見下ろせる中庭では、寒そうに葉を散らした木々が揺れていた。

「俺の婆ちゃん、孫の声聞くのが楽しみなんだ」

「……いつまでもこっちで医者やっててていいの？　音山の実家、宮城だろ。近くにいてあげた方が、安心するだろう」

「いいんだ。思い切り東京で働いて来いって婆ちゃんも言ってくれてる。それに桐子、そんなこと言うなよ。これから俺たちはこの病院を変えるんだろ」

「……うまくいけばね」

桐子は小さく笑う。

「おいおい、弱気にならないでくれよ。こっちはもう動き出してるんだ」

「そうなのか」

「ああ。まずは根回しからね。神経内科の速水部長に診療相談科について意見を聞いたら、割と好意的だったよ」

「神経内科の部長を巻き込んだのか？」

「確定ではないけど、まあそういうこと。あの人、案外新しもの好きなんだよね。それから救急の保科先生にも、先日の件についてうまいこと説明しておいた。何とか怒りを収めてくれたよ。それだけじゃない。保科先生も、今後トラブルが起きなくなるなら、むしろそういう仕組みを作ることには賛成だと」

桐子は感心して息を吐き、少し呟き込んだ。

「病院だって医者がいなくちゃ仕事はできないんだ。一人一人の医者が賛成してくれれば、上だって逆らえない。診療相談科、十分実現できるよ」

「……やるなあ、音山」

桐子は目を丸くして音山を見た。

「君がそんなんじゃ困るなあ。二人でやるんだよ。もう、死神なんて仇名は返上だ。診療相談科部長。それが次の君の肩書だよ」

「……」

桐子はしばらく口をつぐんだ。そして、口を開き、もう一度閉じた。何か言おうとしてやめる。それを繰り返し、やっと言った。

「……音山。その……」

「ん？」

「君には、迷惑をかけっぱなしだ。僕も、わかってるんだ。その……僕が少し、自分勝手で、変わってるって」

うまく口が動かない。それでも必死に、言葉を探して続ける。

「だけど君は、そんな僕を助けてくれる。嬉しいよ」

桐子は頭を下げた。不器用な礼だった。音山が笑い飛ばす。

「よせよ。友達だろ」

「……」

桐子は微笑んで何か言おうとしたが、何度か咳き込み、口に手を当てた。音山が心配そうに覗き込む。

「おい、桐子。お前こないだからずっと咳してるよな。風邪か？」

「大丈夫。部屋が乾燥してるだけだよ。ずっと泊まり込んでいるからね」

「ちょっと診てやろうか」

身を乗り出した音山から逃げるように後ずさり、桐子は首を振る。

「いいよ。診断くらい自分でできる。何でもないって」

「楠瀬教授に口酸っぱく言われただろ、自己診断は当てにならないって。どうしても主観が入るから偏るんだよ。悪いことは言わない、俺が診てやるよ。ほら、ちょっと診察室に来い」

「いや、本当にいいよ。君だって仕事があるだろう」

「そんなに時間はかからないよ。いいから」

音山は桐子の腕を掴んだ。桐子は歯を食いしばって硬直する。

「……僕は……医者が嫌いなんだ……」

「子供みたいなことを言うなよ。さあ、来いって」

半ば強引に、音山は桐子を屋内に引っ張り込んだ。


看護師がちらちらとこちらを見ていた。

その目が痛い。後で、色々と噂されるのだろう。

桐子は恥ずかしそうに身をすくめ、診察室に入ると患者用の椅子に腰かけた。白衣を着た音山が目の前に座り、慣れた動作で聴診器を耳にかける。さっきと同じように向かい合っているのに、妙に貫禄《かんろく》が感じられた。

「何緊張してるんだ？　ほら、音聞かせて」

桐子は緊張しながら胸をはだけさせる。音山はチェストピースを桐子に当て、ふんふんと頷く。

「アーンして」

今度は銀色のヘラを取り出して言う。舌圧子《ぜっあっし》だ。

桐子が口を開くと、舌圧子が突っ込まれ、桐子の舌を押さえ込んだ。この金属の味。子供の頃からどうしても好きになれない。桐子は思わず顔を歪めた。

「ちょい、顔上げて」

桐子は目を閉じたまま少し顎を上げる。唾液が出てくる。

音山は桐子の口の中を覗きこみ、ライトで喉を観察する。そして舌圧子を引っ込ませ「はい終わり」と言った。

「……」

憔悴《しょうすい》した様子の桐子を見て、音山は苦笑した。

「何だよ桐子、君は自分が診察されるのは苦手なんだな」

「うるさいな。なんか怖いんだよ」

「自分もやってるくせに」

音山は銀色の容器に使用済みの舌圧子を放り込む。カランと音がした。

「それとこれとは別さ。で、どうだった。別に大したことなかっただろ?」

「うーん。それが、ちょっとなあ……」

音山は首をひねってしばらく考え込んだ。

「な、何だよ。まさか何か変な病気でも」

音山は答えない。桐子は目をきょろきょろさせた。口が渇く。

たっぷり間を開けてから、音山はふふっと笑って言った。

「ま、普通感冒《かんぼう》……ただの風邪だな。不規則な生活だから長引いてるだけだろ」

桐子はほっと胸をなで下ろす。

それから言った。

「やめろよ、変な演出するのは。心臓に悪いだろ」

「悪い、悪い。いや、あんまり怖がってるからちょっと面白くなってね。ごめんよ。どうする？　念のため抗生物質でも出しとく？」

「いらないよ。どうせウイルス性だろ。無駄に薬は使いたくない」

「だろうね。当然知ってるだろうけど、原則、風邪に処方する薬はない。まあしばらく泊まり込みはやめて、栄養と休養を取るんだね。それにしても……さっきの顔！」

笑いの壺《つぼ》に入ったのか、音山は腹を押さえ、膝を叩いて震え笑いを始めた。

桐子はため息をつき、服のボタンを戻した。

音山はむせ返りながらまだ笑っている。

「おい、笑い過ぎだろ」

「くっくく……くっふっふ、おふっ」

「全く……」

桐子はうんざりしながら、悪友の顔を眺めた。

「おふっ、おふ、おふっ。おふっ。ごふっ」

「……音山？」

「がふっ！」

一際大きな喉の音と共に、音山が口を開いた。笑いは止まった。

音山が自らの胸を見、それから桐子を見る。その目は大きく見開かれていた。戸惑っているようだった。

「音山！」

桐子は慌てて音山に駆け寄る。

毒々しいほどの赤。

音山の口からこぼれ落ちた血が、その白衣に鮮やかに広がっていた。


荒々しい音を立て、福原は二階を歩いていた。

時折通り過ぎる患者が頭を下げるたび、笑顔を作って返礼するが、すぐにその顔は鹿爪《しかつめ》らしくこわばる。窓ガラスを見ると、緊張した男の顔が浮かんでいた。

俺らしくない。

自分でもそう思った。勝手知ったる七十字病院の中、こんな顔で歩くことは滅多《めった》にない。

俺はこの病院の副院長。そして自他ともに認める外科のエースなのだ。

表情には余裕と自信が溢れていなくてはならないのだが。

くそ。心の奥から湧き上がる感情が、ひどく不快だった。何だ、これは？　恐れか？

ミリ単位の心臓手術でも手の震えたことのない、俺が？

福原は奥歯を噛み合わせた。苛立ちを紛らわせるように大股で歩き、神経内科外来の一番端の扉を開け、入った。

「様子はどうですか」

「福原副院長……」

診察室内の白衣が一斉にこちらを振り向く。

「ずいぶん集まってますね」

ベッドの上に寝かされているのは音山晴夫。彼を囲むように、神経内科部長の速水豊彦、同じく神経内科の医者が数人、そして老練の内科医藤川喜一郎、皮膚科の桐子修司。

部長の速水が無精ひげをこすって言った。

「わざわざ来てもらっちゃってすみませんね」

「いえ、直接診たいと言ったのは俺です。で、診断は？」

「今藤川君に診てもらっているところです。これから念の為、咽喉頭内視鏡《電子スコープ》で覗こうかなと」

「わかりました。ここには何人もいなくて大丈夫です。みなさん外来がありますよね。そっちに向かってください。内視鏡は俺がやります」

福原は掌を振って医者たちを端に追いやると、どすんと音山の目の前に置かれた椅子に座った。間に合わせの椅子は、福原の長い足の前ではいかにも小さい。

「福原まで来たのか。大げさだよ、こんな」

横たわったまま、音山が心底困ったという顔でこぼす。福原は真剣な目で言う。

「血を吐いたって？」

「まあ、そうだけど……大したことないよ。風邪が流行ってるし……ずっと喉がごろごろしてて、勢いよく咳をしただけさ。もう平気だよ。気分も悪くない。外来だってできる。本当だよ」

「ちょっと触るぞ」

福原は手を伸ばして音山の首を触診する。頸部《けいぶ》リンパ節《せつ》にかすかなしこり。

「喉のしこりと、むせ返るような咳をしているのが気になります。念のため内視鏡で見ておくべきかと」

内科医の藤川が横から言った。福原はぶっきら棒に答える。

「わかりました。とにかく藤川先生も、みんなも仕事に戻ってください。繰り返しますが、後は引き受けます」

「わかりました」

「言うまでもありませんが、患者には悟られないようにしてくださいね。外来担当が急病なんて知られたら、印象は良くない。最悪、対外的な問題になりますから」

福原は釘を刺す。医者たちは頷き、部屋を出て行った。

「桐子、お前も持ち場に帰れ」

ベッドの脇で立っている桐子に、福原は視線も向けずに言う。しかし桐子は首を横に振った。

「僕は今日、外来担当はない」

「何？　じゃあ回診してこいよ」

「受け持ちの入院患者もいない。正確には、今日は僕の当番じゃない」

福原は眉間に皺を寄せ、初めて桐子を見た。

「じゃあお前、なんでわざわざ病院に来てるんだ？」

「特に帰ってやることもないからさ」

桐子の顔は青白い。いつも通りではあったが、より一層不吉に思えて福原は目を逸らした。

「福原。それより、早く見よう」

一人の看護師が内視鏡機器と薬品を銀色のワゴンに載せて運んできた。これ以上桐子と言い合っても時間の無駄だ。福原は「邪魔はするなよ」としぶしぶ頷いた。そしてワゴンを近寄せると手袋とマスクを付ける。

「やるぞ、音山」

「いいけど……何度も言うけど風邪だって。内視鏡までやらなくても」

「わかってるよ。風邪だってことを確かめるためにやるんだ。検査料はお前の給料から引いとくからな。お前、咽頭《いんとう》反射は強い方だっけ？」

「そこそこだよ」

「よく、飲み会で指突っ込んで吐いてたもんな。じゃ、たっぷり麻酔しておくか」

福原は軽口を飛ばしつつ、音山を起こしてマウスピースを噛ませた。ゼリー状の局所麻酔薬を綿棒に取り、鼻孔に塗る。それから電子スコープを掴み、先端をチェックして引き出した。直径三ミリ。細く長いスコープが蛇のようにうねる。

桐子は音山から画像が見えないよう、さりげなくディスプレイを傾ける。

「身内だから遠慮せずに突っ込むぞ」

福原は、ずぶりと音山の鼻孔から電子スコープを挿入する。ライトが点灯。音山の喉の中が、ディスプレイに照らし出された。ぐいぐいと福原の手が動くにつれ、奥へ奥へとカメラが前進する。桐子が言った。

「福原、君、耳鼻咽喉の診断経験は？」

「バカにするな。問題ない」

「だろうな。だが、僕の方が慣れてる。代わるか」

「余計なお世話だ」

赤とピンクのトンネルの中を電子スコープは進んでいく。トンネルは全体が脈打ち、震えている。

「福原、そこが口蓋垂《こうがいすい》だ。よし、超えた」

「のどちんこって言えよ」

福原はディスプレイに目をやる。そこで、息を呑んだ。

「これは……」

桐子もまた同様に絶句し、目を見開く。

音山の喉の奥。貝の内部を思わせるような肉ひだの中、脈打つピンク色の世界の中心からやや右。美しいほどの純白の世界が広がっている。それは生クリームを散らしたように不均等で、雪のように混ざり気がなく、かすかに表面が輝いていた。

福原の手が、自分でしかわからないほど僅かに、しかし確かに震えた。

様々な考えが頭の中を交錯する。

そんな馬鹿な。

この年で、なぜ。

嘘だ。

間に合うのか……？

「……福原。生検《せいけん》だ」

「わかってる！」

妙に冷静な桐子の声が不愉快だった。

福原は慎重に狙いを付けてから、スイッチを操作する。小型のクリップに似た生検鉗子《かんし》が牙を剥いて顎を開くと、音山の喉に食らいつき、白い塊を正確に千切り取った。採取した細胞片をシャーレに回収する。福原は脇の看護師に言った。

「病理検査に回してくれ。俺の名前を出していいから、最速で見てもらうように伝えるんだ」

「はい」

「それからCTを撮る。手配急げ。緊急じゃない患者の予約は全部すっ飛ばして、割り込ませろと言え」

看護師は頷いて早足で歩き出す。

会話を聞いている音山が、不安げに福原を見ていた。マウスピースのせいで声は発せないが、目が訴えかけてくる。

「病名、知りたいか?」

音山が軽く頷く。

「お前も医者だ。処置から見当はつくだろうし、隠す意味もないか……」

福原はそう一人ごちてから、もう一度音山の目を見る。いいんだな、と無言で問う。音山はもう一度、頷いた。

桐子は口を真一文字に閉じたまま、福原を見ている。沈黙がしばらく満ちる。

福原は告げた。

「癌だ。でかいぞ」

外来受付の柱時計が、古びた音で鳴った。

零時を回り、人気の失せた待合室。消えたテレビは闇を映すばかり。土曜日の昼ともなれば百人単位が座るソファに、今は桐子一人だけがかけていた。

かすかに聞こえてくる足音に、桐子は顔を上げた。

シルエットでわかる。福原だ。手にはファイルケースを持っている。朝から患者を捌《さば》き続けたからだろう、さすがに疲労の色が見えた。

「福原」

桐子は立ち上がって声をかけた。

「……桐子」

福原は少々意外そうに立ち止まる。

「お前、待ってたのか」

二つの人影が僅かに距離を置いて並ぶ。

「福原。音山のCT、出たんだろ」

「まあな」

「見せてくれ」

小柄な人影が手を伸ばす。大柄な人影は、ファイルケースを携《たずさ》えたまま動かない。

「福原。見せてくれ」

「だめだ」

福原は拒絶する。

「……なぜ？」

「お前には見せられない。部長会議で、音山の主治医は俺と決まった。診断も、治療方針も、全て俺が考える。もうお前には関係のない話だ。自分の患者だけ、気にしてろ」

しばらくの沈黙の後、桐子が言う。

「随分な扱いじゃないか。僕だって医者だぞ」

「ああ、そうだ。そして医者は病院のスタッフに過ぎない」

「……どうしても、音山の治療に関わらせないつもりなのか」

「当然だろ。お前の日頃の素行を見ていれば、誰だってそうする」

「福原。君は私的な理由で副院長の権限を使うわけだね」

ふっと鼻で笑う音。

「俺が横暴みたいに言うけどな、そもそもお前はただの皮膚科医。俺は外科医だ。どう考えたって、お前が出る幕はないだろう。他の部長はみな了解してくれている。我儘を言うのはやめとけよ」

じゃあな、と福原は会話を切り上げる。

そして、再び歩き始める。

桐子が言った。

「……医者としては、そうかもしれない」

福原は答えない。無視して、早足で進んでいく。

「だけど、一人の友達として、僕は……」

二人の姿が交錯する。

「僕は……」

桐子を置き去りにして、福原は歩き去っていった。

廊下には桐子一人だけが残された。

十二月十六日

バーの扉が開く。入ってきた神宮寺を見て、すでにカウンターに座っていた福原が顔をしかめる。

「あら、福原先生」

「……今日は一人でいたかったんだが」

福原は氷が入ったグラスを両手で握っている。

「こんなところで会うなんて、偶然ですね。あら、変なツマミで飲んでますのね」

福原の前には、煎《い》り胡麻が数十粒、皿に乗って置かれていた。

神宮寺は福原の返答も待たず、するりと隣の椅子に滑りこむ。

「何だよ。お前、この店に一人じゃ来ないだろ。俺を探してわざわざ来たのか」

「まあ、そうですね。噂には聞いてますよ。音山先生が入院になったそうですが。ねえ、どうなんですか？　音山先生の病状は。悪いんですか？」

神宮寺はどこか嬉々とした様子で、上目づかいで福原を見る。福原は不快そうに鼻に皺を寄せたが、ぼそりと答えた。

「喉の奥にでかい悪性腫瘍。下咽頭癌《かいんとうがん》だ。リンパ節転移が一つ。食道にも広がりかけている。ステージⅢだな」

「ステージⅢ……進行癌なんですね。まだ、お若いのに」

「下咽頭癌は、症状が出る頃には既にかなり進んでいることが多いんだ。それに、若いと進行も速い」

「そうなんですね。もっと早く気づければ良かったですね」

神宮寺が注文したマティーニが差し出される。直後、福原が拳を握ってカウンターを叩き付けた。

「音山は長いこと、咳をしていた。煙草を吸うと出ると言っていたが、それだけじゃなかったんだ。食事中にむせることもあった。全て、咽頭の症状じゃないか。気がつくポイントはいくらでもあったのに、俺は見過ごしていた」

神宮寺は頬に指を当てて頷く。

「確かに、時折むせてらっしゃいましたねえ。でも、仕方ないですよ。気づけない時は、気づけないものですって」

「昔からそうなんだ。音山は人の心配ばかりしていて、自分の足元がおろそかになる。くそ……俺としたことが」

「もう見つかったんだから、いいじゃないですか。で、これからはどうなるんです？」

「当然、切る」

「え？」

「癌を根こそぎ切除して、綺麗にしてやるんだ。俺が執刀する」

「どれくらい切るんです？　胃まで？」

「癌細胞の浸潤《しんじゅん》具合から見て、喉頭は丸ごと取りのぞかなくてはならないだろうな。食道の大部分も。欠損した食道は、腕から持ってきた皮膚を丸めてあてがい、代わりにする。それから廓清《かくせい》と言って、頸部のリンパ系も取り払う。大手術になる」

「……喉頭全切除？　となると、音山先生は話すことができなくなるんですか」

「そうだ。声帯も切除するからな。これまでのように会話はできない。それから首に大穴が開く。気管孔《こう》と言って、一生ここから息をする」

「そうですかあ。残念。私、音山先生のほんわかとした声、好きなんですけどね……」

福原がため息をつく。

「さっきから何なんだ。野次馬根性で話を聞きにきたのか」

「とんでもありません。お気の毒だと思ってますよ。でも、意外ですね」

「何がだ？」

意地悪そうな目で神宮寺は福原を見上げた。

「福原先生、もっと喜んでいるかなと」

「……どういう意味だ」

「だって、そうじゃないですか。診療相談科。音山先生は桐子先生と一緒になって、色々と企んでいましたよ。医療監査を控えたこの時期、あのままでは、福原先生のお邪魔になるのは間違いなかった。何とかして断念させようと思っていたところに、今回のお病気です。やっぱり福原先生は、強い星の元に生まれていますね。障害がおのずから排除される、強運の持ち主です」

福原の顔が瞬間的に赤くなる。同時に、その右手が走った。

破裂音がして、神宮寺は宙を仰ぐ。顎の骨がびりびりと震えていた。平手の衝撃の余韻《よいん》。

「取り消せ」

「……女に手を上げるんですか。野蛮人ですね」

神宮寺は自らの頬に触れ、福原を睨む。口の中に鉄の味が広がった。中を切ったのだろう。

「俺はこれまで一度たりとも、誰かが病気になって喜んだことはない。これからもだ。たとえ誰が癌になったとしても、俺は全力でその治療をする」

頬は痛かった。不愉快だとも思った。

だがそれ以上に、神宮寺は戸惑っていた。今の違和感は何だろう。

「音山は、俺が絶対に治してみせる。この手は、そのためにある」

「手……？」

福原の手。体格や性格の割に細く、長いその指。

違和感の正体がわかった。先ほど頬を叩かれた手。その手が、冷たかったのだ。

「福原先生、そのグラス……」

福原が先ほどからずっと掴んでいたウイスキーグラスは、結露《けつろ》している。入っている氷はいつものボール型ではなく、粉々になったロックアイスだった。中の液体に色は付いていない。あれは水ではないか。通常よりも表面積を大きくした氷によって、強烈に冷やされた水……。

「手術室で、執刀医は孤独だ」

福原が呟く。

「五時間も十時間も、一人で戦う。腹が減っても、トイレに行きたくても、絶対に手は休めない。目の前の患者は待ってはくれないからな。腹を開いている間、血は流れ続けている。一秒でも余計に時間がかかれば、それだけ患者は死に近づく。わかるんだよ。生き物の中に手を突っ込んでるんだ、ほんの少しずつでも、確実に……弱っていくのが」

福原はゆっくりと手を伸ばす。その先には細い箸が置かれている。

「命の内側に、この掌で触れるんだ。脆《もろ》くて柔らかくて、生ぬるくて蠢いていて……ほんの少しの間違いで砕け散る命を、扱い続ける。どんな気持ちになるか、お前、知ってるか？普段意識もしないだろ。生かすために、切る。皮一枚先が大動脈。紙一重の生と死。命の内側へと内側へと、メスで切開して、深く、深く潜っていく……」

彼の目はいつものように、炎が灯るがごとく闘志が宿って輝いている。だがその手は、冷水を握り続けた手は白く変色し、固く強張っている。

「指先から冷えていくのさ。死が伝染してくるみたいに、感覚が失われていく。肉体の中だぜ。温かいはずなのに、だ。精神的なものなんだろうな。指が震える。言うことを聞かなくなる。冷や汗も出ない。自分が呼吸しているのかどうか、わからなくなる。そうさ、恐ろしいんだ……」

「天才とまで呼ばれる副院長でも、怖いんですね」

「そうだ。怖いさ。途方もなく怖い」

福原は震える手で箸を掴み、ゆっくりと開いた。そして皿の上の胡麻を一粒つまむ。滑らかで、精密な動作だった。

「だから、こうして……練習しておくんだ」

福原はそっと箸を動かし、胡麻の上に胡麻を積んだ。神宮寺は息を呑む。

一つ。二つ。三つ……。

呼吸一つで吹き飛ぶ塔を、積み上げていく。時折福原は念じるように目を閉じていた。福原の頭の中では、音山晴夫の首の中、メスを振るうイメージが駆け巡っているのかもしれない。細かく縦横に張り巡らされた神経をかいくぐり、血管を避けながら、癌細胞に侵されたリンパ系と脂肪組織だけを正確に切除するイメージが。

「冷たい手でも、絶対に、失敗しないように」

その目。

静かな迫力を漲らせているその目を、神宮寺は何も言えぬまま、ただ見つめ続けた。

十二月十七日

ノックの音。

まだ採血の時間には少し早いはずだと思いながら、ベッドの上の音山は「どうぞ」と言った。

「なんだ、君か」

音山は笑う。扉を開いて入ってきたのは桐子だった。胸にはカードホルダーをぶら下げ、氏名を書いた紙を入れている。

「ご丁寧に面会証まで書いて来たのかい」

桐子は素直に頷く。

「福原がうるさくてね。医者ではなく一人の友人として、会いに来た」

「まあ、あいつも副院長の立場があるから大変なんだよ」

自分でわかった。声が、少しかすれてきている。病状が進行しているのだろう。音山はまいったな、と笑った。桐子はビニール袋を掲げる。

「これ、見舞いだ。食べてくれ」

「何だい？」

「アイスだよ。喉を通りやすいかと思って」

「あれ、バニラが好きだってよく知ってたね。ありがとう」

「研修医の頃、昼飯代わりに二個も三個も食ってたじゃないか」

「そんなこともあったっけ……そこの冷凍庫に入れておいてよ」

　その通りにすると、桐子はベッドサイドの椅子に腰を下ろした。

「どう？　具合は」

「何だよ、白々《しらじら》しいな。知ってるんだろ」

　音山は頬を掻いた。

「まあ、電子カルテは見たけどね」

「書いてある通りだよ」

　桐子は頷いてから、身を乗り出して聞いた。

「じゃあ、手術を拒否したってのも本当なのか？」

「ああ。まあ……」

「放射線と抗がん剤だけで対処するのかい」

「違う違う。これだけ進んだ下咽頭癌を、放射線でどうにかできるだなんて、俺も思っちゃいないよ。ただ、手術はちょっと待って欲しいってお願いしたんだ。少なくとも一週間……できれば、一か月くらいは……」

「どうしてだ？　日程に何かこだわりでもあるのか」

「いやあ、ちょっと照れくさい話なんだけどさ」

音山は病室に吊り下げられたカレンダーを見る。

「婆ちゃんに、声を聞かせたくてね」

「いつも電話してるお婆ちゃんにか」

「ああ。知ってるだろ。俺のたった一人の家族だ」

「声を聞かせるためだけに、手術を後回しに？」

「俺にとっては、大事なことなんだよ」

病棟のはずれの個室は、静かだった。冬の澄んだ空気を通り抜けて、柔らかな日光が窓から降り注ぐ。

「俺が小学生の時、母親が死んだ。父親も大学入学前に死んだ。ずっと、婆ちゃんが俺の親代わりでね。ずっと、そうさ、ずーっと世話になったんだ。反抗期も。受験の時も。今でも覚えてるよ。センター試験の前日、寝れなくてさ……そうしたら婆ちゃんが部屋にやってきて、歌うんだ。子守唄を。大の男の前でだよ」

「それで、寝ちゃったわけかい」

「まあ、そうなんだよ。最初は恥ずかしかったんだが、結局熟睡してた」

「何だか音山らしいエピソードだ」

「そうか？　ま、俺は婆ちゃんには足を向けて寝られないわけだよ。本当は俺、宮城に戻って婆ちゃんと暮らすべきなのに……絶対、帰って来るなって言われてる。『ばばあのことなど気にするな、男なら東京で全力で働いて来い』って」

「かっこいいお婆ちゃんだな」

「だろ？　尊敬してるんだ」

音山は目を伏せた。

「……婆ちゃん、もう年でな。だいぶ弱って、施設に入ってる。俺からの電話だけが楽しみなんだ。最低でも週に一回、必ずかけ続けてるんだよ。俺の、声が。俺の元気な声だけが、婆ちゃんの生きがいなんだよ」

そっと、音山は自分の喉に触れる。癌細胞が白く蝕みつつある喉を。

「何て言えばいいか、わからないんだ。俺の最後の声で、なんて……」

「……なあ、音山」

桐子が何か言おうとしたところに、音山はかぶせる。

「桐子。君なら、普通に説明すればいいと言うんだろうな。癌で、喉を切除するからこれが最後の電話になると。でも、リハビリで声はある程度回復するし、それで病気が治るのだから心配しなくていい、と」

桐子は頷く。

「そうだね。術後の五年生存率は、平均でも五十パーセント。音山の体力なら、もっと高いだろう。勝ち目のある賭けだ。お婆ちゃんもわかってくれる」

「そう単純な話じゃないんだよ。婆ちゃん、もう長くない……ここも、だいぶわからなくなってきてる」

　音山は頭を指さして続ける。

「電話でも、同じ話を繰り返すことが増えた。施設の人の話じゃあ、ほとんど職員とは会話にならないそうだ。いつも夢を見ているようで、うわごとを言うばかりで。だけど、俺の声でだけ……俺の声を聞いて、はっと、この世界に戻って来るらしいんだよ。いきいきとした目で電話して、しっかりした声で話して。でな、それはもう、嬉しそうに教えてくれるんだって。うちの孫は、東京で偉いお医者さんをやってるんだと」

　音山の目が潤む。

「本当に自慢の、孫なんだと。東京でもぴかいちの名医だと。どんな病気でも治すから、困ったらいつでも相談してくれなんて、言って回るんだと……」

　語尾がかすれた。音山は顔を歪め、一度だけ目を拭った。それから、明るく言った。

「……はは、その孫はさ、こうして癌になってるんだけどさ。でも、言えるか？　そんな婆ちゃんに、癌で喉を切るだなんて、言えるか？　言っても、うまく不安を与えずに説明できるか……わかってもらえるか」

「音山……」

「俺は言えないよ……婆ちゃんに、最後に心配をかけるなんて嫌だ。最後は幸せに、そうさ、孫は世界一の医者になったと確信して、逝《い》って欲しいんだよ」

「だけど、音山。それじゃ手術はいつするんだ」

「手術をしないとは言ってない。俺だって死にたくないからね。ただ、待って欲しい。まだ……言葉が思いつかないんだ」

音山は俯き、自分のパジャマを見つめた。

「わかるか、桐子？　簡単じゃないよ。婆ちゃんの娘……つまり俺の母親だけど。死んだ原因、癌なんだ。膵臓《すいぞう》癌……ものの二週間くらいで、あっという間に死んでしまった。婆ちゃんが、癌にどんなイメージ持ってるか、想像できるかい。癌という言葉は、俺たち医者が思うよりも、ずっと重いんだ」

桐子は身を乗り出し、淡々と言った。

「お婆ちゃんのことはわかったけれど、そのために病気が悪化したら本末転倒じゃないか。余裕がある状況じゃない。手術を決めるべきだ。お婆ちゃんへの伝え方なんて、何でもいいだろう？　とにかく……」

「桐子、君らしくない台詞だね」

「何？」

「逆だろう？　病気のために、人生で大事なものを疎かにしてはいけない。いつも君が、患者さんに言っていることじゃないか」

「いや、それは……」

桐子は不満げに口を開く。だが、そこからは何の言葉も出てこなかった。しばらく口を半開きにして沈黙してから、桐子は驚いたように音山を見た。

「……確かにそうだ」

音山はまばたきした。

あの桐子が、いつも無表情で冷静で、どんな時にも合理的にしか考えない桐子が、かすかに動揺しているのが伝わってきた。

「いや、だけど、やっぱり違うよ。だって君は、もう手の施しようがない患者というわけではない。なのに、あえて命の危険を冒して祖母との電話を優先するなんて、やはり合理的とは言えない」

やや早口になって言う桐子に、音山は返す。

「同じだよ桐子。君の考え方では、命の価値はその『長さ』ではなく『使い方』にあるわけだろう？　僕が決めた命の使い道を、君なら最優先にしてくれると思ったけれど」

「……そうか。確かにそういう見方もある……おかしいな。僕としたことが」

桐子は考え込む。瞼が震えていた。

桐子と患者について話したことは一度や二度ではない。いつも桐子ははっきりした意見を持っていて、今のように迷っている姿を見たのは初めてだ。そんな自分に桐子自身も戸惑っているようだった。

「病気になった当人の意思に関係なく、周りの人間としては……やはり、命の『長さ』の方に価値を置いてしまう。いや、でもそんなことはとっくにわかっていたはずなのに。僕は何を今更……」

　ぶつぶつと独り言を続ける桐子。自分の世界に入りつつある彼に、音山は声をかけた。

「ごめん、桐子。変に言葉尻を取って、悩ませてしまったね」

「あ、いや……」

「心配してくれてるのはわかってる。もう少し考えたら結論が出せると思うから、時間をくれよ」

「ああ、わかった……」

　桐子は立ち上がる。そして音山を心配そうに見下ろして、「お大事にな」と言った。

十二月二十一日

　会議室では、音山の治療方針について議論が交わされていた。

「本人は手術を待って欲しいと言っているそうですが」

　内科医の藤川がしわがれた声で言った。福原は頷く。

「はい、そうです」

「まさか放射線療法だけで対処するわけですか？」

「いいえ。手術は行います。放射線は、手術前の措置として行っています。こいつで癌を小さくして、残りを切除するわけです。放射線は残り一週間。それが終わったら、手術をします」

「本人はまだ、手術の決心がついていないそうじゃないですか。残り一週間で結論が出せなかったら、どうするんですか」

「その場合でも、手術は行います。首に縄を付けてでも、手術室に放り込みますよ」

福原が断言すると、会議室がざわついた。質問が飛ぶ。

「音山君の意思を無視するというのですか？」

「ああ、すみません。そういうことではなく」

福原は取り繕う。

「言い方が悪かったですね。何としても説得するという意味です。私と音山先生は大学時代の同期でして、気心知れた仲です。同意書にハンを押させる絶対の自信があります。ですから手術しない、という可能性については考えておりません」

「……福原君。わざわざこんなことを言うまでもないと思いますけど、入院した時点で音山君もまた、当院の患者さんです。私情を持ち込まず、患者として扱わなくてはなりません」

「はい、わかっています」

古株であり、威厳のある藤川の前で、福原も畏《かしこ》まって答える。

知ったことか。心の中でそう呟く。

音山の奴め。祖母に心配をかけたくないなどと、言ってる場合か。いざとなれば、力づくでも同意書を書かせてやる。そうだ、絶対に手術はする。

「では次の患者ですが……」

カンファレンスは進んでいく。福原は着席すると、赤く血走った目の間をつまんだ。連日睡眠時間を削って、手術の研究とイメージトレーニングに当てていた。目を閉じればそこに、術式が浮かび上がる。音山の喉頭はどんな形だろうか。どう切れば一番速いか。

考える。考え抜く。

一滴でも出血を減らし、一秒でも手術時間を短くする方法を。

音山。俺が、お前を死なせない。

十二月二十六日

「ああ。もう今年も終わりだねえ。うん……うん」

音山は個室の中、電話をしていた。

「そうだね。ああ、こっちは問題ないよ。うん、この時期に多い病気と言えばやっぱり脳卒中かな。寒いとどうしても増えるんだよね。俺？　俺は元気だよ。婆ちゃんも気をつけて。うん」

数語話すごとに、ペットボトルを口に運ぶ。ミネラルウォーターで口を湿らせて続ける。

「そう？　ちょっと声が変？　うーん、風邪気味なのかなあ。気をつけるよ。うん。じゃあ、またね」

携帯電話を置くと、音山は個室に据え付けられている便所にかけこんだ。何度かえずいてから、トイレットペーパーで唇をぬぐう。口の中が乾燥し、貼り付きそうだった。

水道を流して掌で汲み、うがいをする。粘膜に水分を行きわたらせる。

こうしてまめに補給しても、少し経てばすぐに乾いてしまう。

唾液が出ない。全く出なくなった。

連日行われている放射線療法の副作用だろう。

鏡を見る。少しやつれた自分の顔は、いかにも惨めだった。

ふっと笑う。

まさか自分が癌になるなんてなあ。まるで冗談のようだ。だけどこれは現実。

こんなに苦しいなんて。こんなに辛いなんて。こんなに心細いなんて。嘘みたいだ。つい先日まで、白衣を着てこの病院の中を飛び回っていただなんて。

何もかもが想像を絶していた。

患者の気持ちをわかったつもりでいたけれど、実際にはその一割も理解していなかったようだ。やはり健康な状態と、病気の状態には天と地ほどの隔たりがあるのだ。

そのせいか、見知った友人たちの態度もいつもと違って感じられる。

パワフルで頼もしい医者だと思っていた福原が、最近は焦っているように見える。精力的に治療計画を進めてくれているのに、感謝すべきなのに……なぜだが、お尻を叩かれ続けているようで落ち着かない。

桐子もそうだ。冷徹にずばっと切り込むあの弁舌《べんぜつ》が、音山の前では鈍りがちだ。むしろ反論されて混乱しているくらい。

自分が患者の立場になることで初めて見えた彼らの側面に、音山は不思議な感慨を抱いていた。それが何を意味しているのか、考えていると時間が過ぎていく。

ベッドに戻る。テーブルには昼食が置かれているが、食べる気にならない。食欲が湧かないし、何より食べてもすぐに吐いてしまうのだ。

カレンダーを見た。もう、二十六日か。本当に年末だな。

二十八日までに手術の同意書を書けと、福原には言われていた。もう手術室も押さえてあるから、何としても手術は行うと。書かない場合は、どんなことをしても書かせると豪語していた。

もう時間がない。婆ちゃんに癌であることを伝えなくちゃ。

……でも、結局今日も言えなかった。

これまで何度も言おうとはしたのだ。

だが実際に電話をかけ、「ああ！　晴夫かい？」と嬉しそうな祖母の声が耳に飛び込んでくると、何も言えなくなってしまう。病気になどなっていないと、いつも通りだと、そう嘘をついてしまう。

わかっている。自分はただ、嫌なことを後回しにしているだけだ。

手術を避け、癌に全身を蝕まれ、激痛の中で死んでいく覚悟なんてない。

だが、祖母に現実を突き付ける覚悟もない……。

音山はテーブルの上の食器を見る。陶器の蓋を取ってみると、ポトフが現れた。じゃがいも、キャベツ、人参、玉ねぎ、ブロッコリー、ソーセージ……色とりどりの具がつやつやと光り、よく煮込まれている。だが、音山の鼻には吐き気を催す匂いしか感じられなかった。

食べたくない。蓋をそのまま戻した。

だが、何も食べないわけにはいかない。死んでしまう。音山はあたりを見回してから、冷凍庫の中のアイスクリームを取り出した。桐子が見舞いで持ってきてくれたアイスクリーム。これなら食えるだろうか。

カップを持つ手に、冷気が伝わってくる。蓋を取ると甘ったるい香りがした。真っ白で、ところどころ毛羽立っている表面。スプーンを入れると、すっと柔らかく飲みこまれていく。

口にひとかけらを入れてみる。

音山は顔をしかめた。

油だ。冷えた油を食っているよう……。

思わずパッケージを確かめる。間違いなく一番好きなメーカーの、一番好きなフレーバーだった。嫌と言うほど食ったはずの。

俺の舌がおかしいのだ。

何を食べてもこの調子だ。味がおかしい。そして、飲みこむと喉に痛みが走る。食事が苦痛だと、人生がここまでつまらないものになるとは。

あれ以来桐子は、見舞いに来ない。

「桐子先生。いつもの通り、面談を求めている患者さんのリスト、できました」

第二医局の中、神宮寺は言った。

「桐子先生の噂、案外広まっているようですね。是非、死神に相談したいという人がたくさんいます。面談室おさえちゃっていいですか？」

「うん、いいよ」

室内に、とんとんと紙束を揃える音が響く。

桐子はこちらに背を向けてノートパソコンを見ている。ふと思いつき、神宮寺は質問してみた。

「そうだ、桐子先生。音山先生は進行癌だったそうですね」

「うん」

「お見舞いに行かなくていいんですか」

「様子を見には行ったよ。それで十分さ。だいたい、お見舞いに行くだけで癌の進行が止まるなら誰も苦労しない。今は放射線治療をしているそうだから、邪魔しないようにしておくのが一番だ」

神宮寺は一つ息を吐く。

「桐子先生。もし音山先生が死病で、患者として面談を求めたとしたら、桐子先生はいつものように面談を受けるんですか？」

「そりゃ、受けるよ。患者の一人には変わりない」

桐子の口調に、普段と変わったところはなかった。だから神宮寺はもう少し突っ込んで聞いてみることにした。

「仮にですよ。音山先生が、必要以上の闘病を望んでいらっしゃらなかったとしたら。治療を打ち切ることを、桐子先生は提案できるんですか。死神はお友達を殺すことが、できるんですか？」

「できるよ」

返事はあっさりとしたものだった。

だが、さほどの驚きはなかった。この人であればできるだろう。そんな予感はあったのだ。神宮寺はからかうように続ける。

「桐子先生って、冷血ですよね」

「そうかな。当然じゃないか。今まで僕は医者として、正しいと思ったことだけをやり続けてきた。それを音山に限って歪ませるなんて、プロ失格だろう」

「もちろん、そうかもしれませんけれど」

「そうだとも。そうでなければ、これまでの患者さんたちに申し訳が立たないよ。僕が面談してきた患者さんたちに。神宮寺君、白湯をおくれ」

「今沸かします」

神宮寺はケトルに水をくみ、スイッチを入れた。

「桐子先生って、これまでたくさんの患者さんに関わってきたわけですよね」

「うん」

「そのうちの何人かは、治療を打ち切って死なせたわけですよね」

「そうだね」

「悔いはないんですか。悲しいとか、死なせたくなかったとか、そういう思いは」

ケトルの口から湯気が流れ始める。水が対流し、ふつふつと泡立つ音。

「ないよ」

やはり桐子はあっさりと言った。だが、その言葉が出てくるまでに若干の間があったことを神宮寺は見逃さなかった。

「本当にそうですか」

「当たり前だよ」

桐子が一つ息を吐いて、カップを取る。使い古されたそのカップ。

「患者さんは自分で決断して、この世を去っていくんだ。それを悲しいだとか、悔いが残るだとか言ったら……患者さんに失礼じゃないか。僕に、そんなことを思う権利はない。

そう、考えてはいけないんだ。そんなことは」

注いでくれ、と桐子はカップを差し出した。神宮寺は湯の沸いたケトルを取る。そして、目を見張った。

桐子は相変わらず平然としている。無表情で、落ち着いていて、その目からは感情らしきものが読み取れない……だが。

カップが震えていた。取っ手を持つ指が力なく揺れている。

「桐子先生……」

神宮寺に言われて、桐子は初めて気づいたようだった。慌ててカップを机に置く。

「……そこに、注いでくれ」

カップを手放しても、手首を押さえても、その震えは止まらない。光の加減か、桐子の顔も少し青ざめているようだった。

「桐子先生。無理してませんか」

神宮寺は聞く。

「……してない」

桐子は首を横に振り、否定した。

「死神が、死を見て震えるわけが、ないじゃないか……そうだろう」

その姿がひどく弱々しいものに見えて、神宮寺は黙り込んだ。

十二月二十七日

「よう。主治医のお出ましだぞ」

「やあ……福原」

音山は部屋に入ってきた福原を見上げた。喉が痛むため、顔をゆっくりと持ち上げるのが癖になっている。

「ちょっとやつれたな。まあ、放射線浴びてるんだから仕方ない。吐き気止め足りてるか？」

「少し増やして欲しい」

「わかった」

「福原。君も、目に隈《くま》が出来てるぞ。大丈夫かい」

「ん？　正直眠いよ」

顎を大きく開け、福原は欠伸をした。

「おいおい、患者の前でその態度はどうなんだ」

音山は苦笑する。

「何言ってんだ、お前の手術のために、夜中まで術式研究してやってんだろうが」

それを聞くと、音山は目を落とした。

「そうか……悪いね」

「悪いのはお前じゃない。癌だ。で、手術の決心はついたか？」

福原はファイルケースから同意書を取り出し、音山の前でひらひらさせる。

「……まだ、婆ちゃんに言えてないんだ」

「お前なあ、いい加減にしろよ！」

福原は怒りを隠さない。

「少し時間をくれと言うから、その通りにしたんだ。もう待てない。タイムリミットだ」

「だけど……」

煮え切らない音山に、福原は畳み掛ける。

「いつまでうじうじしてるつもりだ。癌細胞が増殖して、喉を突き破って外に出て来るまでか？　癌性疼痛《とうつう》で地獄の痛みにもだえ苦しむまでか？　今、苦しいだろう。飯がまずくて、吐き気がして、声がかすれて物が飲み込めなくて苦しいだろう。いいか、そんなもんじゃないぞ。じきにお前の喉は癌に食い破られる。食ったものが内側に溢れ出すんだ。想像できるか、体内に嘔吐する苦痛が？」

音山は自分の喉を押さえて、震える。

「……つくづく恐ろしい病気だな。癌って」

「そうだよ。何を今更。いいか、手術は絶対だ。諦めろ。声が出なくなったって、婆ちゃんには手紙を出せばいいだろ。治ってから会いに行ったっていい。どうしてそこまで電話にこだわるのか、俺にはさっぱりわからんよ」

　福原は鼻息を荒くして言い放った。

　友人ということで、遠慮なしに話しているからでもあるのだろうが、傲慢な言い方だ。だが同時に、不安を吹き飛ばしてくれるような頼もしさも感じた。言う通りにすれば、病気は治る。そう信じさせてくれる何かが、福原の声にはある。

「……やっぱりそれが、正しいのかな」

「そうだよ。命あっての物種《ものだね》だ」

「福原はいつも、断定するよな」

「何？」

「自分は間違ってないと、いつも思っている……知ってるか？　俺、本当は楠瀬教授と親しくするのは嫌だったんだ」

「おい音山、そりゃ何の話だよ」

「大学の時の話だよ。特定の教授と仲良くなり過ぎると、どうしても師弟だとか、派閥みたいになるだろう。俺は将来を考えると、そういう目で見られるのは嫌だった。それにどうせ派閥に入るなら、二階堂教授あたりの、もっと力のある教授の派閥に入りたかったしね」

　福原は怪訝な顔をしつつも、黙って音山の話を聞いている。

「だけど、君が……面白い爺さんだから、絶対に会うべきだって……断っても聞かないから。派閥なんか気にすんな、何とでもなるなんて言うから。嫌々、付いて行ったんだ」

「……でも、面白い爺さんだっただろ？」

音山は頷いた。

「うん……思った以上に面白い人だった。たくさん色んなことを教わった」

「俺の言ったことは間違ってなかったよな？」

「そうだね。福原は正しかった」

福原は満足げに微笑むと、有無を言わさぬ口調で告げた。

「同意書、書くんだな？」

音山はまだ迷っていた。祖母の顔が脳裏をかすめる。

だが目を閉じると、首を縦に振った。

「……ああ。お願いするよ」

「よし！　任せとけ」

福原は白い歯を見せて笑い、音山の手を取った。そして力強く握りしめる。その手は熱かった。

音山は福原を改めて眺める。

福原のこの自信。この勇気。簡単にできることではない。医者と患者、両方の視点を持った今だからこそそう思う。陰でどれだけ努力しているのだろう。福原は強い医者だ。

「しょぼくれた顔するなよ。早く元気になって、婆ちゃんのところに凱旋《がいせん》しようぜ」

にっこりと笑う福原に、音山も弱々しく笑みを返した。

ファイルケースの中に手術同意書を入れ、意気揚々と医局に戻った福原に、一人の診療放射線技師が話しかけてきた。

「福原先生。あの、ご報告が」

「何だ？」

「午前中に撮った、音山先生のＭＲＩなんですが」

「ああ、今日撮ったのか。見てから行けば良かったな」

「放射線治療の結果がどこまで出ているかを確認するために、撮ったものですが……見たところ、ちょっと問題があるんじゃないかと」

「問題？　見せてくれ」

放射線技師がディスプレイにＭＲＩ画像を表示させる。像を見て福原は絶句した。

「……まさか」

右の肺、中央よりやや上側に、白い影が映り込んでいる。放射線技師が頷いた。

「この影は、おそらく……」

「普通に考えるなら遠隔《えんかく》転移だ。だけど、まさか。嘘だろ。前回のは？」

「これです」

並べながら、放射線技師が説明する。

「該当の箇所はここ。前回は見過ごしていましたが、よく見れば、かすかに影があるとも言えます……そこで念のために今回は細かく調べたところ、この結果です。前回の時点ですでに、転移は起きていたのかもしれません」

福原の手から力が抜けた。ファイルケースが音を立てて落ちる。

「福原先生。これでは、その、手術は……」

放射線技師の声が遠く聞こえる。福原は目を閉じた。

遠隔転移が起きたとなれば、手術はできない。肺に転移した以上、他の部分にも転移している可能性が濃厚だ。転移した癌を全部取り去ることなどできないし、仮にできたとしても音山の体力がもたない。手術では、人間を切り刻むのである。相応のダメージを体に与えるのだ。無理に手術すれば、癌の前に手術によって音山が死んでしまう。

ダメだ。術式をいくら工夫したって、これじゃ……。

目を開く。

「手遅れ、です……緩和ケアの方向で考えるしか……」

放射線技師の声に、福原の目がつり上がる。歯ぎしりの音が響く。

確かに、手術はできない。

残された方法は抗がん剤と、放射線だけだ。確実に癌を消せる治療ではない。副作用で音山の体をずたぼろにして、苦しめて……その結果、癌が多少小さくなる程度しか望めない。奇跡が起きない限りは。

僅かな可能性を信じて、音山の体に毒を打ちこめるのか。

「諦めないぞ」

その恐ろしさに耐えられるのか。

「……諦めないぞ！　俺は！」

耐えられる。耐えてみせる。

福原は不安を振り払うように吠えると、ＭＲＩ画像を一睨みする。全ての治療方針を立て直しだ。諦めない。諦めるものか。

俺が折れたら、誰が音山を助けるんだ。

十二月二十八日

「桐子先生。無理してませんか」

神宮寺の言葉を思い出し、桐子は思わず手を止めた。

それから掌で顔を覆い、目を閉じて深呼吸する。

自分の手が冷たい。かすかに震えている。こんなことは今までになかったのに。

カルテに目を戻す。面談を申し込んできた患者のカルテだ。病状は……末期癌。桐子の瞼が引きつり、ぴくぴくと数回痙攣《けいれん》した。

音山の姿がカルテに重なって見え、桐子は第二医局の天井を仰いだ。

おかしい。最近の僕は、おかしい……。

最初は小さな綻《ほころ》びだった。音山を見舞いに行った時に生まれた、小さな食い違いだった。だがそれはみるみるうちに大きくなり、今では自分の思考を切り裂かんばかりになっている。おかげでカルテの内容がちっとも頭に入って来ない。

相手が音山だろうと関係ない。

患者は患者、これまでとやることは何も変わらない。

桐子の理性は確かに、そう告げている。間違ってはいない自信もある。だがそれを理由もなく拒絶しようとする何かが、確かに桐子の中、奥深い所に巣食っている。最初から心の底に宿っていたが、沈殿《ちんでん》したものによって見えなくなっていた何か。それが今、突然表面まで顔を出して主張し始めている。

音山を死なせたくないと。駄々をこねる子供のように。

桐子は途方に暮れ、自分の手を見た。

それからため息をついた。

単純な話だ……自分はまだ、未熟だったのだ。

患者の前に立って死に切り込み、戦っているつもりでいた。どんな死病を前にしても、どんな悲惨な状況を目にしても、動じない自信があった。そういう医者になりたかったし、そういう医者になれたと思っていたから。

誰に批判されようとも、時に患者の家族が激怒しようとも、平気だった。自分のやっていることは正しいと信じていたから。

だが、実際はどうだろう。友人が癌になっただけで平常心を崩してしまう。自分は弱く、脆い人間だったのだ。

今、心の中は二つに割れて収拾がつかない。

そして自分は、二つの相反する自分を使い分けられるような、器用な人間ではない。どちらかに統一しない限り、前に進めない。立ち止まったまま、何もできない。

ふと福原を思った。

彼は音山が患者であっても、何も変わっていないように感じられた。相変わらずエネルギッシュで、人を救うという強い意思を崩さない。

自虐《じぎゃく》気味に笑った。

今となっては、福原を批判する権利すら、自分にはない。一貫性のない医者に何の価値があるのだろう。

桐子は唸りながら頭を抱えた。その爪が頭皮にめり込んだ。

「桐子先生。何、落ち込んでるんですか？」

背後から神宮寺の声。

「いたのか、神宮寺君」

「ずっといましたよ。どうしたんです、うわの空で」

「……ちょっとね。悩んでしまって、何だか仕事に集中できないんだ」

神宮寺は片眉を上げ、軽蔑したように桐子を見下ろした。

「何弱気なことを言ってるんですか。病院は戦場です。戦わない者は、必要ありませんよ」

神宮寺は一枚の紙を取ると、ペンと一緒に桐子の前に突き付けた。

「患者が待ってるんですよ。前線に出るのが嫌なら、辞表でも書いたらどうですか？」


音山は病室から出て行く福原の背を茫然と見つめていた。

時間がゆっくりと流れている気がした。

福原が出て行って、扉が閉じられて、室内がすっかり静かになっても、音山はしばらく視線を動かすことができなかった。

すでに転移している。手術は不可能、か……。

病状を告げた福原の顔は、いかにも悔しそうだった。だが彼の心の火はまだ消えていなかった。他の方法で何とかする、必ず助けるから俺を信じてくれと、力強く、何度も音山に向かって繰り返した。

福原の熱意とは裏腹に、音山の心はどこか宙ぶらりんだった。

さほどショックはない。むしろ、手術するかどうかずっと悩んでいた身としては、問題が解決したような気さえしたほどだ。

それでも病室にたった一人残され、窓から差し込む日の光が少しずつ赤く染まり、やがて闇が四隅から忍び寄り始めると、深いため息が腹の底から漏れ出た。

終わりか。

俺の人生も。

天井を見る。かすかな染みや模様の一つ一つを、意味もなく音山は目で追った。

終わる時は、あっさりしたものだな。嘘みたいな話だ。

やりかけた仕事も、つい先日まで受け持っていた患者のことも、何だかどうでも良くなってくる。

この世界が終わったら、俺はどこに行くのだろう。最後の瞬間は苦しいのだろうか。取り留めもない思考が、頭の中を駆け抜ける。早く結婚しておけばよかった。いや、こんなに若くして死ぬのなら、むしろ結婚しなくてよかったというべきか。せめて婆ちゃんより後に死にたい。婆ちゃんの具合にもよるが、おそらくそれは大丈夫だろう。抗がん剤があれば、一年くらいは持つ気がする。

不思議と悔いはなかった。残していく家族がいないせいだろうか。

恐怖もそれほど感じない。案外腹が据わっていることに、音山は自分でも意外に思った。

しばらく電気もつけず、暗い病室の中で考え込んでいると、唐突に理解した。

ああ、そうだ。

まりえさんを見ていたからだ。あの立派な死に様《ざま》を見たから、俺は取り乱さずに済んでいる。俺はあの時、自分が死ぬ覚悟もしていたんだ。

まりえの姿が思い浮かぶ。ＡＬＳで麻痺し、苦しみながら死んでいった。彼女は最後、俺を見て笑いかけて、そして……。

音山は歯を食いしばった。顔が引きつった。目を開き、闇を食い入るように見つめた。

突然体に血が流れ始めたような気がした。改めて体の感覚が戻る。やせ細った骨がベッドに当たっている。口内炎がずきずきと痛んでいる。胸の奥が重く、喉が痛む。

まりえさんは俺に、その命で教えてくれた。医者であることとは何なのか。そうだ、それで、桐子と一緒に診療相談科を作ろうとしたんじゃないか。そこに目指す答えがあるはずなんだ。俺はまだ、やりきっていない。俺はまだ、医者になっていない！

音山は福原と桐子を思った。

冗談じゃないぞ。ようやくあの二人と一緒に戦えると思ったところなのに。俺なりの戦い方がわかったところだったのに。こんなところで、自分一人だけ死ぬなんて……。

彼らの溢れる才能と、そして彼らに足りないものを思って、音山は荒く呼吸する。

三人でなければだめなんだ。

俺一人でもだめだし、福原一人でも、桐子一人でもだめだ。俺たちが出会い、時には衝突しながらも今日まで一緒に過ごしてきたのは、ただの腐れ縁なんかじゃない。俺には見えるんだ。三人で力を合わせることで、足りないところを補い合うことで、そう、医者という果てしなく遠く、まばゆく白く聖なるものに、手が届く光景が……。

そのために俺たちは出会った。

音山は歯をかちかちと鳴らした。

恐怖を感じた。死の恐怖が、闇から一斉に湧き上がり、音山の中へとなだれ込んでくる。今、三人の絆は綻びかけている。やがて遠くない未来、千切れるだろう。俺は死に、福原は桐子を追い出し、そして二度と元に戻ることはない。

残された時間は多くはない。

音山はやせ衰え、骨が浮き出ている自分の体を掻き抱いた。脂汗を流し、ぜえぜえと息をしながら、それでも目をしっかりと見開いて……静かに、考え始めた。

病室に向かう足が重い。

正直、気が進まない。第二医局に戻りたくなる自分に何とか鞭打《むち》って、桐子は廊下を歩いていた。まだ気持ちに整理がついていないのだ。患者さんと面談するのだって億劫だというのに、音山に会うなんて気分にはなれない。

だが、病に伏している音山から直接呼び出されてしまったのだ。

会わないわけにもいかない。

病室の前までやってきた。その扉が、巨大な牢獄の入り口のように思える。

できるだけ早く話を切り上げて、帰ろう。今の自分には、考える時間が必要だ。桐子は数度ためらい、唾を一つ飲みこんでから、扉をノックした。

どうぞ、の声を確認して部屋に足を踏み入れる。

「……やあ」

「桐子。久しぶり」

音山の顔色は悪く、ひどくやつれていた。その声も、以前よりずっとかすれている。癌が進み、彼の声帯を侵しつつあるのは明らかだ。食事が満足に取れていないのだろう、点滴が入っている。

「今日も面会証を書いて来たんだね」

「ああ」

本当は少しでも時間を稼ぎ、ここに来るのを後回しにしたかっただけだったが、口には出せない。

「悪いね。忙しい所、来てもらっちゃってさ」

「いや、いいんだよ。ええと……」

桐子は言葉に詰まり、窓の外を見る。日が沈んでから降り出した冷たい雨が、さあさあと窓ガラスにぶつかっては、下方に流れていた。

「その……しばらく来ていないから、様子を見たいとも思っていた」

「そりゃありがたいなあ。俺も『死神』に会いたかったところだよ」

音山はベッドから身を起こす。その動きはいかにも弱々しい。

「……死神か……」

桐子は呟いた。音山は冗談半分で言ったのだろうが、今の自分はそんな仇名ですら心を掻き乱される。変な仇名だ。誰が付けたのか。自分はそんなものとはほど遠い、弱い人間だというのに。

「どうした、桐子？」

「いや。何でもないよ」

慌てて取り繕う。それからベッドサイドに椅子を引っ張り出し、静かに腰を下ろした。

「で、何の用だい？」

できるだけ平然と聞く。音山は一つ頷いてから、切り出した。

「君にお願いがあるんだ」

「お願い？」

「そうだ。死神である君への、お願いだ」

「何だって……？」

桐子の体が震えた。嫌な予感がした。寒気が背中を走っていく。

音山は困ったように一度笑ってから、今度は桐子を正面から見つめて言った。

「実は俺、もう手遅れなんだよ」

桐子は目を見開く。

「そこで、死に方の相談に乗ってもらいたいんだ」

足元ががらがらと崩れ落ちていくような気がした。

「遠隔転移、だって……？」

「ああ。昨日、福原から告げられた。手術は不可能だってさ。これからは抗がん剤と放射線で、癌を小さくしていくのが方針になるそうだ」

「そ、そうか……」

握りしめた拳が震える。

「余命はどれくらいかな。福原は言わなかったが、自己診断では一年程度だと思う」

音山の声が、まるで水の中で聞くようにエコーして聞こえた。

手遅れだって？　音山が？　他臓器に遠隔転移ともなれば、立派な末期癌じゃないか。

音山が末期癌……？

「ふう。ようやく手術を決心した矢先に、これだよ」

音山が死ぬ。音山がいなくなる。

「桐子、俺さ……案外、怖くないんだ。いや、それは語弊《ごへい》があるかな。もちろん死ぬのは嫌だよ。心残りはたくさんある」

平静を装う桐子の中で、もう一人の桐子が息を呑んだ。

何を言ってるんだ、音山。

君は覚悟が出来ているのかもしれないけれど、僕はまだ出来ていない。

いや、君を失う覚悟なんて、したくないんだ。君だけ勝手に覚悟して、僕を置きざりにして、どこに行ってしまうんだ。

「心残りの一つは、婆ちゃんの件だ。実はね、まだ婆ちゃんに、癌になったとは言っていなくてね。俺は元気に東京で働いていることになっている。もう……こんな状況になったら、婆ちゃんには絶対に言えない。癌であることも、余命が僅かであることも、言いたくないんだ。わかってくれるよな？　桐子」

音山の呼びかけに、桐子は曖昧に首を縦に振る。考えが追い付いていかなかった。

「俺はね、婆ちゃんより長く生きたい。今まで通りに電話をし続けて、声を聞かせてやって、婆ちゃんに毛ほども疑われないまま……婆ちゃんを死なせてやりたいんだ。そんなに非現実的な話でもない。婆ちゃんの主治医から聞いたんだが、婆ちゃんはもって一か月前後だそうだ」

これは福原には頼めないことなんだ、と音山は続ける。

「福原は俺を、完治させるつもりでいる。そのために抗がん剤や放射線のあらゆる最新症例を調べてくれている。ありがたいよ。だけどね、俺は正直望み薄だと思ってる。副作用に苦しんで、一年や二年ぽっち寿命が延びる、なんてのは勘弁して欲しいんだ。それは結局、苦痛が長引くだけだから」

もう一人の桐子が怯えてもだえている。

音山。そんなこと言うな。

「桐子。俺の我儘を、聞いてくれ。俺は婆ちゃんが疑わない程度に、生きたい。そして……婆ちゃんが満足して逝ったら……」

言うな。その先を言うな。

「死にたい。できるだけ楽にね」

桐子の見開いた目から、心の中の葛藤が一滴の涙となって落ちた。これはもう一人の桐子が流している涙だ。桐子は悟られぬよう袖で拭う。

音山はかすれた声で、荒い呼吸で、言葉を続ける。

「そんな死に方が俺の望みなんだ。注文を聞いてくれるかな、死神」

嫌だ。

嫌だ嫌だ嫌だ。

嫌だ……。

もう一人の桐子が、暴れている。頭を抱えて地べたでもがいている。

桐子は必死に、自分の心を止めようとした。歯を食いしばり、落ち着けと自らに繰り返した。

俯いていた音山はようやく桐子の様子がおかしいことに気がつき、はっと息を呑んだ。そして顔を歪めた。

「桐子……すまない。こんなことを頼むなんて、困るに決まってるよな」

桐子は目を閉じ、そして長い時間をかけてから、言った。

「音山。僕にはできない」

「桐子……」

「正直に言うよ。僕は、君が癌になってからというもの、どうもおかしいんだ。心がざわついてしまってね。面談をしていても、迷いが生まれてしまう。僕自身も戸惑っているし、問題だと思っているんだけど、残念ながら解決する方法が見つからない」

音山は目を丸くした。

「君を死なせたくないという思いが、どうしても消せないんだ。こんな状態で、死神として君の相談に乗るわけにはいかない。そうだろう」

桐子は淡々と続け、やがて頭を下げた。

「君の力になりたいんだが、そういうわけで、無理なんだ。本当に申し訳ない」

音山はぽかんと口を開け、黙り込む。

「君って奴は、大真面目に何を言うかと思えば……」

そこまで言うと、耐えられないとばかりに喉を震わせて、かすれた声で大笑いし始めた。

「音山？」

首を傾げる桐子。

「いいんだよ、桐子。いいんだ。いや、それが当たり前なんだよ。人を死なせたくないという思いがあって、当然じゃないか。ずっと一緒にいた友達が癌になって、心がざわつかない方がおかしいんだよ」

音山は腹を抱えて、咳き込みながら笑った。あまりに笑うものだから、目の端からかすかに涙が滲んだ。

「わかったよ。わかった。ずっと君のことを、まるで感情がないような奴だと思っていたけれど……冷徹《れいてつ》な奴だと思っていたけれど。人間も虫も、同じものとして見ている奴だと思っていたけれど。逆だったんだな」

「どういうことだい？　僕にはわからない」

「君は誰よりも、人間を愛しているんだろう、桐子」

音山は困ったように笑いながら、そう言った。

「だからこそ、そんな風に考える。人間が大切過ぎて、軽く扱えないんだ。人間が死ぬということを真剣に考えるし……誰も思いつかないような選択肢ですら、導き出してみせる。そう、君は死神なんかじゃなかったんだ」

おかしそうに笑う音山を、桐子はぼんやりと見つめていた。なぜ謝っているのに、こいつはこんなに笑うのだろうか。

「君はやっぱり、医者だよ」

音山はようやく笑い声を止め、微笑みながら桐子に告げた。

「そして大切な友達だ」

「音山……」

「桐子、それでいいんだ。鋼鉄の意思を持つ死神になんて、ならなくていい。悩んだままの君でいい。俺を死なせたくないという、君がいい。そんな君にこそ、俺は診てもらいたいんだよ」

「そうはいかない」

桐子は両手を突き出して拒絶する。

「おい、今は頷くところだろう。なぜだい」

「悩んでいる医者なんて、医者とは言えない。患者を不安にさせるだけだ。そんな医者はプロ失格だ。僕はそんな醜態《しゅうたい》をさらすくらいなら、医者を辞める」

「桐子。それは君が、一人でやろうとするからさ」

「何？」

「君がいつも患者と向き合っているのは知ってるよ。だがそのせいで、周りが見えていない。七十字病院に何人のスタッフがいるのか知ってるか？　知らないだろうな、あの第二医局に一人ぼっちでも、同じくらい仕事ができると言っているくらいだから」

「違うのか」

「違うさ。君より手術のうまい同期もいれば、君より交渉ごとに向いてる医者もいる。君は一人じゃないんだよ」

「……」

桐子は音山の目を覗き込んだ。音山の言の葉が、はらりはらりと胸に降り積もっていく。一つ一つが、完全に消化できたわけではない。それでも友達が、桐子を強く肯定してくれていることは伝わってきた。

そして、その上で音山は願っているのだ。

死を。

「桐子。もう一度頼むよ。俺の我儘……引き受けてくれないか」

音山は穏やかに微笑んですらいた。

桐子にとって、それは不快であった。自分が死ぬというのに、こいつはなぜだらだらと喋って僕を肯定するのだ。僕が求めているのはそんな言葉じゃない。君の病気が治ることなのに。腹立たしくすらあった。

能天気に笑っている顔を、殴ってやりたいくらいだ。

この野郎。

憤りを隠さぬまま、桐子は絞り出すように言った。

「それが……友達として、僕にできることなのか」

音山は一瞬ひるんだ。それから、ゆっくりと頷いた。

「……そうだ。桐子、君に。君だから、お願いしたいんだ」

「本当にそれで、いいんだな。音山、君はそうしたいんだな」

「……ああ」

それを聞いて、桐子は俯いた。

しばらくの時間が過ぎた。二人の息遣いの中、雨の音が聞こえる。土の上に降る音、土が静かにそれを吸う音までも、鮮やかに聞こえる気がした。

「わかった」

迷っても。心が定まらなくても。

患者が望むなら、やらなくてはならない。

なぜなら僕は、医者だからだ。

顔を上げた時、桐子はもう無表情に戻っていた。

死神の顔には、涙の痕が一本残っていた。

十二月二十九日

「何だこれは！」

福原の怒声が病室に轟《とどろ》いた。

「音山、お前、何を考えてるんだ！」

顔を真っ赤にして、音山が手渡した紙をばしん、とテーブルに叩き付ける。紙の表紙には「治療計画案」と書かれている。

音山は、かすれ、笛のような喘鳴《ぜんめい》の混じる声で言った。

「書いてある通りだよ。俺の治療方針は、その計画に従って欲しい」

「音山。これ、お前が作ったものじゃないな？」

「原案は俺だよ。信頼できる友人に協力してもらったけどね」

「とぼけるな、桐子だろう！　あれだけ治療方針に口を出すなと言ったのに、よりによって、こんな馬鹿げた案を」

福原はぐいと紙の両端を掴み、中央から真っ二つに切り裂いた。

「こんなもの、俺は許さない。音山、お前は明日から抗がん剤治療に入るんだ。放射線も同時に行う。点滴静注《じょうちゅう》でセツキシマブを入れる、癌を小さくするにはそれしかない」

「……福原。患者の意思を、無視するつもりかい」

「何？」

福原は背後を見る。廊下から冷たい目を向けて、桐子が立っていた。

「君の言う通りだよ。その案は僕と音山とで作った」

「……お前らしい案だよ。全く」

頬を引きつらせる福原に、桐子は淡々と続ける。

「音山はお婆ちゃんに電話をし続けたいんだ。だが、彼の声は癌のためにどんどんかすれ、以前より細く、高くなってしまっている。このままじゃ、お婆ちゃんに勘づかれてしまう」

「だからか？　だから、この治療計画なのか？」

破られた治療計画案を突き付けられ、桐子は頷く。

「そうだ。手術を行う。喉を切開し、癌を取り除くんだ」

「カルテを見たのか。すでに肺とリンパに転移してるんだぞ。手術は無意味だ。それとも、体力を消耗させせずに全ての癌を取り払う妙案でもあるのか？」

「肺とリンパはそのままにする。いや……できるだけ癌の切除は最小限にする。手術では、声帯や気道を圧迫している部分だけを切り取るんだ」

「切除を最小限だって？　もはや、無茶苦茶だ。癌は完全に取り切らなければ、また増殖して元に戻ってしまう。『癌は大きく取る』が基本だ。お前が計画した手術は、医学的に何の意味もない。いたずらに体力を奪うだけで、何の前進にもならない！　ただ他人をナイフで刺すのと同じだ」

「だが、声は元に戻る」

「確かに声は元に戻る、ほんのしばらくな。それだけだ！　すぐに癌は成長し、手術前に戻るだろう。それだけじゃない。手術のために、抗がん剤治療を行う体力が失われてしまう。死期を早めることになるんだぞ」

「わかってる」

信じられない、という目で福原は桐子を見た。

「……声が、命より大切だと言うのか？」

「患者の人生の、この局面において。声を失うことは、受け入れられないんだ。余命という代償を払ってでも」

桐子は敢然《かんぜん》と福原を見据え、言う。

福原は音山を見た。音山が黙って頷く。

もう一度桐子に向き直り、福原は震える声で言う。

「……桐子。お前のやっているのは、人殺しだ。音山を唆《そその》かして、殺そうとしているのと同じだ」

「ただの時間稼ぎよりましだ」

「お前が言うか。俺がやるのは、意味のある時間稼ぎだ！　奇跡を起こすためのな。俺は、完治を諦めていない。お前が提案した時間稼ぎは、そもそも死を前提にしているだろうが」

「必ず訪れる死の前では、全ての医療は時間稼ぎだよ、福原。だったら、せめて患者の望みを叶えよう」

福原は我慢ならない、とばかり拳で壁を殴り付けた。

振動が病室に走る。通りすがった看護師が異様な雰囲気に足を止め、口を押さえた。

「……手術の執刀医は福原と、さっきの紙には書いてあったな」

その頭髪を逆立て、犬歯を剥き出しにして、福原は言った。桐子が頷く。

「難度の高い手術になる。技量を鑑《かんが》みて、実現できるのは福原、君だけだと判断した。君は音山の主治医でもあるわけだし、問題はないだろう？」

「お前、俺をバカにしてるだろう。こんな手術に協力するとでも思っているのか」

睨まれて沈黙する桐子。福原の後ろから、音山が言った。

「違うよ。福原……君に執刀して欲しいと言ったのは、俺なんだ」

「音山が……？」

「計画は桐子に練ってもらった。その上で福原、君の力を借りたいんだ。意向を聞いてプランを立てるのは桐子が一番。だけどメスの腕では、君が一番だ。俺の望みは、桐子だけでも福原だけでも、叶えられない。だから二人に協力してもらいたいんだ。なあ、友達じゃないか。色々言いたいことはあると思うけれど、ここは俺の我儘を聞いてもらえないか？」

音山はどこか芝居がかったように言った。

「……僕としては、それが音山の希望なら、そうしたい」

桐子が脇から言う。福原は桐子の方を見もしなかった。

福原はまばたきする。長い睫毛が揺れた。

「音山……それでいいのか。俺がお前のために、どれだけ準備してきたかわかるのか。手術を計画し、それを断念し、そして抗がん剤にセッキシマブを選ぶまで……どれだけ検討したかわかってるのか。感謝しろと言ってるわけじゃないぞ、そんな俺を信じろと言ってるんだ」

福原の声は震えていた。

「……わかってる……」

「わかってないだろう！　俺がお前を救おうとする意思を、疑うのか？　俺は絶対に途中で諦めない。とことん、お前に尽くす覚悟だ。なのに、自ら死を選ぶなんて」

「疑ってはいない……信じてる。感謝もしている。だけど……」

「だけど、何だ」

「だけど……俺の望みは〝ただ生きる〟ことではないんだよ」

福原は目を閉じ、苦悶の表情で俯いた。

固く握りしめた拳に血管が浮かび、震えていた。

やがて福原は音山に向けて姿勢を正すと、神妙な顔でゆっくりと頭を下げた。

「……音山。頼む。抗がん剤と放射線で、やらせてくれ……」

穏やかな声だったが、それが逆に鬼気迫るものを感じさせる。これが福原の、全てを賭けた最後の言葉なのだと、音山は察した。

長身のその体が深々と曲がり、頭が音山の目線にまで下りてくる。

その姿勢のまま、絞り出すような声で、福原は懇願《こんがん》する。

「お前を、助けたいんだ……頼む」

「福原……」

音山がかすれた声で言う。

「俺に……苦しめと言うのかい」

「……」

「抗がん剤と放射線の副作用がどれほどのものかは、君も知っているだろう？　体中ぼろぼろになって……それでも奇跡を信じろと……言うのかい。それは本当に俺のためなのかい？　君の……勝手な考えじゃないのか？」

頭を下げたままの福原の表情は見えない。

「もし地獄の苦痛に耐えても……奇跡が来なかったら。君はどうしてくれるんだ？　君が僕に何をしてくれるって言うんだ？」

音山は苦しそうに喘ぎながら告げた。それは体調のせいかもしれなかったし、友に厳しい言葉を告げる苦しみ故かもしれなかった。

福原は顔を上げて、音山を見る。

「俺は、背負う、背負う」

「背負う、だって？」

「そうだ。奇跡を信じて、それでも叶わなかった患者たちの想いを、俺はずっと背負い続ける覚悟だ」

言い切った福原の顔をじっと見つめ、音山は言った。

「君が背負った気になるのは自由だよ。でも……君は結局生き残るじゃないか。一緒に死んでくれるわけじゃないだろう？」

「……そうだが……」

「君のこれまでの患者たちは、本当は背負うとか、背負わないとか……そんなもの、どうでも良かったかもしれないよ。ただ治して欲しかっただけ。それが叶わなかったなら、君を恨んで死んだかもしれない」

音山の言葉に、福原は面食らったようだった。

「もちろん副院長先生にそんなことを言えば、機嫌を損ねるかもしれないから……口には出来なかっただろうけどね」

福原は不快そうに顔を歪め、次に眉根を寄せて音山を見つめた。二人はしばらく視線を合わせたまま、何も口にしなかった。

「福原……」

音山がかすれた声で言う。

「わかってくれ。君のやり方では、越えられない壁もあると。一度でいい、桐子と力を合わせてみてくれ」

福原は俯いた。拳を握り、何かに耐えているようだった。深い呼吸を数度行い、やがて大きく吸ってから、福原は顔を上げた。

「そこまで言うならもう構わない。好きにしろ。桐子、音山の主治医はお前がやれ」

ぼそりと告げる。

「ただし。以後、俺は……お前に一切協力しない。俺が副院長でいる限り、七十字病院の誰もがお前の味方はしないと思え。俺が手術の執刀など、論外だ。そんな無駄な手術のために外科から執刀医は出さないし、手術室も使わせない。助手はもちろん、看護師も一切、だ。何もかも、自分で用意しろ。それで何かができるというなら、勝手にやればいい」

吐き捨てるように言いきると、福原は音山をもう一度見た。

「音山……桐子の方針を捨てる気になったら、連絡をよこせ。早いうちがいいぞ。じゃあな」

白衣を翻して踵を返し、福原は部屋を出た。

無言の桐子とすれ違う時、冷え切った眼で見下ろして。

「お前を医者とは認めない……この、死神が」

　最後に福原はそう言った。

「悪かったな、桐子。俺のせいで、君にまでとばっちりが行ってしまった。福原には後で謝っておくから」

　車椅子を桐子に押され、音山が息も絶え絶えに言う。

「僕のことはどうでもいい。音山、どうしてあんなことを言った？」

「ん？」

「どうしてわざわざ、福原を怒らせた？　この病院で、彼を敵に回して得することなんて何もない。おかげで病室まで追い出されるはめになったじゃないか。自分が損するだけだ。君らしくない言葉だった」

　しばらく沈黙してから、音山は答えた。

「……最後だからな」

「最後？」

　音山は頷く。

「言えることは言っておきたいんだ。生きているうちに、ね」

　桐子は音山の顔を覗き込む。その表情は苦しげではあったが、しかし満足そうでもあった。

「……そうか」

桐子はそれだけ言い、車椅子を進めていく。

廊下をゆっくりと曲がり、スロープを下る。

「さあ、ついたぞ」

第二医局の扉を開く。中でコーヒーをすすっていた神宮寺が、二人を見て目を丸くした。

「桐子先生と……音山先生？　どうしたんですか、一体」

「福原に病室を追い出された」

神宮寺が飛び上がる。

「副院長先生に？　ちょっと待ってください、今後について相談しに行くってお話でしたよね。それがどうして、こんなことになってるんですか！」

「ちょっと色々あってね」

桐子は車椅子のストッパーをかけて廊下に停めると、第二医局の中を片付け始める。段ボールを畳んで詰み、簡易ベッドを運び込んで組み立てる。

「桐子先生？　この狭い部屋で、何を始めるつもりなんです」

「しばらく、ここが音山の病室だ」

「冗談ですよね？」

「もちろん本気だ。音山、狭い所で苦労かけるな。福原が言っていた通り、嫌になったらいつでも戻ってくれて構わないよ」

「ちょっと……あの。末期癌患者ですよね？　末期癌患者を、勝手に……」

桐子は点滴台を据え付け、段ボールを立てて簡易の机を作る。

「神宮寺君。僕だってできれば正規の病室に入れてやりたいけれど、福原がダメと言うんだから仕方ないだろう。あと、何が必要かな。そうだ、ナースコール」

桐子は紐を取ってくると、点滴台の上に引っ掛ける。その端にマグカップとスプーンを結び付けて、長さを調節した。

「何してるんですか」

「ナースコールだよ。音山、何かあったらこの紐を引っ張るんだ。音が鳴る」

桐子は実際に紐を引いてみせた。マグカップとスプーンがぶつかり、がらんがらんと鐘のようにやかましい音を立てた。

「こりゃ電子音よりも……風情があるね」

「音山先生も、笑ってる場合じゃありませんよ！　ちょっと、ちょっと桐子先生！」

きいきい言う神宮寺をよそに、桐子は車椅子を室内に入れた。音山に肩を貸して立ち上がらせると、簡易ベッドへと寝かせる。

「本当、やめてください桐子先生。ここは元々単なる倉庫です。酸素発生装置だってなければ、夜間のサポート体制にも不安があります」

「何とでもなるさ。後で酸素ボンベを持ってきて置いておこう。看護は、昼は君が、夜は僕がやればいい」

「私に加担させるおつもりですか」

唖然《あぜん》とする神宮寺。

「ダメか？　君の腕は信頼しているんだが」

「桐子先生……わかってますか？　こんなの、副院長先生の最後通告に決まってるじゃないですか。患者を勝手に第二医局に連れ込み、病院を無視して医療行為をした。誰の目にも明らかな、既成事実を作られたんです。桐子先生は懲戒《ちょうかい》免職ですよ」

桐子は首をひねる。

「ああ、そうなのか」

「そうなのかって。もっとこう、ないんですか？　副院長に対する怒りとか、焦りとか、恐れとか！」

「ないよ」

桐子はきょとんとする。

「福原と僕は意見が違うんだ。それに、福原が苛立つのも無理はない。彼なりに譲れないものがあるんだろう。できれば協力して欲しかったけど、叶わないなら、できる範囲で最善を尽くすだけだ」

「あの、桐子先生。もう一度考えてください。クビになったらどうするんですか。無職ですよ無職。明日からどうやって食べていくんです！」

「音山の治療を終えてから考えるよ。それに、神宮寺君は変だ」

「何がです？」

神宮寺はほとんど金切り声で聞く。

「この病院をクビになったって、いいじゃないか。だって君なら知ってるだろう？」

淡々と述べる桐子の目は澄んでいた。

「誰もがいつか、死ぬんだ。苦しんでいる人はたくさんいる。僕たちがやるべき仕事は、どこにだってあるさ」

「……」

神宮寺は脱力した。がっくりとうなだれ、ため息をつく。

それから泣き笑いのように、ふつふつと笑った。

「本当に、もう……返す言葉もありませんよ。タフなんだか、考えなしなんだか……」

「そう？　じゃあ、協力してくれるね」

「桐子先生。私も一緒にクビになったら、月給三十万円を保証してくれますか」

美しい黒目が、桐子を見つめる。桐子は神宮寺と見つめ合って、答えた。

「善処《ぜんしょ》するよ」

神宮寺がにやりと笑う。

「期待してますよ。で、音山先生の治療計画はどう変更になったんですか」

「ああ、説明しよう」

桐子はノートパソコンを開く。神宮寺が覗き込む。

音山は二人の姿を、ベッドの上から黙って見つめていた。

福原は肉を食らっていた。

特上のサーロインステーキ、四百グラム。赤く輝く肉塊から血と脂が滴《したた》り、鉄板の上で蒸気を発している。塩と胡椒だけを豪快にふりかけ、ナイフで大雑把に切って口に運ぶ。力強く顎を動かし、歯でがしがしと噛みしめ、飲み込んで胃に送る。

女も誘わず、同僚や後輩を呼ぶこともなく。

福原はたった一人、店でステーキを食っていた。

その目はぎらぎらと輝き、鼻息は荒い。ナイフと鉄板とがぶつかり合う音が隣のテーブルにまで聞こえてくる。不機嫌なのは周囲からも丸わかりだったろう。

ぶすりとフォークを肉に突き刺す。レアの感触が手首に返って来る。

音山め。

俺にあんなことを言うとは、思わなかった。

大学の頃から、音山が福原に文句を言うことなどなかった。

そう、あいつはいつだって俺に付いてきてくれた……。

ふと、イメージが頭をよぎった。福原はフォークの動きをぴたりと止める。海の近くの駐車場、上ってくる太陽……あれは、いつのことだったか。

肉を見つめたまま、福原は記憶を辿っていく。

そうだ。大学生の頃だ。三人で自転車に乗り、夜通し走った。箱根の手前まで行って、帰りは鎌倉に寄って……港に併設された駐車場、そこの簡易トイレで夜を明かした。あまりの寒さに明け方、目が覚めてしまった。外に出ると、丁度日の出時。冷たく澄んだ空気の中を海鳥が鳴き、波がどこか香ばしく、懐かしい香りを運んでくる。

防波堤の手前、フェンスに寄り掛かって二人の男が海を見ている。まだ太る前の音山がこちらに気がついて、振り向いた。

「……福原も起きたのか」

「ああ」

朝日に照らされて、まぶしそうに目を細めた桐子が微笑んだ。

「海はいいね。ずっとここにいたい」

「桐子の言う通りだよ。戻ったらまた勉強漬けの毎日だ」

福原も音山の隣まで歩いていくと、フェンスに寄り掛かった。

「仕方ないだろ、音山。医者を志した以上、一生勉強だよ。卒業したって、国試パスしたって、勉強からは逃れられない」

「はあ……何でこんな道選んじゃったんだ、俺は。ただでさえ暗記は苦手だってのに。俺、次の病理の試験合格できるかなあ」

福原が笑い飛ばす。

「大丈夫だろ」

「もしパスしてもさ。次の薬理も不安だし、いや免疫も、微生物も。国試だってそうだし、それが終わっても就職が……」

指を一つ一つ折って数えていく音山。

「心配し過ぎだよ。何とかなる」

桐子もそう言ったが、音山は不安げに息を吐き、それから福原を見上げた。

「……福原はいいよな。父親、七十字の院長だろう？　就職はもう決まったようなものだ。俺はそういうコネ、何もないからな」

「ろくなもんじゃないぜ。うちの親父は」

「だけど、名の通った医者で、経営者だ。正直、羨ましいよ」

「……悪どいことしてるだけだ。裏を覗けば癒着《ゆちゃく》、賄賂《わいろ》、何でもありだよ。俺はちっとも羨ましくないね。もちろん、七十字の院長の椅子はありがたくいただくつもりさ。だけど、親父のような病院にはしない。変えてやる。俺の、理想の医療をする病院に」

「理想の医療か……福原なら、できるかもしれないね」

福原は音山の目を見た。

「そう思うか？」

「思うよ」

海からやってくる潮風で髪が揺れる。福原は微笑みながら、言った。

「うちに来いよ」

「えっ？」

「二人とも、うちに来いよ。俺一人じゃ、正直きつい。お前らみたいなやつと一緒に、やってみたいんだ」

桐子が口を半開きにして福原の顔を覗き込む。音山は目を丸くした。

「嫌か？　天下の七十字だ、給料はいいぞ。まあ、たっぷり働いてもらうけどな。簡単じゃないぜ、病院を根っこから改革するわけだから」

「……面白そうだね」

桐子がフェンスに寄り掛かりながら頷いた。

「それ……いいよ。素敵だよ」

音山は目をきらきら輝かせながら言った。

「凄くいい。福原と、桐子と、俺か。うん、いい。そういうのって、夢があるよ」

「調子いいな、音山。就職活動が簡単に終わるからだろ？　気が早過ぎるって。まずは病理の試験をパスしてからだな」

茶化す福原を見て、音山は必死に首を横に振った。

「違うよ。それ、本当にいいと思うんだ。俺。本当だよ、本当に」

音山の、まるで恋する乙女のように熱のこもった言い方がおかしくて、福原は声をあげて笑った。それを受けて桐子も、やがて音山も笑った。

人気のない港で。遠くにゆっくりと進んでいく漁船を見ながら。

黄金色の光に包まれて、三人は笑った。

気がつくと、煉瓦調の店内、目の前には冷めた肉が転がっていた。

他の客が談笑する声と、バロック音楽のBGM。それは福原を逆にひどく孤独に感じさせた。

若かったんだ。

銀のフォークで肉を運ぶ。食らいつく。タイミングがずれ、フォークの先端まで噛んでいた。歯に硬質の衝撃が走り、顎へと消えていく。

手が震えた。それに気がついて、福原は自分の手を睨み付けた。

十二月三十日

「ああ……うん。ちょっと風邪……引いちゃってさ。声がうまく……出なくてね。いや、喉風邪なんだよ……うん……声ほど、症状はひどくないんだ。ああ、大丈夫……薬飲んだからさ。すぐ……治るから。うん……元通り、元気な声を聞かせるから……安心してよ。じゃあ、良いお年を。うん。婆ちゃんも……」

音山は必死に声を出す。

受話器を持っている桐子が目で確認すると、音山は頷いた。

「よし」

桐子は通話を切る。

「お婆ちゃんには、まだ勘づかれてないな？」

「うん……ただ、風邪がずいぶん長いとは思われてるし……心配された」

ひゅうひゅうと、音山の声には笛のような音が混じる。休み休みでようやく会話が成立する。

時折音山は顔をしかめ、苦しそうにその喉を震わせて咳き込む。声を出すたび痛みが走るのだろう。顔色は浅黒く、体は骨と皮にまで痩せた。食事がほとんどとれないのが大きい。いくら点滴から栄養を入れても、やつれていくばかりだ。

桐子は音山の指にはめられている、指人形に似た四角い装置の数値を確認する。パルスオキシメーターだ。血中酸素飽和度……九十六パーセント。正常値ぎりぎりである。心肺機能が落ちているのだ。九十を切れば、もはや空気による呼吸では危険だ。何らかの形で酸素を吸わせなくてはならない。

残された時間は少ない。

「音山。手術は三日後に行う」

「……君が執刀するのかい」

「他に誰も見つからなければ。不安か？」

「いや。まかせるよ……」

桐子は微笑んでみせる。

「なあ桐子。少し疲れた。ちょっと眠っていいかい」

桐子が頷くと、音山が目を閉じた。桐子は音山に毛布をかけてやると、部屋の電気を消し、ゆっくりと外に出た。


「話ならここで聞きます……しかし、どういうつもりですか。桐子先生」

三階奥、自動販売機コーナー。普段ほとんど人の訪れない一画で、赤園は眼鏡をくいと上げた。

「赤園先生。お願いがあるんだ」

「もう、医局の方には来ないでください。血液内科では、桐子先生と話しているだけで咎められるんですよ」

「……そうらしいね」

「内科でも外科でも大抵そうですよ。桐子先生を煙たがっている人ばかりですからね。言っときますけど、僕も例外ではありませんから。以前白血病の患者に関して茶々を入れられたこと、忘れてませんよ」

赤園は淡々と言いながら、自動販売機のスイッチを押す。缶コーヒーを取り出して栓を開いた。桐子は俯きながらも切り出した。

「手術の助手をしてくれないだろうか」

「……何ですって？」

赤園は狼狽《ろうばい》する。

「下咽頭癌の音山晴夫の手術だ。声帯を復元する形で癌を摘出する」

「待ってください。なぜそれを、僕に言うんですか。僕は内科医ですよ。そもそも、どうして手術の話を皮膚科の桐子先生が持ってくるんです？」

「外科医には全員断られてしまったんだ」

「音山先生の件なら、福原副院長が主治医ですよね。あの人以上の執刀医なんていないでしょう」

「理由があって、福原は手を引いた。執刀だけでもお願いできないか頼んだが、にべもなく断られたよ」

赤園は缶コーヒーを口に運ぶのも忘れ、聞いた。

「……それでは、桐子先生が執刀するわけですか？」

「術式の研究はしている。シミュレーションも。だが、せめて助手くらい、確保したい」

桐子は必死の目をしていた。どうやら本気らしいと悟ると、赤園は言う。

「病状は噂に聞きましたよ。すでに遠隔転移しているんですよね。その状況で、声だけを元に戻す手術を行うと」

「そうだ」

「……すみません。正気ですか？」

桐子は言葉に詰まる。

今回の手術は、外科のセオリーからはかなり外れた手術になる。癌を適度に取り去り、音山の声を元に戻さなくてはならないのだ。どれくらい、どのように切除すれば音山が元気な声に戻るのか。老猫の喉に手を加え、子猫の声に戻すような奇怪な手術を、一切の参考症例なしに行う。

本職の外科医によるサポートもなく。研修医時代以来、メスを持っていない桐子が。

「……少しでも成功率を上げたい」

「やめた方がいいです。それが一番です。常識で考えればわかるでしょう」

「赤園君。君が直接じゃなくてもいい。誰か、そうだ、他の病院でもいい、誰か協力してくれる人に心当たりはないだろうか。お礼はする。お願いだ」

「バカ言わないでください。福原副院長が反対しているんでしょう？　地域基幹病院の七十字を……敵に回す覚悟で協力してくれる病院なんて、あるわけないじゃないですか。僕だってそうですよ。誰に当たっても無駄です」

「……お願いだ」

「何度お願いされても、これだけは無理です」

「……それでも。お願いだ」

桐子は赤園の前で、深々と頭を下げた。

「……無理です」

赤園はただ、そう繰り返すばかりだった。

赤園がため息をつきながらデスクに戻ると、血液内科の高砂部長が話しかけてきた。

「赤園。お前のところにも来たみたいだな」

「え？　いや、何がですか」

「隠さなくてもいいよ。桐子だ、皮膚科の桐子修司。手術の手伝いを頼まれたんだろう」

「……まさか、高砂先生もですか？」

高砂は小さな目を歪めて笑った。

「ああ。院内中の噂だよ。科を問わず、片っ端から医者に声をかけているらしい。それだけじゃない、看護師や事務員にまで」

「桐子先生は、そこまで……」

「大手術だ。人手が足りないんだろう。執刀医も、助手も、麻酔科医も、看護師も……聞いた話では手術室にも当てがないそうだ。事務員には、設備を使わせてもらうよう頼み込んでいる、というところだろうな」

「それで、誰か協力するんでしょうか」

高砂が鼻で笑う。

「するわけないさ。これまでさんざん好き勝手やってた男に、それも何のプラスにもならない手術の協力をする人間がいるわけがない。ま、いい気味だよ。せいぜい反省すればいいい、そうだろ？」

　くっくっと喉を震わせて高砂はほくそ笑む。絶句する赤園の前で、医局の扉が開いた。桐子の姿が見える。

　若い医師に声をかけ、頭を下げていた。

　その姿はもはや、哀れですらあった。


「はい福原」

　副院長室にかかってきた電話を無造作に取り、福原はパソコンを操作する手を止めた。

「……親父。いや、院長先生」

　電話の向こうからは、太く低い声が響いてくる。

「雅和。一月の三日は空いてるか。夜だ」

　いつも通り一方的な話し方だった。子供の頃からちっとも変わらない。福原は革表紙の手帳を開いてカレンダーを確認する。特に予定は記載されていないが、福原は「空いている」と答えるのをためらった。

　一月三日の夜は桐子が音山を手術すると、神宮寺から報告があった。外科医も、看護師も、手術室も含めて、一切の協力は禁じている。にもかかわらず、桐子は手術を行うつもりでいるらしい。まさか、あの第二医局内で無理やり行うつもりでは……。気がかりだった。

そのうち諦めて自分のところに謝りに来ると信じていたが、今のところそんな気配はない。

もしどうしても強行するつもりなら、止めに向かうべきかもしれない。

「すみません。その日は……」

「そういう意味じゃない」

断りかけた福原の声にかぶせるようにして、ぴしゃりと院長が言う。

「空いているか教えろ、とは言っていない。空けろと言ってるんだ」

「一体、どういった用件でしょうか？」

息子が聞き返したことに若干いらだった様子を見せつつも、院長は続けた。

「お前に執刀の指名が入った。患者の名前は勝井文治《かついぶんじ》。自宅で手術をして欲しいそうだ」

「勝井って……まさか」

「ああ、衆議院議員だ。自由党の副総裁でもある。現在体調を崩していて、ある病院に入院している。だが、お前の噂が耳に入ったそうでな、執刀は是非お前にお願いしたいとの話なんだよ」

福原の胸が喜びに震えた。これまでにも企業の役員などから指名が入ることはあった。だが、ついに政治家か。俺の名声も、とうとうそこまで来た。

院長はそんな福原の感情を読み取ったのか、重々しい声で言う。

「調子に乗るなよ。この話が来たのは、俺が色々と工作をしてきたためでもあるんだ」

「はい。わかっています」

「よし。雅和、これはチャンスだ。首尾よく成功させれば、その効果は計り知れない。勝井の長男は勝井商事の会長。次男は勝金造船の社長だ。政界の重鎮《じゅうちん》に恩を売れるだけではなく、これまで関係の薄かった旧北海銀行系の企業にうちが入り込み、影響力を広げられる」

「……なるほど。で、手術内容は何なんですか」

「後で別途詳細を知らせるが、胆嚢摘出術《タンテキ》だ」

「内視鏡下胆嚢摘出術《ラパコレ》ですか？」

「いや、開腹で行う」

福原はやや拍子抜けしたが、すぐさま院長が言った。

「まあ、はっきり言ってどうってことのない手術だ。うちの外科医ならお前でなくとも、技術的な問題はないだろう。だが、わかるな。指名されたお前が、俺の息子であり、七十字の外科部長であるお前が行くからこそ、意味があるんだ。わかるか。こういう時のために、お前にはあらゆる手術を経験させ、鍛えてきた。やれるな？」

「やります。やらせてください」

福原は答えた。

ずっと待ち望んでいた機会だ。自分の名を知らしめる、一世一代のチャンス。親父は息子を利用して一儲けするつもりでいるが、実際に名声を得るのは俺なのだ。かつて脳外科の神様と呼ばれた父親に成り代わり、俺が七十字の中心に座る。そうして、この病院は俺のものになる。

やらない理由がない。

「よし。では先方に伝えておく。また連絡する」

そっけなく電話は切れた。受話器を置いた後も、福原は高揚を抑えきれなかった。一月三日。手帳に力強く重要予定として書きくわえながら、再び音山のことを思い出した。何の迷いもなく、勝井文治の手術に集中するためには、やはり音山の件を片付けないとならない。もう一度……音山をしっかり、説得しておく必要がある。

福原は手帳を満足げに見つめてから、ぱたんと閉じた。

病院の暗い廊下を、桐子は一人で歩いていた。

夜中まで走り回ったが、結局桐子の申し出に首を縦に振る者はいなかった。悲愴《ひそう》な決意を胸に、桐子は第二医局へと戻る。

やるしかない。自分でやるしか。

桐子は目を閉じた。

連日研究し続けている術式が頭に浮かぶ。

内視鏡、CT、MRI、超音波……様々な検査で手に入れたヒントから、音山の喉を思い浮かべる。実際に開けてみたらどうなっているのかを想像する。それらが脈打ち、蠢いている様をイメージする。

……手が冷えるな。

今から緊張しているのだ。

音山の体力と病状の進行具合。それから、桐子に必要な準備期間。両者を秤にかけて、三日後という手術日をはじき出した。失敗するわけにはいかない。

僕は、友達のためなら……。

外科医にも。

懲戒免職にも。

……そして、死神にも。

何にでも、なってやる。

十二月三十一日

「年末でも、病院は騒がしいですね」

神宮寺は車椅子を押しながら言った。人でごった返している外来受付を避け、南館のエレベータに向かって進む。音山が頷いた。

「どこに……行くんだい」

「ちょっと、会いたいという方がいまして」

「桐子は……心配……しないかな」

「大丈夫ですよ。置手紙をしておきましたから。『ちょっと散歩に行ってくる』と。私が同伴しているわけですし、桐子先生も安心でしょう」

「……」

音山は頷いた。

からからと車椅子の車輪が回転する。エレベータに入ったところで、音山がぼそりと言った。

「福原だろう?」

「はい?」

「これから会いに行くのは……福原だろう」

神宮寺は頷いた。

「お気づきでしたか」

「たぶん……そうじゃないかとね」

音山は苦しそうに言う。その首には醜いしこりが浮かび上がっている。

上昇するエレベータの中で、神宮寺は黙り込んだ。車椅子に乗った音山の後頭部を見つめながら思う。

この人はどこまで気づいているのだろうか。私が福原先生とこっそり会っていることや、連絡を取り合っていること……そもそも、福原先生の指示で桐子先生のお手伝いをしていることまで、知っているのだろうか。

いや、そんなはずはない。

福原先生と付き合っていたことだって、誰にも知られていない自信がある。

音山先生は桐子先生の味方なのは間違いない。となれば、私は……。

そこまで考えて神宮寺はふっと笑った。

私は、どちらの味方でもない。

あれだけの才気を持つ副院長に恩を売るのは悪くない。自分の道をまっすぐに歩き続ける、死神に付いていくのも面白そうだ。

二人の男に興味がある。女としても、人としても。だからその行く末を見守りたいだけだ。

音山が言った。

「俺も……もう一度、福原に、会いたかったんだよ……自分からお願いしようと思ってたところなんだ」

「そうなんですか」

音山は頷き、背を向けたまま続けた。

「福原も、桐子も……俺の大事な同期だからね」

「考えてみれば凄い同期ですね。どちらも大変癖のある方です」

「確かにね。でも、そこが……いいんじゃないか」

神宮寺は沈黙する。

音山先生も、どちらでもないのかもしれない。

福原先生の味方でも、桐子先生の味方でもないのかもしれない。

「気が合いますね」

エレベータの扉が開く。神宮寺はゆっくりと車椅子を押し始めた。


副院長室には日差しが差し込んでいて、明るかった。

「どうだ、体調は」

福原の声は、気遣うような調子であった。怒っているわけではないらしい。まあ、今更怒られたところで、音山としては何も怖くなかったが。

「……良くはないね」

パルスオキシメーターの画面が黄色く点灯し、甲高い電子音を上げた。数値が九十を切り、危険域に入ったのだ。青ざめた神宮寺が壁のバルブにすがり付き、酸素吸入の用意をする。音山がふうと息を吐き、数度ゆっくりと呼吸すると数値が再び九十七に戻り、電子音は止まった。ほっとした顔で神宮寺は、作業を中断した。

「音山。無理に話さなくていい。筆談にしよう」

福原は音山と同じ目線になるようしゃがみこむと、メモ用紙とボールペンを差し出した。

音山はそれを見て微笑む。まりえと筆談しようとしたことを思い出す。あの時は自分が同じ目に遭うだなんて、想像もしなかった。

「なあ、音山。何度でも頼む。桐子の無茶苦茶な治療に付き合う必要はないだろう。戻ってきてくれ。最高の医療体制を整えることを約束するから。お前を救いたいんだ」

「福原……何度も言うけどさ」

「おいおい、ペンを使えよ」

音山は首を振る。

「ゆっくりとでも……いいから。直接、話したいんだ……」

片眉を上げる福原をよそに、音山は続ける。

「俺が頼んだんだよ……桐子に。無理して付き合ってくれているのは……桐子の方さ」

「違うだろ。あいつに唆されたんだろう。なあ、考え直せ。患者の希望を断つような医者だぜ、あいつは」

音山は福原を見る。福原は本気でそう考えているのだろう。その目は、どこまでも純粋に輝いていた。

「なあ、福原……」

音山がゆっくりと息を吸い、それから言った。

「俺がいなくなっても、桐子と仲良くやれよ」

「……バカ言うな！」

福原が立ち上がる。

「お前は死なない！　俺が助けるんだからな」

「……福原。俺、お前のことは……凄い医者だって思ってるよ」

「何？」

「お前なら病院を変えられる。いや、医療を変えられるって思ってる……それは今でも変わらない」

音山はどこか遠くを見ていた。

「だけど……お前一人で戦っていけるほど……死というのは生半可な敵ではないのも間違いない」

何か言い返そうとする福原に、音山は「……まあ、遺言だと思って聞いてくれよ」とささやく。

「福原、君はやがて行き詰まる……俺にはわかる。でも……何の問題もないんだ。だって君には桐子っていう、全く別の長所を持った同期がいるんだから」

「音山……」

「福原。その時は桐子と力を合わせるんだ……俺も、できれば一緒にやりたかった。だけど悪いけど……先にリタイヤだ。もう……二人の仲裁もしてやれない。自分たちだけで……何とかしろよ？」

福原は戸惑った。音山の声は途切れ途切れで小さかったが、真剣な口調であった。死を覚悟した言葉の重みが、福原の心を震わせた。

「……お前の気持ちはわかった。だが、それでも俺は認められない。桐子の方針は、絶対に」

音山はゆっくりと頷いて、言った。

「……福原の気持ちも俺、わかるよ。タイミングってあるよな。気がつくタイミングってものが……。その時が来るまで、人は自分を変えられないものさ。だから……今すぐでなくてもいい。そのうち、気が変わったらでいい……頭の片隅に置いといてくれよ」

「そのうち……か」

福原は黙り込む。

「ああ、そのうち……だ」

「……わかった。そのうちだな」

音山がにやっと笑う。

「なあ、福原。煙草……吸わせてくれよ」

唐突な申し出に、福原は思わず苦笑する。

「おい待て、できるわけないだろ。咽頭癌患者に」

「いいじゃないか……今更、気にしなくても。逆に……何かの間違いで、癌が消えるかもしれないぜ」

音山の顔は、学生の頃、授業をさぼって遊びに行く時と同じだった。

福原は口の端で笑ってふっと息を吐くと、机から煙草箱を取り出し、一本を取って音山の口にくわえさせた。

「ちょっと、福原先生……」

神宮寺が絶句し、軽蔑したようにこちらを見ている。福原は神宮寺をちらと見つつも、手を止めずにライターを取った。

いいんだよ。女にはわからない男同士の世界ってもんが、あるんだ。

音山が口をとがらせ、煙草の先を上下させて火を求める。

福原が銀色のライターでさっと点火した。

穏やかな冬の日光の中、ふわりと煙が立ち上り、揺れる。その香りが神宮寺の鼻にも届き、顔をしかめるのが見えた。

音山が猛烈に咳き込んだ。パルスオキシメーターの数値が一気に八十前後まで急下降し、アラームがけたたましく鳴り響く。

「言わんこっちゃない！」

神宮寺が酸素配管のバルブをひねり、手早く加湿瓶を設置するとカニューレを接続し、音山の鼻に突っ込んだ。げほげほと咳き込み、唇を紫色にしながらも、音山は笑っている。

絨毯に落ちた煙草を踏み消した福原も、手を叩いて笑っていた。目の端に涙を浮かべながらの、大笑いだった。

「何笑ってるんですす！　二人とも、バカですか。ほんと、意味わかりませんよ！」

神宮寺だけが目を吊り上げて怒っている。音山は心底嬉しそうに、そしてどこか寂しそうに笑い、咳き込み、そして……落ち着くと、ぼそりと言った。

「不健康なことは……本当に不健康になったら、もうできないな」

福原が口の端だけで笑い、音山を見下ろしている。

「もうできなくなる前に。福原、君の気が変わることを……祈ってる」

音山はにっこりと笑った。

「会えてよかったよ。じゃあ」

音山が手を上げると、福原も片手を上げて応えた。

神宮寺が車椅子を押す。副院長室に立ち尽くす長身のシルエット。何も言えないままの福原を残し、音山は外に出ていく。

車椅子だけが、からからと音を立てていた。

一月二日

「桐子先生。あけましておめでとうございます。で、いきなりこんな話もなんですけれど。音山先生の手術、準備はできてますか。明日ですよ」

第二医局の中で神宮寺が問う。桐子が頷いた。

「うん。何とかなりそうだ」

「結局、誰も協力してくれませんでしたね」

「まあ、仕方ない。麻酔は僕がやる。助手は、神宮寺君にやってもらう」

「麻酔医もなしですか。漫画みたいな話です」

「あとは、機材と手術室なんだが……」

「福原先生は、手術室も使わせないと言っていたそうですが」

「このままだと、ここを消毒して、手術するしかないな……」

桐子は第二医局を見回して考え込んだ。神宮寺はため息をつく。そして言った。

「やめてください。絶対に。安全性の面からも、断固反対します」

「しかし神宮寺君。他に場所がなければ、やむを得ない」

「桐子先生の交渉能力には、ほとほと呆れました。もともと期待はしていませんでしたけれど。本当に、一人では手術室一つ確保できないんですね」

黙して俯く桐子に、神宮寺は胸ポケットから何かを取り出し、掌に載せて差し出した。

「どうぞ。お使いください」

「……これは？」

「第二手術室の合鍵です。こっそり作りました」

「神宮寺君……」

「最終手段です。ここで手術するだなんて、看護師として受け入れられませんから、非常措置を取りました。くれぐれも私から受け取ったことは秘密にしておいてくださいよ。あくまで責任は桐子先生という形でお願いします」

その銀色の鍵を押し抱くと、桐子は神宮寺を見た。

「神宮寺君、ありがとう……感謝する」

神宮寺はわざとらしくため息をつく。

「桐子先生がダメ過ぎるからいけないんですよ。私にこんなことまでさせて。いいから、感謝している暇があれば、明日の手術のイメージトレーニングでもしてください」

桐子は黙って頷いた。

その目には決意が宿っていた。


年が明けたばかりのこんな日には、バーに客は一人だけ。

静かな店内には煙が揺らめいていた。

福原は煙草をくわえ、息を吐く。いつもより苦く、とげとげしく感じられた。

胡麻を箸でつまむ。別の胡麻に載せようとするが、するりと箸の間から滑り落ちた。もう一度。今度は載ったが、すぐに転げ落ちてしまった。

どうも、うまくいかない。

福原はグラスをもう一度掴み、深呼吸して目を閉じた。

明日は勝井文治の手術だ。開腹胆嚢摘出術。難しい手術ではないが、それでも手術は何が起こるかわからない。いつものように頭の中で術式を思い浮かべ、一秒でも時間を、一滴でも出血を削る方法を考える。

灰皿の上で、煙草がかすかに音を立てて燃えていた。

煙草。

音山が吸えなくなった煙草。

できなくなる前に、か……。

福原は目を開き、煙を吹いている煙草をつまむと、その先端を見つめた。癌との因果関係が科学的に証明されながら、なおも公然と販売されている嗜好品《しこう》を。

できなくなる前にやれ。できなくなった男が、命を賭してそう言った……。

煙草を揉み消し、福原は頭を掻きむしった。

何をやっているんだ俺は。余計なことを考えている場合じゃない。集中しろ、集中……明日は大事な手術なんだ。

考えてもみろ。効果は絶大だ。政治と経済の世界に入り込み、根を張ることで……金も、地位も、自然と集まってくるだろう。汚らしいエゴのこもった金だが、その量は凄まじい。

利用してやる。利用し尽くしてやる。

悪どい、と親父のやり方を全否定していた昔とは違う。俺は賢くなり、清濁併《せいだくあわ》せ呑む度量を身に着けた。

賄賂でも何でも受け取ってやる。ああ、金次第で手術の順番も早めてやるし、特別室だって用意して、俺が責任持って執刀してやる。いくらでも持ってこい。

金持ちの手術を割り込ませてはやるが、他の人間を後回しにする気はない。どうするかって？　俺が二倍働けばいいだけの話だ。俺にはそれができる。

貧乏で手術費が払えない？　なら、ただでいい。俺のポケットマネーで出してやる。金を積んで自分の手術を優先させようとする、汚い狸どもが出した金だ、遠慮なんかいらない。

そうして何倍も働いた金で、最先端の医療機械を揃える。優秀で志の高い医者を集め、育てる。どんな病気も早期発見して、片っ端から治してやる。検査費用？　そんなもの俺が出してやる。癌だって早いうちに取っ払っちまえば、簡単なんだ。すぐに退院できる。元気に家で、家族と暮らせる時間が増える。何年も入院して、死の恐怖に怯えながら、副作用と戦う必要なんてなくなるんだ。患者の苦しみは元から断つ。

そうだ。全てが良い循環として回っていく。

理想だけを胸に、虚しく吠えていたって現実は変わらない。金と力を手に入れて、初めて理想は現実に顕現するのだ。

一歩先に、そんな未来が来ている。俺がずっと望み続けてきたゴール。

手を伸ばせば、届くんだ――。

福原は箸を掴み、再び胡麻をつまもうとした。

指が震えた。胡麻は再び落ちた。

福原は歯を食いしばった。

どうした福原。何を怯えている。何が引っかかっている。

明日……桐子は本当に手術をするつもりなのだろうか。誰の助けもないまま。音山の寿命を削るだけの手術だぞ。やめさせる方法はないのか？

音山……。

俺は、まだお前を救いたいと思っているんだ。

胡麻はつまめなかった。何度やっても、持ち上げることができなかった。

一月三日

手術の日が来た。

音山は、朝から落ち着かなかった。早々に腕時計を取り外して手術着に着替え、震える手を押さえながら待つ。音山の手術は、他の全ての手術が終わった後、深夜に行うとのことだった。

日が暮れる。ひときわ寒い日だと、テレビが伝えていた。暖房の効いた院内にいても、外を吹きすさぶ風の音を聞くだけで身が凍えそうだ。窓は結露し、その向こうでは白い息を吐いて人が行きかう。

首の下が、ひどく膨れている気がした。鏡で見ればそこまででもないものの、自分では凄く窮屈に感じる。息をするたび、何かを飲み込もうとするたびにつっかえ、激痛が走る。耳の下がぴりぴりと痛み、耳鳴りが断続的にする。

癌だ。癌が、音山の喉を食い散らかしている。

第二医局の白い壁。廊下に貼られた、院内感染予防のポスター。銀色に光る水道。スタッフ連絡用のノート。中待合に置かれている、ぼろぼろの絵本。子供と手を繋いで歩いて行く母親、落ち着かなそうにきょろきょろしながら待合室に座っているお爺さん。

全てが目に留まる。そのたびに音山は、じっと時間をかけてそれを見た。

何が面白いわけでもないが、日常のそこかしこが音山の心を捉え、離さなかった。

川澄まりえも、同じような気持ちになったのだろうか。

死の覚悟は、何もかもを物珍しく見せる。まるで、初めてこの世に生まれ落ちた時のように。

午後六時を過ぎる。

患者が一人、また一人と減っていく。病室に戻り、あるいは家に帰っていくのだ。静かになった院内では、時折スタッフが歩き回るばかり。やがて九時になると電気が消えた。

時間が流れるのが遅いような気も、早いような気もした。ただ、確実に近づいてくる未来に、音山の心臓は緊張して拍動を早めた。

「予定通り、音山先生の手術は行うようです」

神宮寺から届いた手書きのメモを広げて見る。そして、再びくしゃくしゃに丸める。副院長室の中で、福原はずっとそれを繰り返していた。座っているのも落ち着かず、立っていてもしっくりこない。意味もなく室内を歩き回り、時折勝井文治のカルテに目を通す。目が泳ぐばかりで、文字が頭に入って来ない。

集中しようとすればするほど、桐子の手術が気にかかる。音山の症状が気にかかる。

机を拳で叩いてみる。真っ黒に濃いコーヒーを淹れ、飲んでみる。

あいつらは本当にするのか。意味のない、ただ難しいだけの手術を。それが医療だと信じて、何もかもを敵に回しながらも……。

福原は大きく息を吸って、吐いた。

それから唐突に笑った。

馬鹿げてる。本当に、お笑い草だ。もはや理想論ですらない。ただの暴走だ。

あんな奴らと一緒に、病院を変えられるだなんて思っていた昔の俺は、何てバカだったんだろう。

勝手にすればいい。無茶な手術をして、失敗して死ぬのも自業自得だ。桐子は医者生命を断たれるだろう。どうでもいい。それもまた、当然の結末だ。

いっそせいせいする。

ようやく、心が冷えて、固まってきた。降り積もった土砂が冷たく凝固するように、福原の腹の底に決意が宿る。

お前らはそこで、力尽きればいいんだ。

俺はもっと上に行く。夢をこの手で掴み取ってやる。

福原はもう一度勝井文治のカルテを手に取って眺めた。さっきよりもずっと穏やかな気持ちで、それを読むことができた。

午後九時。

「音山先生。そろそろ時間です。一応、手術前の決まりなのでお聞きしますね。便は出ましたか」

「うん」

「はい。では、手術室に向かいましょう」

マスクを付けた神宮寺にストレッチャーに乗せられる。点滴を繋げられたまま、音山はゆっくりと運ばれていく。がらがらと車が回る音のほか、院内はほぼ無音であった。

「落ち着いてらっしゃいますね」

神宮寺の言葉に、音山は頷いた。

「そうかな……すっきりした気分ではあるよ。福原と桐子に……言いたいことを全部言ったからかな」

「音山先生は、二人に仲直りして欲しいんですね。だからわざわざ桐子先生のプランを福原先生に執刀させる、なんて形にしたんでしょう。結局叶わなくて残念でしたね」

「まあ、そんなところ、だね……」

音山は笑う。

「大丈夫ですよ。桐子先生も手先は器用です。手術の練習も、徹底的にしました。きっとうまくいくでしょう」

「うん……ありがとう」

「二人、仲直りするといいですね」

「彼らの根っこは同じだよ……俺は、信じてる。いつかきっと二人が手を取り合う時は来る……」

そして、ぼそりと言った。

「……その瞬間をこの目で見られそうにないのは……少し残念だけど。天国から、楽しみにしているよ……」

神宮寺は曖昧に笑い、無言でストレッチャーを押した。

「あら」

神宮寺がふと立ち止まった。

外来待合前の長い廊下、横一面が窓になっている場所。

「静かだと思ったら、雪ですね」

音山も首をひねって横を見た。

「ああ……本当だ」

闇の中、白い粉雪が、音もなく。どこまでもどこまでも埋め尽くすように、ひっそりと積もっていた。

行く。
「雅和。迎えの車が来たぞ」
「はい。今まいります」
院長に電話でそう答え、福原はコートに肩を通した。術着、器具など手術道具がずっしりと詰まった鞄を持つ。現地にも準備してあるそうだが、万が一を考えて自分でも持って行く。

政治家、勝井文治は気難しい男だと聞いている。自宅に外科医を呼んで手術させようとするくらいだ、相当の偏屈《へんくつ》者だろう。用心してのことなんだろうが、病院でやるのが一番安全に決まっているのに。

だが、構わない。金に物を言わせて我儘を通すバカがいるからこそ、真面目な貧乏人を救うことができるのだから。

失敗するわけにはいかない手術。だが、福原には自信があった。何の問題もない。いつものようにやればいいだけだ。

人気のない職員用階段を下りる。一歩ずつ、踏みしめるように。そうだ。自信たっぷりに歩くんだ。俺は七十字病院外科部長にして副院長、若きエースなのだから。そしてこの一歩一歩が、輝かしい未来に繋がっているのだから。

裏口を出ると、黒塗りのリムジンが止まっているのが見えた。脇に運転手が立っている。手前には勝井文治の秘書らしき眼鏡の男性、さらに老いてなお威厳を放っている父の和服姿があった。

「準備は出来ているな。雅和」

「はい」

よし、と父が頷いた。その真っ白な口ひげがかすかに揺れた。

「福原先生。今日はよろしくお願いします」

秘書が言い、頭を下げる。

「いえ、こちらこそ。お声掛けいただきありがとうございます。精一杯やらせていただきます」

福原も丁重に頭を下げた。礼儀正しく、しかし卑屈《ひくつ》ではないように。

「雪が降っていますので、お足もとにお気をつけて」

運転手がそう言って、鞄を受け取った。福原は頷く。確かに粉雪が降り積もっていた。とはいえ傘をさすほどでもない。福原は鞄だけを持ち、庇《ひさし》から出る。

ふと明かりの消えた七十字病院を、何ということもなく振り返った。

そして息を呑んだ。


「……雅和?」

父の声がする。

「おい、雅和」

はっと福原は目を落とした。

「どうした」

「いえ。何でもありません」

何でもない。何でもない……言い聞かせようとしたが、心臓は激しく脈打っていた。父に視線を戻した今でも、網膜《もうまく》にはっきりと映像が焼き付いている。外来待合前の長い廊下でストレッチャーに横たわる、音山の姿が。いつか朝日を浴びて語った時といささかも変わらない、きらきらした目で外を眺めている友が。

「雅和」

父の声が遠くに聞こえる。

「おい、雅和！　何をしている！」

その声は次第に怒声に変わっていく。

「顔を上げろ！　お前、どういうつもりだ」

膝が濡れ、刺すほどの冷気が伝わってくる。

福原は鞄を投げ出し、膝を折り、父に向かって頭を下げていた。呻くような声で言う。

「申し訳ありません。大事な友人の命の瀬戸際《せとぎわ》でして、そちらに向かわなくてはなりません。この手術は受けられません」

「雅和、貴様、この期に及んで……私の顔に泥を塗るつもりかッ！」

父が絶叫する。ステッキが頭に打ち付けられる。雪と泥が飛び、福原の体にかかった。

「お詫びと言っては何ですが、私のような若輩者より、ずっと優秀な別の医師を紹介いたします。胆嚢摘出術には実績があり、私よりも適任のはずです……」

様々な声が、ほとんど悲鳴に近いものも含めて、福原へと浴びせかけられた。

福原は額を大地に付けたまま、それをどこか他人事のように聞いていた。

灯りのすでに消えた第二手術室の前で、桐子はあたりの様子を窺っていた。そしてポケットから鍵を取り出し、闇の中で手探りしつつ、鍵穴に入れる。かちりと音がして、鍵が開いた。

ほっと息を吐いた時、背後で電気がついた。

「合鍵か。黙って作ったわけか」

「……福原」

振り返ると、窓を背後に福原が立っていた。着ているコートは雪で濡れ、泥で汚れている。どこからか走って来たらしく、髪は汗ばみ、肩で息をしていた。

その迫力に桐子は一瞬たじろいだ。

「止めても無駄というわけだな」

ほろほろと舞い落ちる雪の中、福原が冷たい目をこちらに向けている。

「……ああ。音山の望みだ。僕はやる」

「音山の命を縮める手術をか？」

皮肉っぽい声。

「音山が……音山らしく死ぬための手術だ」

桐子も、決意を持って言い返す。静かな冬の夜、二人は廊下で相対し、睨み合う。

「桐子。お前がやろうとしていることの、恐ろしさがわからないのか」

福原の敵意を帯びた声に、桐子は一瞬黙り込む。だが目を閉じて……ゆっくりと、口を開いて答えた。

「僕だって、怖い」

「……何？」

桐子の目が開く。その目がまっすぐに福原に向けられる。

「話を受けるまで、随分悩んだ。今も迷い続けている。だけど……迷っているから、一歩踏み出すんだ。音山のために」

福原は桐子を見つめた。久しぶりに会ったような気がした。

こいつはこんな顔をしていただろうか。そう思うのは、きちんと見たことがなかっただけだろうか。

この目。

随分透き通った眼だと思った。虹彩は薄く、花のような模様が浮き上がって見える。だがその目は何かを見通している。福原がずっと見つめ、目指してきたものとは違う、何かを。

──君のやり方だけでは、越えられない壁もある。

音山の声が聞こえた気がした。

福原は視線を切ると、軽く俯いた。

「もうできなくなる前に、か……」

誰にも聞こえないくらい小さな声で、福原は呟いた。語尾は闇に消えていく。

しばらく沈黙が続いた。遠くから、からからと音がする。ストレッチャーが近づいてくる音だ。

雪が白い光を放っている。月も出ていないのに、あの雪は何を反射して光るのだろう。淡く弱い純白の光が、二人の医者を照らしている。何かを問うように、何かを試すように。

福原は顔を上げると、無言で桐子の方へ歩き始めた。血に塗れ、冥界《めいかい》の入り口で戦ってきた二人が、近づき、束の間交錯し、そしてすれ違う。空気がかすかに流れ、白衣が揺れた。

背後の桐子に、福原は声をかけた。

「桐子、お前、下咽頭の手術経験があるのか」

「練習はした。問題ない」

「だろうな……だが、俺には及ぶまい」

桐子は振り返り、目を見張った。

視線の先で福原がコートを脱ぎ、上着を投げ捨てた。消毒済みの術着を取り、帽子をかぶってマスクを付ける。

歴戦の外科医が、無影灯の光を浴び、逆光でそこに立っていた。

「福原……お前……」

「助手は任せたぞ」

福原はそのまま手術室に入り、手袋を付けると、祈るように両手を掲げた。

ストレッチャーで手術室に入った音山に、無影灯が向けられる。眩しいその光に思わず顔をしかめた。しかしすぐに、見下ろされる二つの顔を見て目を見開いた。

「名前を言ってください」

その声。

「ふ、福原っ……」

緑の術着に身を包んだ、背の高い執刀医。マスクごしにもわかる、高く通った鼻。帽子の下、濃くて男らしい眉に、闘志を帯びたその瞳。間違いなく福原雅和だった。白い手袋をして、細く長い指をまっすぐに伸ばしている。強く、頼もしいその大きな手。

間違いない。

「おい、しっかりしろ。自分の名前だ」

「音山……晴夫です」

福原が頷く。

「名前確認、よし」

自分を見下ろす顔がもう一つ。

「これより、音山晴夫の下咽頭部分切除術を始める。麻酔」

同じく術着に身を包んだ桐子修司が、静かな声で告げる。冷静な中に安らぎと優しさのこもった、穏やかなその眼差し。

脇の神宮寺が点滴を確認し、バルブから繋がったシリコンのマスクを持って近づいてきた。

「桐子。福原。二人とも……」

そこまで言って、後は言葉にならなかった。涙が溢れ、天井が歪んだ。神宮寺が音山の口にマスクを当てる。冷たいガスが流れ込んでくる。

二人の医者。そして二人の友達に見守られながら、音山は意識を失った。

閉じたその瞳から、一滴の涙が伝って落ちた。

一月十日

手術後は、体中が痛くて身動きもとれなかった。

口には酸素、腕には点滴、下半身には排尿用のカテーテルが挿入され、管だらけで過ごす日々。だが一日、一日と過ぎるごとに少しずつ管は抜かれていく。体も少しずつだが自由になるようになってきた。癌が全て取り除かれたわけではないから、回復が目覚ましいとは言えない。だが音山には、不思議と自分が良い方に進んでいる実感があった。

その日、ベッドの上で寝ていると、二人の医者が連れ添って室内にやってきた。福原と桐子であった。その組み合わせはとても懐かしいものにも、ずっと前から見慣れていたものにも感じられた。背後には神宮寺の姿も見える。

「包帯を取るぞ」

福原と神宮寺が見守る前で、桐子が音山の包帯を丁寧に取り去っていく。

「……見事だ、福原」

思わず桐子が言う。繊細なその縫合痕《ほうごうこん》は、痛々しくもあったが、同時に美しかった。

「お前の指示も悪くなかったぞ」

「福原、もう声を出していいと思うか？」

「ああ。まずは小さな声からだが」

意見を交わし合う福原と桐子。二人の姿を、音山はじっと見つめた。瞼の裏に焼き付けておきたかった。

桐子がこちらを見て聞く。

「声は出るかい」

音山は首を伸ばし、ひねってみる。何だか変な感じだった。ずっと声を出さないようにしてきたせいか、咄嗟《とっさ》にやり方がわからない。自分の首のようで、他人の首のような。

「大丈夫なはずだ。そっと、出してみろ」

福原に促され、音山は喉を軽く押さえた。そしてゆっくりと息を吐く。

「……あー……あー。あ——」

はっと息を呑む。確かに声が出た。大きくはなかったが、自然な声であった。

音山は二人の医者を見上げた。福原がかすかに口の端で笑う。桐子はまだ無表情に、じっとこちらを見ていた。

「……やりましたね」

神宮寺が言った。

桐子が真剣な目で言う。

「神宮寺君、まだだ。音山のお婆ちゃんが聞いても、ちゃんと元の声だと思えるかが肝心だよ」

「でも、音山先生って確かにこういう声でしたよ」

「俺たちは目の前で見てるからな。だが、電話で声だけを聴いてる相手がどう思うかは、また別だ」

福原が言うと、神宮寺はなるほど、と頷いた。

「音山のお婆ちゃんが、元気な音山の声だと思ってくれなければ……意味がない。全て、無駄になってしまう」

桐子は言う。その表情は緊張で張り詰めていた。

「さあ」

桐子が電話を差し出す。

音山は頷くと、番号を入力し、耳に当てた。

他に音のしない中、コール音だけが響く。永遠に続くかと思うほど、それは長く感じられた。

ふと、コール音が途切れた。桐子が、福原が、神宮寺が。音山さえも。

祈るような思いで、受話器の向こう、はるか宮城に思いを馳せた。

「もしもし」

そして、確かに聞こえてきた。

嬉しそうな、本当に嬉しそうな声。

「ああ！　晴夫かい？」

「……もう、思い残すことはないよ」

電話を脇の机に戻し、音山はかすかに咳き込みながら言った。

「久しぶりに話して疲れただろう。無理するな」

桐子が言った。福原はしばらく沈黙していたが、やがて口を開く。

「音山。もう一度聞くが、化学療法を再開するつもりはないのか」

音山はじっと福原を見る。穏やかな優しい顔。

覚悟を決めた顔であった。

「お前がやると言ってくれさえすれば、俺は……」

「いや。後は緩和ケアだけでいい」

「……」

福原は俯いた。いつかのように激怒することはなかったが、それでも無念さを滲ませて、拳を震わせていた。

「……すまん。これだけやってきて、お前一人救うことができないなんて。俺は無力だ」

桐子も音山を見て、沈痛な表情で俯いている。音山はゆっくりと首を横に振った。そして言った。

「もう、救ってもらったよ」

福原は顔を上げる。桐子もまた、音山を見た。

福原は目を疑った。

「俺は幸せ者だ。こんなにいい友人に恵まれて、最高の人生だった」

長い友人であっても初めて見る顔を、音山は浮かべていた。それは、無邪気な笑顔だった。

なんだ、これは。

まるで赤ん坊のような。純粋で、見ている者を否応なく幸せにする、天使のような。黄金色の光が発せられているように感じるのは、背後の窓が切り取っている冬の太陽のせいだろうか。

福原は患者の笑顔を何度も見て来た。それを追い求め、戦いの果てに、手に入れ続けてきた。

死の淵から生還し、家族と抱き合った老人。最後まで諦めず戦い続け、癌を克服した男。もう一度ドッジボールができるようになった脳腫瘍の子供。福原がこれまで目にしてきた数多の奇跡。その際に患者からほとばしる、眩いほどの笑顔……。

だがそれらはみな、人間の笑顔だった。

死にゆく友が浮かべている表情は、何か質が異なるように感じられる。この光り輝くような笑み……まるで人間ではないかのような笑み。これが何なのか、福原には理解できなかった。

わかっているのか。お前、死ぬんだぞ。

強がりのはずだ。あるいは、気を遣ってそうしているのだ。死が恐ろしくないわけがない、死が恐怖でないわけがない。しかしそんな言葉は、音山の笑顔の、その圧倒的な輝きによって掻き消されていく。

いや、この顔は。死ぬからこそ……なのか？

信じられないものを見る思いで、福原は立ち尽くしていた。

「音山……」

音山はゆっくりとまばたきをする。

「なあ福原。桐子。体には気をつけろよ……」

すぐ目の前のベッドに寝ている音山が、なぜか遠ざかっていくような気がした。手を出して掴まなければそのままどこかに掻き消えてしまいそうで、福原の体は震えた。

そうだ。音山はきっと、人間ではなくなりつつあるのだ。人間になる前の状態へと帰る、そう決めてしまったのだ。

行くな。

福原は一歩進み、そう叫ぼうとした。だができなかった。何をしても無駄と確信させられるほど、音山の笑みは眩しかった。そのこけた頬で、髪の抜けた頭で、澱《よど》んだ目で、しかし音山は美しかった。

「……君たちならきっと、できるよ」

何を、とは言わなかった。福原にはそれが、全てを失う者からの、全てを肯定する言葉のように感じられた。

音山は口を閉じた。そしてもう一度、にっこりと笑った。

福原は何も言えない。何を言えばいいかもわからない。

ただ、胸の奥にひらひらと花弁のように落ちてくる友の言葉を、逃がさないように受け止めて掴み……。

頷くばかりだった。

三月二十二日

桜が咲いていた。

風が吹くたび、その花びらがひらひらと舞い、渦を作っては通り過ぎていく。

墓前で手を合わせていた桐子の髪にも、いくつかが飛び乗り、そしてまた落ちた。

祈りを捧げ終わると、桐子は目を開けて立ちあがった。

「よう。桐子」

振り返ると、墓場の入り口に、福原が仏頂面で立っていた。手に花束を抱えている。

「福原……」

「珍しく休みを取っていると思えば、そういうことか」

福原は大股で歩き、桐子のそばまでやってくる。

「誘うべきだったかい」

「いや……」

墓の前で立ち止まると、福原は静かに花束を供えた。墓に刻まれた文字を眺め、ぼそりと言う。

「……音山のやつ。何も、こんなに早く婆ちゃんの後を追わずともいいのにな。祖母も孫も立て続けに、ぽっくり逝きやがって」

背後で桐子も頷く。

「安心して、気が抜けたんだろう」

「それは、どっちがだ？」

「どっちもだよ。元気な音山の声を聞いたお婆ちゃんも。安らかにお婆ちゃんを逝かせてあげられた音山も……」

背を向けたまま、ふっと福原は笑った。

「笑顔だったもんな。最後」

「ああ」

しばらく沈黙が続いた。生温かい風が通り抜け、花の香りを運んでいく。

「福原……ありがとう。君のおかげだ。君のおかげで、手術は成功した」

福原は首を横に振った。

「念のため言っておくけどな。あの時協力したのは、あくまで音山のためだ。お前のやり方を認めたわけじゃない。勘違いするなよ」

「……音山の願いは叶った」

桐子は否定されながらも微笑んだ。福原はなお、悔いを残した声で言う。

「ただ声を戻す……その程度の願いしか、叶えられなかった。様々な犠牲を払ったあげくに」

福原はふんと息を吐く。

「色んなものが台無しだよ。束の間よぎった迷いのせいで、のし上がるチャンスまで俺はふいにした」

「迷ってもいい。一人でやろうとしなくてもいい。音山はそう言っていた」

「一人でやろうとしなくてもいい、か……」

福原は振り返った。桐子と目が合った。

「……」

何も言わず、福原は桐子の薄い虹彩を見つめていた。

桐子が言う。

「これで終わりじゃない。患者はまだ、たくさんいる。音山の分も、僕たちは働こう。残された僕らの仕事だ」

「……そうだな」

福原は俯き、再び墓に向き直ると、その前にしゃがみこんだ。

「何度も言うが、お前のやり方を認めたわけじゃない。だが、意見が全く合わないわけでもない……そうだな。そうだ、音山の分も、俺たちは……」

その先は言わなかった。

福原は大きな手を合わせると、目を閉じた。

「僕は先に行くよ」

桐子は声をかける。

「午後から、また診なくてはならない患者がいる」

返答はなかった。桐子はしばらく福原の後ろ姿を見つめていたが、やがて背を向けると、ポケットに手を入れ、歩き出した。

その背後で今一度、桜が逆巻《さかま》いた。

温かな桃色の風が流れ、花びらを吹きあげると、揺れていた。

まるで離れていく桐子と、福原の距離を埋めるように。

東郷倶楽部代表　医師　東郷清児様ほか、本作の取材にご協力下さった多くの皆様に心より御礼申し上げます。

本作は書き下ろしです。

本作品はフィクションです。実際の人物や団体、地域とは一切関係ありません。

TO文庫

最後の医者は桜を見上げて君を想う

2016年11月 1日 第 1刷発行
2017年 5月15日 第12刷発行

著　者　二宮敦人
発行者　本田武市
発行所　TOブックス
〒150-0045 東京都渋谷区神泉町18-8
松濤ハイツ2F
電話03-6452-5678(編集)
0120-933-772(営業フリーダイヤル)
FAX03-6452-5680
ホームページ　http://www.tobooks.jp
メール　info@tobooks.jp

フォーマットデザイン　金澤浩二
本文データ製作　TOブックスデザイン室
印刷・製本　中央精版印刷株式会社

Printed in Japan　ISBN978-4-86472-537-8